LOCUS

LOCUS

LOCUS

to

fiction

to 094
河畔小城三部曲之二：甜甜的憂傷
Krasosmutnění
作者：赫拉巴爾（Bohumil Hrabal）
譯者：劉星燦／勞白
責任編輯：翁淑靜　封面設計：張士勇
內頁排版：洪素貞　協力編輯：黃怡瑗　校對：陳錦輝
法律顧問：董安丹律師、顧慕堯律師
出版者：大塊文化出版股份有限公司
台北市10550南京東路四段25號11樓
www.locuspublishing.com

讀者服務專線：0800-006689
TEL：(02)87123898　FAX：(02)87123897
郵撥帳號：18955675　戶名：大塊文化出版股份有限公司

總經銷：大和書報圖書股份有限公司
地址：新北市新莊區五工五路2號
TEL：(02) 89902588　FAX：(02) 22901658
初版一刷：2017年4月
定價：新台幣280元
Printed in Taiwan

Krasosmutnění

甜甜的憂傷

赫拉巴爾著（Bohumil Hrabal） 著
劉星燦 勞白 譯

目錄

美人魚

我從學校直接跑到碼頭上，那裡停了許多運沙子的船隻和小艇。一名搬運工在木板條上推著小車從船艙往外卸沙子。這些搬運工人總是袒露著上身，曬得烏黑。他們不像游泳池畔那些光身子的人那麼個曬法，而像幹活的人通常會曬成的樣子，又有點像某個防曬油廣告上畫的那樣。他們當中有一位運沙工人早就讓我著迷；他在胸口和手臂上都刺了美人魚、錨和帆船。有一艘帆船讓我喜歡得恨不能在自己的胸前也立刻刺上一艘。我彷彿已經預見這艘小船在我的胸膛上揚起風帆。今天，我鼓起勇氣對那個運沙工說：

「您身上的這艘小船一輩子都洗不掉嗎？」

運沙工人坐在木板條上，掏出菸來點燃。隨著他吸菸時的一呼一吸，胸膛上的帆船也一張一收，彷彿漂游在海浪中。

「你喜歡嗎？」他問道。

「喜歡極了。」我說。

「你也想刺一艘？」

「非常想要。只是不知道刺一條這樣的小船要多少錢。」

「一小瓶蘭姆酒。這是在漢堡時人家幫我刺的。」運沙工人說著還指了一下我的水手帽上寫著「漢堡」二字的金牌。

「那我還得坐車去漢堡？」我失望地說。

「用不著！」運沙工人笑了，「這個錨和這顆刺穿的心是羅伊札幫我刺上去的，他經常坐在橋下酒家。我只付了他一杯酒錢。」

「那他也會幫我刺嗎？」我瞪大眼睛問道。

「那恐怕要花兩大杯酒錢。」運沙工改口說。他抽完菸，彷彿又恢復了體力。

「抽菸使您感到舒服？」

「一根菸勝過一頓午餐哪。」他說完，便兩手緊緊抓住從船艙裡面一直伸到岸邊沙灘的木板條，兩腿往上一伸，來了個倒立，就像教堂塔尖映在水中的倒影，而那些刺在他身上的小船，也跟著顛倒。我看到運沙工因為用勁而充血的眼睛。隨後，他一彎身，一雙光腳丫又落到了木板條上，他身上那些小船的桅杆重又聳向上方，又可以漂流到漢堡去了。

「謝謝！」我說。

我在碼頭上跑了起來，文具盒在我背上的書包裡哐噹直響。我一直朝橋那邊跑去，那邊有輛由兩匹馬拉著的馬車，馱著滿滿一車沙子，費勁地爬向一個小山坡。馬兒使勁地拉，馬蹄鐵直冒火花。車上濕漉漉的沙子實在太重，車夫徒勞地站在馬匹前面，用鞭子威脅牠們，隨後又抖動韁繩，弄得兩匹馬不知所措。牠們不是同時往前拉，而是一前一後各拽各的，這就越發拉不動了。車夫氣得用鞭子抽打馬腿，又用鞭柄猛擊馬的鼻子。靠在橋欄杆上的路人漠不關心地看著這一幕。我爲這一可恥行徑而漲紅了臉，因爲馬對我來說是一種神聖的動物；我氣得眼睛都紅了，抓起滿滿的一把沙子，朝那車夫扔去。沙子落到他眼裡，他用鞭子威脅我，我像瘋了似地使勁地向他扔沙子。車夫朝我跑來，威嚇我，說要用鞭子抽死我，可是我已站到橋欄杆那裡，大聲對他喊道：

「你，你這個殘暴的傢伙，你會遭報應不得好死的！」

我朝橋的另一端跑去，跑到一半停下來抓住欄杆喘了喘氣，讓我的心跳緩和，直到完全恢復平靜，然後走到橋頭的莫斯特茨卡街，往土耳其式水塔那邊一轉，經過磨坊、弗爾特納街，來到教堂廣場，走進了教堂。

教堂裡一個人也沒有，涼爽宜人。我四下裡一瞧，看到蒲團旁邊的兩個捐款箱。我的心又開始怦怦急跳起來。爲讓自己保持鎮靜，我連忙跪到安東尼切克[1]聖像前的蒲團上祈禱。我低著頭輕聲說：

「我想在胸膛上刺一艘小船，得花兩大杯酒錢。我需要錢，只好從這捐款箱裡借一些。我保證，我一定會將這些錢還回來。」

我抬起眼睛，直望著對我微笑的安東尼切克聖像，他手裡拿著一束白色的百合花，只是微笑，對此毫無反對之意。我紅著臉，環顧一下四周，將捐款箱倒過來，弄得裡面的硬幣哐噹直響，直到掉了滿滿一把硬幣到我手裡爲止。我忙把錢放進口袋裡，重又跪下，用手捂著臉，好讓自己的心平靜下來。忽然聽到窗臺上蜘蛛網中的一片乾葉子被穿堂風吹動的顫抖聲，還有門外的腳步聲和遠處車輪的轆轆聲，我猶豫了一下：要是向教區牧師去借這錢，是不是更妥當呢？但我知道他可能會勸阻我，因爲我曾經敲過鐘，當過候補侍祭童。反正我將來還會把錢還回來的，那又有什麼不可以借的呢？於是我站起身來，舉起我的手指頭宣誓說：

「我保證：我一定將這錢還回來，還會加上利息！」

我一步步往後退著走，安東尼切克聖像一直在和藹地微笑著。於是，我從教堂裡跑到太陽底下，陽光強烈得讓我幾乎什麼都看不見。等我擦掉眼中的淚水，不禁嚇了一跳：一名肥胖的員警正迎面朝我走來，原來是警長費德爾莫茨先生。他徑直朝我奔來，他的影子已經落到了我的身上。我心跳得厲害，垂下眼皮便看到我水手服上的黑蝴蝶結隨著我的心跳節奏在抖動。我掄起雙手，緊握拳頭交叉放在胸前。警長在離我不遠的地方停下來，正從口袋裡找什麼。我很清楚，肯定是在找手銬。他在深藍制服上衣口袋裡沒找到它，便又往褲袋裡找。找到了！他心滿意足地掏出一個菸盒，花了好一陣工夫在挑選雪茄，終於摸到了一根，將它取出來，興致勃勃地點燃它，然後挺著他那足有一百公斤重的大肚子，從我身邊走過。我抬起眼，看了一會兒我自己那雙交叉著的手，隨後才緩過神來，撒腿就朝橋上跑，而背上那個裝著文具盒和課本的書包哐噹響個不停。跑過那座橋，我便踏著臺階，一步步朝下往河邊走去。最後一個橋拱下總是非常的安靜，除了急著大小便的人以外，誰也不會一個人到這裡來。我在這裡一塊可以晃動的石頭下

1 安東尼切克（St. Antonicek），為十三世紀葡萄牙的天主教法蘭西斯派修道士，後被尊為聖人，至今廣為捷克百姓所愛戴。

面，有個祕密存放東西的地方，那裡放著我的墨水和鋼筆。每當我在學校裡交不出作業，班導師一問到我時，我便說作業本忘在家裡了。然後，他會打發我回家取作業。爲了贏得時間，我便立即去文具店買個本子，蹲在橋底下這塊又乾爽又安靜的地方，將本子攤在膝蓋上寫完作業。如今我便坐在這裡數一數我究竟有多少錢。我這錢不只能買兩杯，而是買六杯蘭姆酒……

橋下酒家很熱鬧。

「我們這裡怎麼來了一位小水手啊？」羅伊札先生大聲嚷道。

我身穿水手上衣，頭戴縫有很像兩隻燕子尾巴的黑飄帶的水手圓帽，帽簷上還有一個金錨，錨下面有塊「漢堡」字樣的金牌。我就這樣站在羅伊札先生面前。他取下我的帽子，將它戴在自己的頭上裝怪相。運沙工人們哈哈大笑，我也跟著傻笑，感到很幸福。羅伊札在酒店裡走來走去，拚命地出洋相做鬼臉，我和大家笑得很開心。我暗自說，等我長大，也要這樣到橋下酒家來坐著；跟這些可親的水手們坐在一起，我會感到莫大的光榮。羅伊札先生沒有上門牙，他的下嘴唇能扣住上嘴唇，甚至能碰到鼻尖。他就這樣頂著我的小水手帽走來走去，坐在窗旁桌子邊的運沙工人們爲他鼓掌。酒店老闆四處分送啤酒，我也要了兩大杯。

「羅伊札先生，這是我孝敬您的。」

「噢，你從哪裡弄到的錢？」

「我借來的，從上帝那裡。」

「噢，你跟他說話了？」

「沒有，他不在家。是他的一位夥伴借給我的。他叫聖安東尼切克。我借這些錢，是想請您幫我在胸膛上刺一艘美麗的小船，跟那位科列茨基先生胸膛上的一模一樣。」

羅伊札先生笑起來。他說：「原來如此，既然上帝都親自過問了這件事，那我就幫你刺一條小船吧！什麼時候刺？」

「現在就刺，所以我才到這裡來。」我說。

「可是，孩子，我身邊沒帶針。」

「那您去取一下吧！」

「他媽的！」羅伊札罵了一聲，「他可眞會折騰人！」他一口把杯裡的蘭姆酒喝完，從窗旁那些客人中擠出來，到了酒店門口，還打手勢示意說，他不僅要去取針，還要把紋身的顏料取來。運沙工人們讓我坐到他們中間，酒店老闆端來一杯覆盆子口味的汽水給我。

「你們那位教區牧師有幾個廚娘？」

「兩個，而且都很年輕。」我說。

「很年輕？」所有運沙工異口同聲地問道。

「是很年輕，」我說，「每當牧師喝醉酒的時候，他便叫一位廚娘坐到椅子上，自己彎下身來，將手掌托在椅子下面，就像酒店老闆托著擺滿一杯杯啤酒的托盤一樣。他猛地往上一舉，便將漂亮的廚娘一直舉到天花板。廚娘的裙子將他的頭髮弄得亂七八糟，而牧師卻一直將她連人帶椅子舉得老高老高。」

「啊哈！」工人們大聲叫了出來，「廚娘的裙子把他的頭髮弄得亂七八糟啊！」

「這可不簡單啊！」我說，「我們那位牧師呀，力氣大得像一頭瑞士牛。他們兄弟姊妹六個，力氣都不小，他爸爸的力氣也很大。他叫孩子們將一些核桃放到桌子上，然後伸出指頭，按一個破一個；他用指頭按核桃，比用核桃鉗子還要來得快。可是牧師在他小時候卻是六個孩子中體質最弱的一個，他父母覺得他不適合做勞力工作，直爲他發愁，心想他將來能做什麼呢？最後決定送他去學神學，準備將來當牧師。他們全家人在一起吃晚飯時，桌上總是擺一大盤馬鈴薯。全家圍坐在餐桌旁，桌上擺著杓子，媽媽一敲響杓子，八隻手便爭先恐後地舀啊舀，一直吃到連一個馬鈴薯也不剩爲止。」我認眞地講述著，講到自己滿意的地方還點點頭。運沙工人們想笑，可又突然止住，因爲羅伊札先生回來了，帶著一根搖搖晃晃擺在敞開蓋子的提箱裡的紋身針和一個玻璃杯進了門，活像閹豬師薩爾維特先生。我迫不及待地脫下套頭水手衫，羅伊札先生將箱子放到桌上說：

「現在你說說看，到底想要一條什麼樣的小船？小帆船，大海船，雙桅杆帆船，還是汽船？」他問道，並叫運沙工人將各自的啤酒放到窗臺上去。

「你會畫所有種類的船？」我驚訝地問道。

「你可以挑選。」羅伊札先生說完便用手一指，一個運沙工立即脫去工作服，露出赤裸的上半身，將紋上各式圖樣的後背對著我；那上面刺有美人魚、捲起的粗繩、心形圖案、他名字的頭一個字母以及好幾艘帆船。我應接不暇地望著這一幅幅美麗的圖畫，恨不得把教堂捐款箱裡所有的錢都借來，因爲我希望將這位工人背上的所有圖畫都紋到我身上，即使得花捐款箱裡所有的錢，也在所不惜。

「你快挑一個呀！」羅伊札先生說。

我指著一條小帆船。羅伊札先生在桌上鋪了一張報紙，要我仰面躺上去。

「不會疼嗎？」我抬起身子問道。

已。

羅伊札先生將我按了下去，我兩眼望著天花板，他說只是像蚊子輕輕地叮一下而

「你是說，小朋友，要紋一條小船是嗎？」

「要一條像耶穌與他的門徒們在革尼撒勒湖[2]上坐過的那種小船。」我說罷兩眼望著上面。只聽得一陣挪步的聲音，運沙工人都朝我圍攏來。他們一個個彎下身來看著我，我都覺察到他們的呼吸，聞到了他們身上的氣味。羅伊札先生用針蘸上一些綠色顏料往我身上扎，我舒服得幾乎要睡著了。運沙工人們在我的上方呼著熱氣，我感覺自己就像是躺在馬廄裡的小耶穌，牧羊人、小牛和驢子都圍在我的身旁。我還聽見有人在說：

「瞧！那小船還有一副漂亮的龍骨呢！」

「羅伊札，給他紋上一張像樣的風帆吧！」

「什麼風帆？要紋上一對好舷，這是最重要的。」

「這條小船應該有一道深紋，一個好舵……」

我就這樣在橋下酒家的桌子上仰躺著，本想坐起來，可是羅伊札先生用他的手臂溫柔地將我按下。後來我睡著了，他又將我叫醒，同時在收拾他的紋身工具。

「好了！小夥子，小船已經紋好了！誰也拿不走它，抹不掉它。如果你想要去掉它，

布拉格有位大夫，他幫女演員拉皮或者除皺紋和去雀斑，一平方公分要六十克朗……」

聽著羅伊札先生這麼講，工人們笑得眼淚直流。我仍坐在桌子上。當我想要看看胸膛上的小船刺得怎麼樣時，羅伊札先生便親自爲我穿上套頭衫，並幫我扣好領扣，幫我將書包揹好，給我戴上水手帽，還正了正帽子上的錨和「漢堡」字牌。

「老闆，」我吩咐道，「再來兩杯蘭姆酒，由我付錢。」我對運沙工人們微笑了一下，他們卻以大笑回應我，但是已經不像前面一次笑得那麼厲害了，彷彿還帶了些愧色，而且也不敢直視我的眼睛。我付了錢，也沒讓老闆找零，因爲我想，誰的身上要是刺了小船，就該像個大氣的男子漢。

「這是您的小費，老闆！」我說罷走到門口，還回頭行了個軍禮，在運沙工人的歡笑聲中跑進了暗灰的黃昏……

我一跑到橋上便陷入了夏天「紛飛大雪」的包圍之中：從河水深處飛出成千上萬隻

2 革尼撒勒湖（Gennesaret），是以色列和敘利亞交界處的一個淡水湖，現名太巴列湖。據《聖經》記載（見〈路加福音〉第五章第一節），耶穌與他的門徒們曾坐船遊過此湖。

蜉蝣，牠們徑直往煤氣路燈上撞，隨即掉到石板路面上；路燈桿旁邊出現了一個燙死的蜉蝣堆。正往下掉的死蜉蝣還打到我臉上。我彎下身來將手伸進蜉蝣堆裡，牠們燙如沸水，還在微微動著呢！行人踩著路上的蜉蝣，彷彿走在一層凍霜上，還直打滑。我大步走著，誰都沒看見，也不知道我胸前刺了一條小船。它將永遠伴隨著我，我走到哪裡，它就漂遊到哪裡。等我哪一天去游泳，仰游的時候，小船的船頭就會劃破河面跟隨我暢遊。當我憂傷的時候，我將像畫片上的耶穌那樣撕開襯衫，向衆人展示那顆被荊棘環裹著、燃燒著的心。我在橋上突然想到，我該先讓教區的牧師先生看到我的小船。於是我沿著一盞盞被蜉蝣環繞的路燈，快步走進教區牧師住宅的大門。院子裡豎著一盞路燈，我沿著綠油油的花園小道一直走到一排亮著的窗戶前。葡萄藤沿著板條趴在牆壁上，我伸手扒開了那些葡萄藤鬚和葉，先從窗戶看到一張鋪著綠色絲絨的桌子，上面擺了一瓶維爾姆特酒，旁邊那杯子裡的酒已被喝掉了一半。後來我又看到一些大概不該看到的什麼：牧師先生用一塊桌布、或許是床單，將兩位廚娘捆在一起，她們卻在咯咯笑著。牧師將她們捆住之後，便趴下來聞她們的肚子。我連忙閉上眼睛。後來等我鼓足勇氣再往裡面一瞅時：哎呀呀，我當時看到的情景要是被橋下酒家的那些運沙工人看到，他們肯定會開心得發瘋。牧師先生用牙咬住那塊捆綁廚娘的桌布的結，攤開雙手，彷彿在耍雜技。這時他竟然叼著這兩位被綁著的、雙腳亂踹、披頭散髮的廚娘，在房間裡轉動起來。我眞高興看到牧師先生的力氣竟然大得能叼起用床單捆著的兩位廚娘，簡直跟耶穌一樣偉大。當他已經轉了好幾個房間之後，便彎下腰來，將兩位廚娘放到地上，自己則倒在沙發上笑個不停。廚娘們提了提裙子，牧師則喝完他那杯酒，接著又斟滿一杯。

我小心翼翼地沿著臺階下了地，然後從門旁拐角繞出來，敲了敲門。我聽到腳步聲。門開了，一位廚娘請我進去。

「有什麼事？」牧師手裡握著酒杯問道。我說：「牧師先生，祝福我吧！」

「怎麼這麼晚還來這裡？我該祝福你什麼？」

「牧師先生，你瞧！」

我解開前襟領口的鉤子，脫下套頭水手服，像頭上有圈光環的聖阿洛伊斯[3]一樣，我頭上也有水手帽的一道藍圈。我滿面放光地站在那裡，可廚娘們卻嚇了一大跳，她們驚訝得將雙手的指頭塞進嘴裡。蜉蝣撞得窗玻璃咚咚直響，一隻隻摔在滿地的殘花落葉

3 聖阿洛伊斯（St. Alois），十六世紀捷克一聖人，耶穌會成員，曾致力於疾病研究，自己卻死於瘟疫。

上。牧師站起來，撫摸著我的肩膀，直視我的眼睛問道：「誰幫你刺的？」

「羅伊札先生在橋下酒家幫我刺的。」

「可他給你刺了個什麼呀？」

「一條小船，耶穌坐過的那種小帆船呀！」

牧師要站在兩邊的廚娘們從前廳搬來一塊大鏡子，並吩咐她們蹲下來扶著它。我朝鏡子裡一瞧，只見牧師先生在我後面探著頭，再一看我的胸膛，紋上了一條綠色的美人魚，一條長著帶鱗尾巴的美人魚，一條裸著身子的美人魚，一條恰似牧師用牙齒叼著桌布捆著的廚娘們那樣笑著的美人魚。我驚嚇得兩眼發黑。

「你身上刺了那麼個東西，可就沒法再當侍祭童了，你說是不是？」

「可是去掉一平方公分的紋身圖樣要花六十克朗。」我兩手揪著綠色的美人魚圖案，嘟噥了一句。

「我很高興，」牧師在房間裡慢慢地踱著步，平靜地說，「我很高興你來找了我。你這輩子的日子可輕鬆不了啊！」

他撫摸了一下我的肩背。

多事之日[4]

佩平大伯走過啤酒廠的院子時，我正坐在一張小桌子旁做作業。他的那頂海軍帽是製帽商希斯勒爾先生按照漢斯·阿貝爾斯[5]那頂白帽子的尺寸幫他做的，如今這帽子恰像一艘小船，正游過啤酒廠的院子。大伯隨後停住了腳步，從口袋裡掏出一把小刷子，將帽子摘下來仔細地刷著，動作溫柔得像在撫摸一隻小鳥，然後又將它戴在頭上，得意揚揚地進了我家的門。

我們晚餐吃的是奶油抹麵包片。媽媽端來麵包籃，我和大伯邊吃麵包邊喝啤酒。

4 此篇原名「每平方公分要花六十克朗。」

5 漢斯·阿貝爾斯（Hans Albers,1891~1960），德國著名演員。佩平視他為偶像。

「科恩大主教最愛吃這種飯了。」大伯嘴裡塞滿了麵包大聲說。他那頂帶有金絲穗和大金錨以及黑帽簷的白帽子放在鋪好的床上，光芒四射。貓咪采萊斯廷走了進來，一步躥到床上。媽媽注意到了大伯那頂光芒四射的帽子，忙將它拿開掛到衣鉤上，因爲只有采萊斯廷才被允許躺在這張白床上，儘管牠有四隻髒爪子。

我爸不愛吃奶油，於是站在廚房的壁爐旁啃乾麵包，端著杯子喝那溫熱的白咖啡。我和大伯今天特別餓，便請媽媽再化開一小塊奶油到杯子裡。我們倆拿著麵包片輪流往裡面蘸些奶油，加上點鹽和胡椒，狼吞虎嚥地吃起來。佩平大伯一吃飽喝足便立即興高采烈，精神煥發，他大聲喊道：「今天我可又大獲全勝了，就像有一次我和札瓦達上校騎著馬攻進被我們占領了的普舍米斯爾城一樣。」

父親翻了一下白眼，將切麵包的刀子放到餐具櫃裡，合掌求他說：

「拜託啦!不是這麼回事吧!聽說只要哪裡一響槍，你便第一個躺進戰壕裡。」

佩平大伯還是自得其樂地繼續嚷嚷著：

「他們誰都不敢碰我一下，我會立即掏出手槍來，啪!啪!所有的人便都倒在血泊中，在裡面打滾。」

父親喝完杯裡的咖啡，氣得灑濕了褲子。他立即走到櫥櫃背後悄聲對我說：

「聽說他一到天黑就害怕，即使到了十八歲，還得叫人去接他。」

「孩子，」佩平大伯對我喊道，「最漂亮的美女還爲我互相開過槍呢。想當年，我還是摩拉維亞地區的頭號美男子呢！」

站在櫥櫃後的父親十指交叉，緊握著雙手，輕聲對我說：

「不是這麼回事。實際上他在整個青年時期長了一身的膿瘡，他的脖子上總長著三個破了口的癤子。」

可是佩平大伯仍然沉醉在那金色的舊時光裡，繼續興奮地叫喊著：

「當我穿著軍校制服回來休假時，腰間佩著短劍，短劍旁邊是一個金色絨球裝飾。喏，誰要是看到我穿上那套世界上最美麗的制服，都會驚羨得目瞪口呆。只要我朝我的妹妹瞅一眼，她便會垂下眼皮，被這一奇美驚倒在地。全家人只好將冷乳酪敷到她額頭上降溫，免得這寶貝死去。」

這時站在牆壁與櫃子之間的父親又憋不住了，他眼睛望著天花板，再透過天花板對上天實話實說：「他的確是穿著一套軍官候補生制服回來，不過這制服是向別人借的。在戰爭期間，他一直是個普通士兵。」

可是，佩平大伯還在繼續自我陶醉。我坐在他對面，兩手抱著膝蓋，搖晃著身子笑個不停。我看得出來，父親說的是眞話，可佩平大伯認定自己在那個時候是中歐最帥氣的士兵，於是便順理成章地成了這樣的士兵。我坐在那裡搖呀晃的，一不小心上衣領開了，佩平大伯盯著我的胸膛，扒拉開我的翻領，相當入神地審視著那條綠色的美人魚。

他欣喜若狂地叫起來：

「哎呀呀！這太美啦！」

「是嗎？」我說著閉上了眼睛。

我爸剛剛切下一片麵包，眼下他正拿著那把刀子站在我面前，我不再搖晃了。這時我看到了兩張面孔：大伯那張充滿讚賞的面孔，和我爸那張驚嚇不已的面孔。

「美人魚？你是水手！你是條好漢！」佩平大伯嚷了起來。

父親摸了一下紋在我胸膛上的美人魚，大聲怒吼道：

「你打算帶著這玩意兒去滿城蹓躂？去上學？」

媽媽走進廚房，從爐臺上取下餵豬的飼料桶。當她正要朝我父親和他所注視的那個方向看時，父親連忙捂住她的眼睛。

「你好大的膽子！」父親繼續對我吼道。

「我本想要紋一艘小船，羅伊札先生卻幫我紋了條美人魚。」我強忍著眼淚說。

「可這條美人魚是裸體的！」父親邊吼邊將母親推到門外走廊上。

「可是很漂亮啊！她的樣子就像哈威爾特飯館新來的女服務員弗拉斯塔喲！」大伯卻大聲讚揚說。

父親手裡握著那把切麵包的刀子，然後又將家用藥箱提來並打開了它。他握著那把廚用刀一直走到我跟前。我閉上眼睛，腦海裡閃出了《聖經》中的一段故事情節：亞伯拉罕[6]準備殺死以撒以祭奉上帝。我苦苦哀求父親說：

「爸爸，我的天哪！爸，別這樣！讓我留在這世上吧！你可以割去我皮上的美人魚，但請你留給我一條命。」

父親終於不再將刀子那麼近地對著我的脖子，他開始猶豫了。但他過了好久才丟開刀子，從藥箱裡取出並展開一捆膠布，用刀子將它割成一條一條，就像封閉毒井那樣將它們貼在我的綠色美人魚上。佩平大伯鬆了一口氣，小心翼翼地從掛鉤上取下他那頂白

6 亞伯拉罕（Abraham）為希伯來人的祖先。據《聖經》記載，他有一個兒子名以撒，上帝曾命令他將以撒當作犧牲品獻給上帝。他準備遵命，但上帝卻賜給他一隻羔羊以代替以撒。

色海軍帽，細心地將它戴在頭上，孩子氣地笑了笑，彷彿他已看到自己戴上這頂帽子有多帥。隨即，他不聲不響地從廚房走到廊子上，輕輕關上背後的門。現在他那頂白帽子正從窗下游過暗黑的黃昏，到小城的飯館裡去找那些漂亮姑娘，並讓自己在走進飯館和酒家之前，沿途接受探身窗外的人們對他的問候。因爲是夏天，每扇窗都有人趴著朝街上看。在我們小城有這麼個習慣：每天傍晚，還有星期天上午，人們總愛穿得漂漂亮亮，趴在窗戶上，整條街都是探身窗外的居民。他們以極大的興趣觀看誰從街上走過，互相打聽什麼地方發生了什麼事情。他們還彼此打招呼。總之每個窗戶都趴著一群人。到了廣場上更是這樣：每層樓的窗戶都趴著一群探身眺望的人，跟過節一樣，彷彿有個什麼軍樂隊和化裝遊行隊伍走過小城的街上。但只有在傍晚人們才這樣做，因爲也只有在這個時候，他們才有時間。人人都跟大伯打招呼，趴在窗戶的每一個人也都想知道，哪個酒吧的姑娘最漂亮。每個人都稱讚大伯的那頂海軍帽。佩平大伯知道這一點，也爲這而活得高興。這時我正坐在小桌旁寫家庭作業，我這樣做只是爲了引開我爸媽對美人魚刺青的注意。我還裝作相當專心的樣子，好讓父親別再吼叫，媽媽不再哭泣。我寫作業的時候，爸媽正在換衣服，準備去看電影。我的作業是寫一篇題爲〈我的志願〉的作文。老師說，每個學生都要有一個遠大理想，應該想著將來成爲總統，成爲拔佳皮鞋廠

7老闆、審判長或郵局局長。而我卻在家庭作業上寫道：「我想當個無業遊民。這樣的無業遊民從來不去上班，就像我不喜歡上學一樣。每天晚上，小城廣場上擠滿了無業遊民，他們彼此喊叫著，活得很快活。他們也擠滿小酒館，在那裡玩撲克牌。即使在下雨季節，這些無業遊民也總是曬得黑黑的，因爲他們有的是時間去游泳，整天躺在太陽底下。到了冬天，他們便去打冰球，冰凍的河上全是他們的喊叫聲。我們小城裡的無業遊民無憂無慮，他們早上要睡到自然醒才起床，因此他們的臉色比那些老是害怕被炒魷魚的上班族要好得多……」我爸正在打領帶，他對著鏡子，伸著舌頭，就跟要上吊似的，兩隻手的指頭忙亂得一塌糊塗，到最後總算打成一個大概是他想要的那種結，便伸過頭來，從我肩後審讀我的家庭作業。等他審讀完畢，我便感覺到他的目光已落在我的後腦勺上。這目光銳利如廚房用刀，尖細如雨傘上的鐵絲骨架。他一把抓住我，差點把我的肩骨捏碎。他猛地將我轉過身來，手裡拿著的菜刀刀尖正好對著我的頸脖。我縮成一團，知道自己這下非完蛋不可了，因爲父親對我的家庭作業所生的氣，比對我身上刺了

---

7 捷克馳名世界的鞋廠。

條美人魚生的氣還要大。他惡狠狠地看著我，就跟去年那次一樣：那次他要我到園子裡的幾塊小菜圃上拔草，我拔完之後他還摸了摸我的頭髮，然後和我一起走進園子。可是當他發現我拔掉的都是生菜和蔬菜，留下的卻是各類雜草時，他就跟現在一樣，目光裡充滿了對我的憤恨，還夾雜著一種痛苦。他心想他究竟招誰惹誰了，上天竟要如此懲罰他，而且罰得這麼重……這時他正如此憤恨地看著我，刀子在我胸前晃來晃去。我沒眨眼，我父親也沒眨眼，他幾乎是一直看到我的心底深處，然後扎了一刀，但是很輕，只是用刀子將貼在我胸口上的膠布一片一片地揭下來，還自言自語地輕聲說：

「白費力氣，就讓這美人魚像該隱[8]那個印記留在你身上吧……這麼說你想當個無業遊民嘍？那你的下場就是進少年感化院，等到他們把你從感化院放出來，你就成熟得可以進牢房了，進了牢房之後再等著上絞刑架吧！」

我母親已經穿上套裝和戴上禮帽，她看一眼我胸膛上的圖案說：

「你這條美人魚還有一隻帶鱗的尾巴和兩個赤裸的乳房呢，不過要是反過來可能會更加難看。快走吧！別誤了點，今天是古柏[9]主演的片子。」可是膠布跟我父親的手黏在一起了，他使勁甩著他的手指，甚至整隻手，但這膠布卻死死地黏在他的手掌，最後靠一塊毛巾，才將它脫去。

我被嚇得夠嗆。哎呀呀，我爸媽總算上電影院看電影去了。

我坐在啤酒廠辦公室門前的一條長椅上，燕子們已不再在天空飛舞和嘰嘰叫，隱約能聽到遠處火車行駛的聲音。一陣清脆的叮噹聲離啤酒廠越來越近，夜巡員沃尼亞特科先生走進了啤酒廠的旁門。他那張面具般的臉上滿是汗水，身上掛著手電筒、哨子，走路的時候還常絆著他那條忠實的小狗穆采克的爪子。他走到長椅這裡，兩個腳跟一併，報到上班。裝著咖啡的帶蓋小桶掛在他的脖子上，背上還揹了一支火槍，但已經沒法用來射擊了，因爲沃尼亞特科先生每晚都覺得可能遭到襲擊，就像奧國老兵佩平大伯一樣。沃尼亞特科先生動不動就開槍射擊，曾讓正在親熱的戀人們受到驚嚇，還將一個在啤酒廠大便的人的禮帽打了下來。所以我爸爸寧可把那火槍的槍栓弄壞，讓它沒法射擊。沃尼亞特科先生取下風衣，將它鋪在辦公室旁花楸樹下的草坪上。他又絆著了他的小狗，差點摔倒在地，跟小狗一起撞在水泥柱上。小狗汪汪地埋怨著，沃尼亞特科先生

---

8 據《聖經》故事稱，該隱為亞當之長子。

9 賈利·古柏（Gary Cooper,1901~1961），美國電影演員，好萊塢最受歡迎的明星之一。

便將牠抱到懷裡，用他那濕漉漉的臉去親牠，求那忠實的小動物原諒他。隨即他便在長椅上坐下，將火槍放在身旁。他汗流不止，側耳細聽動靜。我爸說，沃尼亞特科先生在戰爭期間曾經得過瘧疾。眼下他坐在那裡，嘴裡總是冒出一股蒜味，外加一股怪怪的洋蔥味。他突然想起：對了！還沒向經理先生報到呢！我告訴他說我爸看電影去了，可他還是肩扛火槍，邁著軍人的步伐走到窗前，對著黑乎乎的窗口報告說：「夜巡員沃尼亞特科報到！」

然後，他來了個向後轉，差點又摔倒在他那忠實的小狗穆朶克身上，他連忙抱起牠。當他跌跌撞撞又要碰到水泥柱時，他的瘧疾已經發作過了，頭腦也清醒了些。他吻一下小狗，將那股洋蔥味和蒜味蹭在牠身上。小狗恐怕寧願讓沃尼亞特科先生與牠一同撞水泥柱，也不樂意讓他吻自己。這股蔥蒜味讓牠難受得躲開主人那長滿鬍鬚的嘴巴，躥得老遠。可是夜巡員也需要交流啊！他任小狗待在地上，自己朝我坐著的這條長椅走來。我看到了他的側影：他穿一條釀葡萄酒工人穿的大襠褲，在他的兩腿之間還耷拉著一條小褲腿似的東西。這是因爲夜巡員有個疝氣大腫包，就像佩平大伯所稱的髒玩意兒。這時，他坐下來聆聽這黃昏。

「沃尼亞特科先生，您要是上過學，您想當一名什麼？」

「當一名羊癲瘋患者。」他不假思索地說。

「羊癲瘋患者?這算哪門子職業啊?」我問道。

「這可使一個人達到最高的境界。印度的羊癲瘋患者最多。這種人能幫人們找到水井，是水源的探尋者。他們也懂哲學，當別人都在忙著泡妞和上酒館的時候，他們卻在寫詩；當他們的知識達到最淵博的時候，他們甚至能像杜斯妥也夫斯基或果戈理一樣寫小說。最偉大的羊癲瘋患者該數穆罕默德了。他突發奇想，半夜起來用刀子割斷共用的床單，拋下妻子兒女，出門爲人們尋找所謂的精神水源。後來因此而著書立說。佩平也是這種羊癲瘋患者，是阿爾卑斯山脈以東最大的羊癲瘋患者。」

「眞的嗎？」我問道。

「是眞的。」沃尼亞特科先生說。他兩手抱著膝蓋，坐在辦公室窗下的長椅上聆聽夜晚。蝙蝠在空中飛舞，貓頭鷹在窗沿板上號叫，大門旁小森林中的斑鳩在夢中咕咕細語。我暗自下決心要回去重寫我的家庭作業〈我的志願〉。我站起來，夜巡員睜著他那雙呆板無神的眼睛，淌著汗水。小狗穆采克縮成一團，躺在花楸樹下的火槍旁邊。我走到沃尼亞特科先生面前仔細端詳一下他的臉，他仍舊像一座睜著眼睛的雕像，一動不動地坐著。我碰一下他緊抱著膝蓋的手，但沃尼亞特科先生卻在專注地聆聽夜晚。他爲那滿天星斗的夜空而驚羨得發呆和僵硬了。我離開這裡朝工人宿舍走去，三樓工人宿舍窗戶的燈光一盞盞地熄滅了，有個釀酒工大概是要到後院翻動釀酒用的大麥，可能就是馬拉先生。這位釀酒工每翻動一遍大麥，便跟夜巡員一樣睜著眼睛，一眨也不眨地坐在工人宿舍窗前，往下眺望河畔風光以及四周原野。他就這樣入神地眺望著，身邊放著一個啤酒桶，每隔一刻鐘就往他的洋鐵罐裡灌一次啤酒。他不停地喝著，啤酒還沿著他的鬍鬚往下滴。他只穿一條襯褲，坐在這三樓眺望拉貝河岸的風光。我曾聽到與馬拉先生同住一間宿舍的佩平大伯說過：馬拉曾因強姦自己未成年的女兒而坐過牢，如今他不需翻動大麥時，便這麼坐著喝啤酒，眺望田野。我常去看他，他總是這樣坐在窗前的椅子上，一隻手按在酒桶的開關龍頭上，另一隻手端著他的洋鐵罐，憂傷的啤酒沿著他的鬍鬚一滴一滴往下掉。我只知道他強姦了自己的女兒，但不懂「強姦」兩個字的意思。是推倒她，打了她，還是揪掉了她的頭髮？要不就是幹了那種只有大人才能幹的壞事？根據電影畫面，那種事只有像古柏扮演主角的電影《驚人事件》中那種人才幹得了，而絕不會像釀酒工這種穿條短褲衩、骯骯髒髒、鬍子濕濕的、不停地喝啤酒、只用鹹魚下飯的人。我常坐在工人宿舍的長椅上雙手捧著頭，手肘撐在老有一股鹹魚味的髒桌子上，望著馬拉先生，怎麼也理解不了這個釀酒工怎麼會去強姦自己未成年的女兒，因爲我也是未成年啊！

我已經站在我家的門口了，看到後院那排矮房的小窗戶還被燈光照得通亮。根據身影和鬍鬚的輪廓，我認出又是馬拉先生在晾大麥。我走進廊子，悄悄摸進廚房，手按著電燈開關站在那裡猶豫了一會兒：究竟要不要重寫那篇家庭作業〈我的志願〉呢？後來一想，還是睡覺去算了。我躺下來，兩手枕在腦後，清楚地感到自己如何緩緩地吸了一口氣，我的那艘小船（儘管代替它的是一條美人魚）如何飄然而上，在寧靜的夜間航行。我仰望著被夏夜之光照亮的天花板，隨即想起了我們廠裡那位趕大車的科別茨基先生如何將一桶桶啤酒送到小城各處和附近村莊。每到中午，他便已在牲口旁等候，然後繞過糞水坑，朝圍牆那邊走去，回來的時候總帶著用一塊白布蓋著的提包。我看見他慢慢坐下來，從放在膝蓋上的提包裡掏出一個裝了湯的罐子，慢悠悠地喝著，然後再掏出一個小平底鍋，用杓子舀著醬汁或醃圓白菜絲。吃完後，他又將罐子和小鍋以及餐巾放回提包裡，繞過糞水坑和肥料堆，走到圍牆那邊，將餐袋放到鑲滿碎玻璃片的高高的牆頭上，由啤酒廠圍牆外面街上的一個什麼人取走。今天中午，等科別茨基先生一喝完湯，我便從啤酒廠跑出去，拐了個彎。啤酒廠的馬棚緊挨著圍牆，我老遠就看到一輛女用自行車靠在圍牆那裡，旁邊站著一個年紀比我大一點的女孩。我停下腳步，遠遠地瞧著，直到有人從酒廠裡邊將蓋著白布的餐袋放到鑲滿玻璃碎片的圍牆頂上。那女孩爬上靠在圍牆的自行車上，舉手將提包取了下來。我從她身邊跑過時，只聽見她喊了一聲：「爸，晚上見！」我站在啤酒廠的拐角，看著女孩從這邊過。她有一雙褐色眼睛，臉色蒼白，唯獨那雙大眼睛和頭髮很是醒目。她像剛從水中浮現出來的。她的頭髮在腦後綁了一個蝴蝶結，自行車的把手上掛著的就是那個餐袋……這啤酒廠的馬車夫科別茨基先生在我心目中彷彿突然成了一位先知，一位腳穿高筒膠皮靴、身著粗布衣褲的聖人。他走起路來總是左搖右擺的，總是用一雙瞇縫著的眼睛看這世界，可他有一個女兒，每天送午飯給他，騎在自行車上，將餐袋放在高高的圍牆上，等他吃完後再從鑲滿碎玻璃片的牆頭取下餐袋，對著隔牆看不見的爸爸喊一句：「爸，晚上見！」就又走了……

臥室裡，我父親懇求的聲音突然將我驚醒：

「別再說了，別再說了，求求妳別再說了！我已看到妳是怎麼看古柏的。像妳這種體面的女人是不該這麼看他的，只有當妻子的才能這樣看丈夫。」

我母親舉著雙手在脫內衣，準備換睡衣。纏在那絲綢內衣裡的她反駁說：

「這不就是一部電影嘛，再說那古柏也的確讓所有的女人動心啊！……一個美男子而又這麼男孩子氣……」「什麼？」父親嚷嚷道，「那麼妳承認了，妳對他也動心了？

跪下！妳招了吧！妳要是在哪裡碰見他，就會成爲他的人，是不是？」

母親鑽進被子裡說道：

「大概我很難抗拒他的誘惑力，這個古柏的力量能勝過所有的偏見。」

「妳原來是這麼個貨色！」父親吼起來。他拽著我母親的手，將她拖下床，「這麼說要是有可能妳就會成爲他的人哪？我可不能容忍，爲了我的榮譽！」

父親大吼著，我看到他從床頭櫃抽屜裡掏出一把手槍。我翻個身趴臥著，用兩手捂著臉趴在靠得很近很近的兩張床中間。兩床之間還搭著一床毯子。我突然既不能動彈也不能起來，急著要撒尿。眞嚇人哪！父親在往手槍裡裝子彈，母親跪在那裡苦苦哀求他給她留一條生路。我卻扒拉開毯子，在兩張床之間的縫隙中撒起尿來，都是因爲我和佩平大伯一塊啤酒喝得太多的緣故。就這樣，我居然俯身臥在兩張床之間撒了一大泡尿。

父親突然安靜下來細聽動靜，後來母親也沒聲響了。

「這畜生！身上刺一條美人魚還嫌不夠，想當個無業遊民還不夠，還要玷污我們的床鋪！」父親把手槍放到床頭櫃上，用力把床一拽，我便掉到那一攤尿裡了。只見父親正瞪著眼睛站在我面前吼道：

「你長大以後只有上絞刑架一條路！」

我跌跌撞撞地走出去。母親攤開雙手。後來，我好長時間一直跟她抱在一起，我們互相緊緊地擁抱著、哭泣著，我哭得尤其大聲。我和媽媽彼此許諾永不分離。爸爸愣著站一會兒，然後收起手槍，從廚房裡提來一個小桶和一塊抹布，彎下身來擦拭地上的那一大攤尿。他將尿擠到桶裡，隨即又用擠乾的抹布接著再擦，這樣反反覆覆好多次。他就這麼擠著擦著，不知不覺他的氣慢慢消解了，就像媽媽也已經停止了哭泣一樣。我悄悄溜進廚房，準備在那裡打開折疊床。父親從走廊來到院子裡，使勁地將尿潑到果園的草地上。

當他重新鋪好床鋪之後，媽媽立即鑽進被窩，寬慰地說了一聲：

「我心愛的床啊！」

父親關了燈。我聽到他光著腳板走路的聲音，隨後是床墊子的呻吟聲，被揉壓得晃動了片刻，最後，沒聲了。「這個古柏，」父親溫柔地說，「不僅是位很棒的演員，而且還是一個很優秀的人……他吹長號的那個樣子，或者他爲自己造房子時的那股活力，他坐在幾根房梁中間就接待起客人來了……還有，當那姑娘對他說喜歡他時，他撒腿就跑，還撞翻了一個桶……所以我說啊，《驚人事件》這部電影的確很驚人……明天還會上演，我們再去看一遍，好嗎？」

每天都有奇蹟

每逢星期天，啤酒廠裡都很寧靜。馬匹在牲畜欄裡休息，麥秸上趴著兩頭犍牛，院子裡停放著插有轅桿的大車，箍桶房裡堆著橡木板，這是箍桶師傅用來做木桶的。有所謂「小狗崽子」即四分之一公升裝的小桶，有半公升裝的桶，有一百公升裝的大桶，還有兩百公升裝的桶，以及那擱在有熟啤酒的發酵室裡的五千公升裝的特大桶。洗手房裡塞滿了機器，機房裡放著各式輪胎，所有大鍋都安在蒸煮室，一切都像熟麥睡在麥芽房頂間裡一樣在休息。箍桶房後面是一座很大的櫻桃園，果樹枝一直升到鐵皮屋頂上，有些樹枝乾脆就趴在鐵皮上。每當櫻桃熟得幾乎呈黑色時，我便從一根樹枝爬到另一根樹枝，一直爬到高過屋頂的樹冠上，摘滿滿一手的櫻桃，享用這甜美的果實。我慢悠悠地品嘗著，一吃就是好幾個鐘頭，彷彿不是我自己，而是別人在將這些櫻桃放到我手裡，又從我手裡拿走；我吃得那麼從容、那麼津津有味。遇上下雨，櫻桃裂了口，它的味道更佳。我坐在樹梢上，一隻手扶著樹杈，另一隻手單挑那些熟得最透的摘。烏鴉也在我旁邊啄食櫻桃，椋鳥更是狼吞虎嚥地搶吃這果實。牠們還銜著我嘰嘰喳喳叫個不停，彷彿這櫻桃還不夠我們吃似的。美麗的椋鳥在樹冠上像寶石一樣閃亮，牠們綠裡透藍，漂亮至極，脖子上還飾以一圈金色羽毛，像打了蠟抹了油一樣光亮，又像剛從水中飛出來的翠鳥。我對這些果樹熟悉得連閉上眼睛都能想像出它們所有的主幹和枝杈來，每棵樹的面目姿態各異，而我就一直活在這些樹裡，不單在櫻桃熟了的時候。遇上好天氣，我還一隻手拿著一塊抹了奶油的麵包，美美地享用，另一隻手則快速抓住一根又一根樹枝爬到樹頂上，背靠著大樹幹，兩腿伸直踩在兩根樹杈上。樹葉為我遮身，風兒輕輕吹動整棵大樹，我透過樹葉間的空隙，能看到啤酒廠房牆上的斑點汙跡。從我這裡望出去，是那沒有窗戶的冰庫的一堵牆，牆上灑落著陽光和綠葉的陰影。即使隔著圍牆和樓房的牆壁，我也能看得見裡面的一堆堆冰塊。只要我一瞅麥芽房，閉著眼睛也能看清楚這座樓房的每一層：從擺放著一根根卷軸的頂間，到下面一層裝有透氣孔天花板的製造麥芽的熱氣騰騰的麥芽房，再下一層是工人宿舍。工人們或圍桌而坐，或往爐膛裡添燃料，或躺在單人床上。我還看見有一道樓梯穿過麥芽房，一直通到下面的後院。我只需坐在櫻桃樹上朝那邊一瞅，所有牆壁對我來說都像玻璃一樣透明，連暗黑的發酵室我也能看得一清二楚，因爲對裡面的一切，我本來就瞭若指掌，我曾多少次來回穿梭於這座啤酒廠啊！我這人膽小，無論在發酵房，或者在蒸煮房的走廊上，或者在啤酒廠的最高處，即整個冰庫上面，那裡有一個大如溜冰場的大盆子，從那裡抽出熱騰騰的、未添酵母和氧化物的啤酒，從魚鱗板活動軟蓋的縫隙中冒出一股股蒸汽，這些活動軟蓋就像女人用梳子往上梳理她們的淺黃色頭髮一樣地蓋在啤酒廠的上面。我每次沿著這蒸汽中的走廊到樓頂，總是嚇得要命地飛跑而上，每上一階，都感到非常恐怖，總覺得突然會有一隻手從某個黑暗角落裡，從總是敞開著的門裡向我伸過來，把我拽過去。每個禮拜天，當啤酒廠靜寂如墳的時候，我都是這樣快速如箭地飛跑上去，只有這樣，我的害怕程度才會稍微減輕一點。這就又好比在春天，河水上漲，結冰的河面開始碎裂，冰塊擠擠撞撞浮在河面上，彼此碰得咔吱咔吱響時，我便站在岸上，久久地望著那些彼此碰撞的大冰塊，總要等到鼓足了勇氣才開跑。我精力高度集中，心怦怦直跳，從一塊冰跳到另一塊冰上，只要啪的一聲，哪怕輕輕的一聲，我就會和冰塊一起淹沒在游動的冰流之中，就像捧進被馬蜂叮得不聽使喚而一頓亂跑的牛群中一樣。每年我都這樣從一塊冰跳到另一塊冰上。我必須保持快速，直到從最後一塊冰跳到岸上爲止。我注意了一下圍觀者們的眼睛，他們誰也不敢冒這個險。我兩手插著腰，歇一會兒，重新積蓄力量，又從一塊游動的冰跳到另一塊冰上，一直這麼跳著，回到我起跳的地方。現在，我就是懷著這種緊張害怕的心情跑過星期天那寂靜如墳的啤酒廠的。可我最喜歡做的事情是打開牲畜欄的門閂。我不怎麼喜歡馬，牠們有著一雙總是十分驚恐的眼睛，每匹馬的眼裡都流露出恐懼的神情。大概因爲在牠們學會拉車運送啤酒之前，人們沒少欺負牠們的緣故吧！我最喜歡在星期天到馬廄隔壁的牛欄去玩，那裡躺著好幾頭犍牛。牠們在等我，轉過頭來看我。牠們的眼睛好漂亮！嘴裡總在不停地嚼著，望去比人還要好看。我常去那裡，在每一頭牛跟前跪下來，撫摸牠們，牠們總是閉上眼睛。我跪在哪一頭牛跟前，哪一頭牛就閉上眼睛，其他的牛便朝我看。每當我撫摸和掂掂牛脖子下面那塊又漂亮又柔軟的皮肉時，我覺得我的手指頭彷彿在撫摸我媽媽的鹿皮手套。可這還算不了什麼，當我整個身體都靠在牛的脖子和頭上時，我覺得牠也在緊貼我，使我感到格外舒服，無法不閉上眼睛，於是牛欄裡一片漆黑，但這漆黑卻宛如一道從牛射到我身上，又從我射到牛身上的一大片溫暖的亮光。其他沒有得到這種待遇的牛便看著我，昂著頭，表情嚴肅得像個國王。當我跟這些動物如此親熱地相處時，我才十分確定，爲什麼我們在《聖經》裡讀到的路加[10]，在他的標記裡有頭牛……

今天，我花了好長時間才摘滿一大籃櫻桃，可我摘的全是最小的。每當我摘下一顆最棒的櫻桃，我便自己把它吃掉。傍晚時分，我將這一大籃櫻桃扛到教我爸爸編寫稅務帳目的稅務所長諾沃特尼先生家。冬天我到他家送新宰的豬肉，秋天送山鶉和兔肉。我每次到他家，他總會給我二十哈萊什跑腿費，還一再叮囑我別一下就把這些錢買零食花光了。然後，將我請到他的兒子和女兒寫功課的桌子旁。他問了他們一些文法和算術方面的問題，孩子們答得飛快。稅務所長因此非常高興。可我卻看到，孩子們有多麼恐懼。他們對諸如逃學啦，在哪裡玩一下或偷個懶之類的事情，根本連想都不敢想。諾沃特尼太太總要將我父親叫我送來的那份禮物收拾好久，彷彿是故意這麼做的。也許是爲我去他們家而感到高興，也許是想讓她丈夫有足夠的時間來炫耀他孩子們的課業。那個小男孩才剛上二年級，他父親就已經知道他將來要成爲審判長。那個小丫頭才學一年的鋼琴，她母親就預言她會成爲震驚世界的著名鋼琴演奏家。我發愣地坐在那裡，兩眼盯著我那繫得亂七八糟的鞋帶，饒有興致地看著那些鞋扣眼。我的鞋帶從來沒有穿對過，

---

10 路加（Loukas），是《聖經》中〈路加福音〉的作者。

因爲我總是匆匆忙忙去上學，我的那些靠上面的幾個扣眼總是空著，有一個扣眼怎麼也穿不進鞋帶，我只好隨隨便便繫上，因爲我對這些事根本沒放在心上。當稅務所長先生喊道：「伊希克，你的算術得了幾分？」我馬上知道，是一分，然後所有的功課都會是一分，連操行也會是一分，總而言之全是一分。那小丫頭也是一樣全一分。我知道，說不定是我爸爸事先叮囑過諾沃特尼先生，請他啓發規勸我一下，因爲從二年級起，我的算術和文法便總是只得三分，操行得二分。而我卻在想著自己的一堆心事：我在諾沃特尼家老想到那些在城裡遊逛的野狗。牠們沒地方睡覺，便躺在橋底哪棵樹下面，靠人家施捨點什麼或自己找到點什麼來塡飽肚子。除此之外，不是在太陽下面嬉戲便是在雨中縮成一團，各行其便。我在諾沃特尼家還想到那些全得一分的名貴血統的狗，可牠們不管在狗窩裡或是外出散步，都被一根皮帶拴著或是戴上嘴套。我還想到那些獵狗，牠們被套上頸箍、拴在樹上直到暈過去，就因爲牠們沒從塘裡將射傷的鴨子叼回家來。我還想到那四萬條一輩子都被短繩子拴在村子裡各個狗窩旁的狗，爲了讓牠們變得更機警，夏天不給牠們水喝，牠們的主人也從來不帶牠們出去蹓躂，要麼乾脆讓牠們徹底解放，四處亂跑，躲得離人遠遠的，直到被鏈子拴在灌木叢中，惱怒得變成瘋狗時，人們才不得不用槍把牠們打死……我送一籃小櫻桃給諾沃特尼先生時，他老是盯著我的水手衫領子看，我乾脆解開衣鉤，敞開領子，露出那條綠色的美人魚，那條羅伊札先生在橋下酒家幫我刺在胸膛上的美人魚。稅務所長先生臉紅了，立即用手遮住兩個孩子的眼睛，將他們帶到另一張桌子旁邊去。正在挑選籃中櫻桃的諾沃特尼太太立即垂下眼皮。我看到小男孩上廁所去了，廁所的窗簾是掛在廁所外面的，稅務所長先生踮著腳尖，悄悄走到窗前朝廁所裡看，看他兒子是不是在做什麼越軌之事、可能傷害和擾亂這小男孩的事。廁所門一開，小男孩出來了，他爸爸連忙閃到一邊，意在教訓我說：「我的成績曾經好到這個程度，連督學都親自推薦我由小學四年級直接跳到中學一年級。是這樣嗎？」他轉過身來問孩子們。孩子們連忙點頭。他們呆如木偶，連那笑容和討好的神情也一樣發僵。他們眼神驚恐，就像那隻沒有叼來兔子的獵犬，在挨了主人的狠揍之後，還去舔獵人的手並依偎在他那可怕的靴子旁邊一樣。

「您知不知道？」我扣上領扣，將美人魚藏進上衣下面，提起空籃子說。

「我在聽著呢！孩子們，你們也聽著！」稅務所長說。

「您知不知道這一點？」我手扶著門把，「小學沒有五年級您知道嗎？您當然沒必要上五年級。」

說完便出門到走廊上，然後沿著梯子下樓到花園裡去了。諾沃特尼先生站在最上面的樓梯上嚷道：

「你，你這渾小子！你要破壞我的家庭？你要把你那無法無天的一套帶到我家裡來？你要危害我們小城裡所有孩子的道德品質？你根本不配上學，只配進感化院！」他將背後的門一甩，我用空籃子罩在頭和肩膀上，因爲已經下雨了……幾天之後，稅務所長住進醫院，病情嚴重的消息傳到了啤酒廠。我又爬到櫻桃樹冠上，摘了一籃最好的櫻桃，然後提著籃子穿過市中心，一直走到哈貝什。諾沃特尼太太幫我開了門，對我微笑著，她是第一次對我微笑，和藹地請我進屋。我坐下來，冷不防嚇了一大跳：那小姑娘從廚房裡跑出來，頭髮飄散在腦後，舉著雙手，大聲喊叫，驚恐地跑過房間，逃進另一間房裡。那小男孩飛快地在她後面追趕，伸手去抓她的頭髮，可總也抓不著。小男孩追著小女孩也跑進房間。我聽到他已經抓住了她。小姑娘喊著笑著，男孩也笑個不停，然後揪著他那門門功課得一分的妹妹來到我們這個房間，將她按到沙發上，兩人嬉戲打鬧，滾成一團，後來總算平息下來，女孩卻在哭泣，她的兩條腿像坐在溪邊戲水似的抖著。那男孩推開窗戶叫我快看小城的太陽漸漸落山的情景。當我們撐著手肘看落日時，那小丫頭朝我們跑過來，趴在我們中間，緊靠著我們的肩膀。她突然轉過身來對著我，她的眼睛幾乎挨著我的眼睛，她的鼻子已經碰到了我的鼻子，還將小手放在我的上衣上。我注意到她的眼睛越過我的肩膀，盯著她哥哥的眼睛，想從中吸取力量。她的眼睛骨碌碌地轉著，意思是說該不該大膽一點。我感覺到，我背後的男孩在點頭表示贊同。於是那小女孩便解開我的條紋衫藍條橫襯領，再解開扣襻，然後扒開水手衫的翻領，瞪著那雙大眼睛一動也不動了；她那雙眼睛大得跟玩具木馬上的一樣。她就這麼站在那裡愣愣地瞅著，任那窗外的窗簾朝房間裡面飄動，她只顧緊緊抓著我的條紋衫，驚羨地看著。

「喲！」她說著，嘴巴噘得老高。站在我背後的男孩也忍不住了，順手抓住窗簾將自己裹了一圈，透過窗簾的刺繡孔，瞅著那條綠色的美人魚。兩個小孩摸了摸它，更加驚羨不已。「這個東西怎麼也去不掉嗎？」男孩問道。

「是，這是洗不掉的，如果想要去掉它，布拉格有位大夫能做得到，不過一平方公分要六十克朗。」

「我想跟你一塊去游泳。」小姑娘說。

她舉著兩隻小手，像隻被抓住的小蝴蝶，任那被風吹得鼓脹起來的鏤空長窗簾裹著身子，只將頭露在外面，瞅著我的胸膛。

「眞漂亮！」她說著舉起手來，透過窗簾觸摸著美人魚，然後補充說，「你本來是想要一條小船的吧？」

我看了一眼小姑娘的臉，她感到有點失望。

「不，」我忙說，「羅伊札先生在橋下酒家本想幫我刺一條小船，可我說，要一條美人魚！」

那小丫頭摟著我的脖子，我們就這樣從那被穿堂風吹進房間的窗簾中，跌跌撞撞地走出來。太陽下山了，小男孩突然跑起來，一不小心摔了一跤。小丫頭趴在桌子旁，兩手托著下巴看著我。諾沃特尼太太雙手放在膝蓋上，神情憂傷，久久地沉默不語。

「剛才你們在說什麼來著？」她突然問了這麼一句。

「他本想在身上刺一條小船，他們卻幫他刺一條美人魚。」小丫頭說。

小男孩仰面躺著，穿著皮鞋的腳在空中劃來劃去，都快搆著牆壁了。他說：「瞄準的是小狐狸，擊中的是小瑪莉。這就叫歪打正著呀！」

「瞎折騰沒好處。」諾沃特尼太太責備地說。

我提起籃子朝門口走去，那兩個小孩連忙跳起身來，友好地往我背上捶個不停。小丫頭更是邊用小手捶著邊朝我甜美地微笑：

「你一定要再到我們這裡來呀！要是爸爸不在家時，我們到你那裡去好嗎？」

可這個爸爸不僅不在家，而且永遠地離開了他們，到一個誰去了都回不來的地方。他死了。第二天，我去上學的時候，諾沃特尼家的這兩個小孩在大街上跑著，他們還手拉手地蹦跳著，高興地叫嚷著，逢人便要告訴一聲說他們的爸爸死了，儘管誰也沒問他們，因爲大家都已經知道，可他們還是逢人便告訴一聲：

「我們的爸爸死了！爸爸死了！」

被野貓圈為勢力範圍的房子

我們家養了兩隻貓。母親的那隻公貓叫采萊斯廷，父親的那隻母貓叫米麗特卡。被家人暱稱為采爾達的采萊斯廷幾乎被允許做任何事情。當午飯時分牠正好睡在廚房的餐桌上時，媽媽便將餐具擺到臥室裡的桌子上。當公貓睡在臥室的桌子上而米麗特卡又躺在廚房裡的餐桌上時，我們便只好坐到小凳子上，將餐盤擱在膝蓋上吃飯。早上，當兩隻貓徹夜不歸，被露水或雨水打得全身濕透從外面回來時，我媽也不責備牠們。要是有客人來我家拜訪，將帽子放到床上，媽媽便立即將它掛到衣架上。當媽媽晚上到劇院裡去排練時，采萊斯廷便將她一直送到橋上，然後藏身在一個書報亭旁的小灌木叢裡，等到我媽返回時，牠便躥出來，將她送回家，送到啤酒廠。我父親的米麗特卡則常跟著他去辦公室上班，甚至跟他一塊去安裝機器。每逢這時，米麗特卡總是坐在工作臺上。我父親拆卸馬達時，總要將一件件零件拿給米麗特卡看，並告訴牠這零件叫什麼名字。米麗特卡則微微閉上眼睛，腦子裡閃現我父親的身影，因爲牠實在太愛他了。采爾達也喜歡我父親，不過這只是因爲我父親喜歡我那被采爾達愛得要命的母親的緣故。采爾達爲了討好我父親，向他證明牠在這個家可沒白吃飯，於是每天早上，當父親一醒來，看看外面的天氣怎麼樣時，都能看到窗臺上擺著一隻采爾達抓到的老鼠，有時還是一隻大老鼠。我爸只好用燒爐子用的鐵鉤將牠鉤到鐵鍬上；冬天總是扔到燒紅的爐膛裡，夏天則用提煤桶裝著送到牲畜欄那邊，用糞肥將牠埋掉。采爾達有四公斤半重，我總是先秤一下自己，然後再將采爾達抱到懷裡一起秤。采萊斯廷發情的時期，有時兩個禮拜都不回家。我媽常在晚上打開門窗，呼喚牠直到深夜。

「采萊斯廷！采爾達！」

她細聽動靜，可是采萊斯廷沒回來。有一次，牠儘管沒發情，可是也沒回家。我媽徒勞地呼喚牠直至深夜。天一亮，她便起來站在門口呼喚、聆聽，可是采萊斯廷仍舊沒有回來。後來，我媽常去麥芽房，對著通風管道喊牠，直到有一次，她才聽到其中的一個通風管道裡有貓叫聲。這時我就得爬進後院那個通風管口去呼喚采萊斯廷。連我也聽到了一聲微弱的喵嗚聲，說得更確切點，是痛苦的哀叫聲。我父親拿來所有的鑰匙，我們打開麥芽房的門，但采萊斯廷並不在裡面，直到我們打開通向頂間的最後一道門，裡面有個大極了的水桶，桶底有個鬧，濕麥子就是從這鬧孔裡直接漏到後院的。貓叫聲和咕嘟聲就是從這裡傳出來的。我爸一開燈，發現采萊斯廷就躺在水裡。滑溜溜的鐵皮桶壁，五公尺深的水使牠沒法爬上來。我爸搬來一架小梯子，下到桶裡去將采萊斯廷抱上來。被救上來的采爾達活像一條濕毛巾耷拉在我媽媽的手臂上。媽媽爐子生火，將采萊斯廷放在灶面，又用一根硼酸水試管，將牛奶滴進牠嘴裡。兩個星期的流浪與艱辛經歷使采爾達疲憊不堪，像塊抹布似的躺在灶面上。第二天，牠已經能夠坐起來，但還總愛躺著。第三天，牠已經可以叭答叭答自己喝牛奶了，喝得肚子漲得老大，只好叉開兩條腿。牠只要微微一低頭，便會吐出牛奶來。我抱著牠秤了秤體重，先秤我們倆，然後再秤我自己。采爾達足足掉了兩公斤。如今牠總愛蹲在鏡子旁邊拚命地盯著我母親看，就一直這樣在眼裡估量著她的分量。我母親走到牠跟前時，牠便閉上眼睛，對準她的額頭吻一下。牠的體重開始增加了，但牠哪裡也不想去，只是埋頭吃著爐灶上的貓食，喝著牛奶。每當牠喝完最後一口牛奶，便想要跳到抽屜櫃上去，可牠忘了自己增加了半公斤體重，總是只跳到一半距離便掉到地上。跟往常一樣，采萊斯廷只要碰到一件什麼事，便跑到我跟前來輕輕咬一下我的腳踝。當牠躺在花園裡，一顆蘋果掉到牠身上，牠也立即跑回家來朝我的腳踝咬一口。因爲采萊斯廷不管發生什麼事情，總以爲是我使的壞。

其實我只是在牠想要跳到椅子上去的時候把椅子搬開，我只是在澆花的時候稍微澆一點水到牠身上，我只是當牠飛奔到花園裡去的時候把窗子關了一點。米麗特卡和采爾達就這樣和我們共同生活著。這些小貓咪甚至成了我們全家人的小精靈和保護神。當我媽有什麼事情想責怪我爸時，她便大聲對著采爾達訴說。當我爸想對我媽說他愛她時，便大聲對著米麗特卡說，好讓我媽能聽見。當他們倆都對我有意見時，便各自對著自己的貓大聲說出來，讓我感到不好意思和難過。兩隻貓都知道，牠們在家中是絕不可缺少的，所以每個時節都要發生一些狀況，而且還總是發生在夜裡：突然從床底下冒出一聲像撕破一塊帆布似的極難聽的怪聲，接著又是一聲。這時，我爸已經從床上坐起，我媽也坐了起來，我只是被吵醒而已，還忍不住竊笑，因爲這聲音與我無關，反正不是我幹的好事。因爲米麗特卡屬於我父親，采萊斯廷屬於我母親。隨即，臥室開始彌漫著一股惡臭，沒多久，這臭味傳到了廚房我睡覺的地方。父親從床上跳下來，因爲那可怕的聲音是從他那床底下發出來的。這惡臭繞床而過，直沖天花板，隨後又從天花板那裡下來，重又與父親床底下的臭氣混爲一體。父親開了燈，跑進廚房，可采萊斯廷和米麗特卡卻已經蹲在鏡子前，裝作熟睡的樣子。父親從來也沒查出究竟是哪一隻貓在他床底下幹這檔子好事。後來父親拿了一個桶和一些舊報紙，母親打開手電筒幫他照明，告訴他該怎麼弄。父親在床底下折騰來折騰去，拚命地吐著唾沫，大聲抱怨道：「臭死啦！噁心死啦！」等他稍微恢復鎮靜，才將一張《民族政治報》放到桶裡打濕一下，先將濕報紙蓋在稀貓糞上，可那濕報紙卻破掉了，讓父親的手一下子插進了貓糞堆裡。他跪在床底下，氣得呼呼直喘。有時他想要直一直身子，卻忘記自己是在床鋪底下，結果不是撞著床架，就是碰到床墊，重又摔到地板上，他只得像一隻烏龜似的趴在那裡，再用報紙來擦拭貓兒拉出來的排泄物，然後再用布來擦乾淨地板。母親打開手電筒幫他照明，不停地給他打氣，說什麼這種事只是一季發生一次而已，而母親的本分則是一天洗四十塊尿片。父親又氣又惱，露在床外的兩隻光腳板直發抖。等他在床底下打掃完畢之後，這才樣子可笑地爬出來，坐在地上，兩手垂膝，深深地吐一口氣。擺在他身旁的桶裡塞滿擦拭貓糞的報紙和抹布。母親打開窗戶，可父親到第二天早上還在床上翻來滾去，將床單纏在自己身上，因爲這臭味讓父親實在難以忍受。我躺在廚房裡的床上裝作睡覺，卻對我看到的一切實在忍不住竊笑。我眞希望貓咪們每個禮拜幹一回這種事。父親一整天都臉色蒼白，一直在吐唾沫。他表情怪怪的，抱怨說：「這太臭了，就像主教放屁一樣。」我父親就這樣一年四次地體驗著愛貓帶給他的磨難。

米麗特卡每年生產兩次，總是半夜三更產在我父親的兩腿之間。當米麗特卡挺著大肚子老找我爸時，我爸便千方百計躲著牠。但米麗特卡彷彿認定牠懷的這些貓仔與我爸有關。牠堅持要找我爸，而且總是以曖昧的目光看著他。我爸請求我媽來照料米麗特卡產子，說女人在這些事情上比男人要懂得多些、有辦法些。可是一年兩次而且總在半夜三更產子也眞夠煩人的。碰上這種事，我父親嚇得兩腿縮到下巴底下，全身緊貼著床沿，高呼「救命」！

「我的老天爺！米麗特卡在我床上生小貓了！」

母親開燈一看，果眞如此，床單上父親放腳的地方躺著濕漉漉的米麗特卡和一隻同樣濕透的小貓咪吊在牠的屁股上。米麗特卡轉過身去，咬斷了那根粉紅色的帶子。我媽拿起小貓仔，米麗特卡舔著牠，接著又生下第二隻。父親驚訝地吐吐舌頭說了聲「哎呀呀」！小貓咪就這樣像乘客走下公共汽車一樣，一隻接一隻降生到這世界。米麗特卡望著我爸，彷彿是他讓牠處於目前這種狀況的。第二天早上，貓仔的身體就已經乾了，我媽搬來一個藤筐，將小貓移到筐裡面。每天晚上，在我爸上床睡覺之前，我媽便將裝著小貓仔的藤筐放到他的床頭櫃旁。而我爸在入睡之前總要仰躺著，握著小貓的爪子，又聞又吻地親熱一通，家裡呈現著一派其樂融融的幸福景象。公貓釆萊斯廷每次從外面回來，總要親吻一下米麗特卡，這時我爸便笑著瞅我媽媽一眼，我媽也回應爸爸一個微笑。其實采萊斯廷並不是小貓們的父親，跟米麗特卡相好的是一隻野貓，我們管牠叫「老爹」，而采萊斯廷是到拉貝河畔的另一處去求愛的，有人甚至還在老遠的比斯迪見到過牠。於是連采萊斯廷見了都有幾分害怕的「老爹」便常來與米麗特卡約會，牠們常在啤酒廠的平屋頂上鬧出響聲。「老爹」肯定有六公斤重，全身像抹了一層林中野蜂蜜一樣光滑，牠有一雙烏亮的眼睛，瞳孔有如琥珀一般，脖子底下油亮如蜜，兩隻耳朵上有在外面打架鬥毆留下的傷痕。牠只要一瞅我，我便擔心牠會襲擊我、咬我。但是，看來牠還有一點喜歡我，因爲牠愛上了我們家的米麗特卡。而采萊斯廷只要一聞到「老爹」的氣味，就會拔腿跑掉。因爲有一次牠與「老爹」在麥芽房的拐角狹路相逢，「老爹」毫不客氣地往采萊斯廷身上撒了一大泡尿，害得我媽連續兩天都用花露水幫牠洗澡，臭得跟掉進牲畜欄的糞水坑裡一樣。那位「老爹」就是用撒尿來確定牠的管轄區，包括半個花園，還有箍桶房和一直通到河邊的整個櫻桃園。采萊斯廷也用撒尿來確定牠的勢力範圍。有一次，我坐在櫻桃樹幹上悠閒自在地吃著塗油麵包，那時米麗特卡已經懷了滿肚子小貓。這些小東西肯定在牠肚子裡動個不停，牠則躺在櫻桃樹下曬太陽。這時，「老爹」從箍桶房那邊慢慢走來，走一步停一步地細聽四周的動靜，後來一直走到米麗特卡跟前，給了牠一個吻。米麗特卡則美滋滋地呼吸著，繼續躺著。「老爹」也在牠身邊橫著躺下來，腦袋枕在米麗特卡的肚子上。我以爲牠只是拿米麗特卡的肚子當枕頭而已，後來才發現，「老爹」是在傾聽牠的小貓們如何在米麗特卡的肚子裡動呢。我還清楚地看到「老爹」睜著眼睛像接收電報似的在聆聽，然後閉上眼睛，也那樣甜美地呼吸著，和米麗特卡一起躺在箍桶房後面的牛蒡葉與濱藜之間。我從上面觀察著這些動物，眞高興「老爹」這麼喜歡米麗特卡，我不禁爲牠們的幸福而露出了微笑。米麗特卡和采萊斯廷就這樣春夏秋冬一年四季地和我們生活在一起，住在啤酒廠的宿舍裡。我爸爸每天晚上都要撫摸著他的米麗特卡，喃喃地對牠說些溫柔的話，好讓媽媽聽見。而媽媽又一天一次地對著采萊斯廷的耳朵，說些只有在電影或小說裡那些相愛的人才說的甜酸酸的蠢話，好讓我爸聽見。我爸爸必須一年四次鑽到床底下爲兩隻貓清掃那臭氣熏天的髒窩，可是美麗的耶誕節我們一年卻只有一次。爸爸和他的米麗特卡一起，媽媽則和她的采萊斯廷一起裝飾著聖誕樹。我望著這一切，簡直無法相信自己的眼睛。每一件裝飾物，每一塊糖果，每一根蠟燭，每一朵紙花，所有天使的頭髮和星星，甚至樹尖上那些用閃光彩色玻璃紙做的花兒，都是我爸媽和這些貓咪一起裝飾出來的，也是爲這些貓咪而裝飾的。牠們懂得這個樂趣，欣賞聖誕樹的興致比我還要高，圍著這棵聖誕樹嬉戲玩耍得比我要歡樂，甚至在這棵樹下住了下來。有時候，就像今年，小貓咪們爲這棵聖誕樹之美，驚訝得不知如何是好。我爸和我媽用手扶著牠們的小爪子，將一個一個的小飾物指給牠們看，還讓牠們碰一碰發出清脆之聲的小鈴鐺和用巧克力做的小羊羔以及小花鞋。我坐在一把靠背對著聖誕樹的椅子上，兩手趴在靠背上，手掌托著下巴，定睛地看著這一切，情不自禁地笑了。我當時的感覺是：我倒像是這一家的父親，我所看到的是孩子們的遊戲。聖誕樹裝飾完畢後，采萊斯廷蜷縮成一團，待在最下面的一圈樹枝上，米麗特卡蹲在牠上面的一層樹枝上，小貓仔們則趴在更高一層的樹枝上。我媽點燃蠟燭，然後跪下來，我爸則在聖誕樹的另一邊跪著，兩人面對面地透過聖誕樹的枝杈間隙望著對方。

這兩隻貓和小貓們將他倆聯繫在一起，這兩隻小動物將我的爸爸媽媽變成了小孩，我卻感到有些失落，因爲我已經不懂得這麼玩了，是我的爸媽在替我玩。

聖誕節那天，在我們坐一起吃聖誕晚餐之前，采萊斯廷吃了魚，魚刺卡著牠的喉嚨。牠開始乾咳，徑直朝我跑來，輕輕地咬一下我的腳踝。我幫牠開門，好讓牠到外面去將魚刺嘔吐出來。米麗特卡仍然蹲在第二圈樹枝上，三隻小貓咪蹲在牠們上面的幾層樹枝上。蠟燭燃得很旺，收音機裡播放著「平安夜，聖善夜」的音樂，我媽在廚房裡煎完魚，也解下了圍裙。我爸正滿臉笑容地凝視著美麗的聖誕樹。

「你去把采萊斯廷找來，咱們要吃晚飯了。」媽媽說。

我打開通向院子的門，只見啤酒廠上空繁星閃爍，采萊斯廷從白雪覆蓋的花園飛奔而來，邊跑邊號叫著，野公貓「老爹」緊追其後。沒等我來得及把門關上，先是采萊斯廷跑進來，接著便是「老爹」。牠在走廊上將采爾達推倒在地，噴了牠一身的尿。

接著牠們又追進廚房，「老爹」又一次用爪子將采爾達推倒在地，又往牠身上撒尿。采爾達想逃到房間裡來避難。牠剛一進門，「老爹」便追進來，且一路跑一路噴射牠的標記「香水」。於是整個走廊、半個廚房，連我們的房間也都彌漫著「老爹」那股臭氣熏天的貓尿味。收音機裡正在播放「平安夜，聖善夜」的音樂，可是采萊斯廷突然鑽進聖誕樹下，「老爹」也追了進去。牠推倒了聖誕樹，小貓仔們從樹上摔到地面。其中兩隻嚇得爬進櫃子底下，另一隻估計自己來不及躲進櫃子和沙發底下，便就地仰天躺著裝死。我爸立即將窗戶打開，采萊斯廷忙從窗戶跳進那漆黑的聖誕之夜，「老爹」也跟著從窗口跳出去。只見牠們的兩條尾巴像兩根扒火棍一樣插入黑夜之中。聖誕樹上的燭火點著了窗簾。我母親好不容易才辛辛苦苦鉤出來的那塊有著安琪兒所造的春夏秋冬圖案的窗簾啊！當父親扯下它時，窗簾的荷葉邊掉到他的頭上，他立即將火撲滅，母親則用水澆滅了窗簾殘骸上的火苗。等我們重新將聖誕樹架好時，小貓咪們重又緩過氣來，在松樹枝上享用牠們的安樂窩。米麗特卡躺在聖誕樹底下，繼續甜美地呼吸著，睡大覺。可我們的房子裡卻仍舊彌漫著貓尿的臭味，這是那隻野公貓留下的標記，牠就這樣圈定了這所房子，把房子裡面的這些地方劃到牠的權力管轄之下。

父親關上窗子，重新點燃蠟燭，母親將蘑菇魚片湯端到桌上，語重心長地感歎一聲：

「可憐的采萊斯廷啊！」

弄髒的分電盤

我父親喜歡技術革新的產品，每個月都要到布拉格的啤酒俱樂部去一趟，回來時總要帶一件什麼新產品。第一次帶回一個電咖啡爐，第二次帶回一個電暖身器，第三次帶回一個煮蛋器，第四次帶回一個電動磨咖啡豆機，第五次帶回一個什麼名牌煮鍋，第六次帶回滿滿一箱醫療用的火花放電小儀器，等等。但新發明的產品總有一些毛病：當你用電咖啡爐煮咖啡時，只要那通電的爐盤一燒紅，便會從廚房裡冒出一股大得影響咖啡味道的怪味來。而那電暖身器竟能把我父親身上的一塊皮燙得像塊即將掉渣的點心。密封的煮蛋器打開的時間不是以分鐘而是以秒計算，否則就會出事。有一次發生了爆炸，五個雞蛋全都噴到天花板上，並在上面構成一個怎麼也刮不掉的圖案，而且雞蛋乾在那裡生出一股惡臭，就像那些貓每季一次在床底下幹的那檔事一樣。電動磨咖啡豆機則又常常將咖啡磨焦，根本不像媽媽用普通磨豆機磨出來的咖啡那樣好喝。我媽總是將磨豆機夾在兩條大腿中間，磨得又慢又好。最糟糕的是那個名牌煮鍋，也跟那個煮蛋器一樣一爆就爆到天花板上去了。我媽每次用這個鍋來煮東西時都特別緊張，只要這電鍋一發出哨聲，她便與我們道別，說什麼要我們將她埋在哪塊墳地上，與她的遺體告別時要放哪段音樂，等等。還有那個鼻梁矯正器，我爸將它放在鼻子上，因爲他想要有個希臘鼻子，夜裡睡覺時，靠擰緊矯正器上的小螺絲將他的鼻子拉成他所需要的形狀，弄得他直打噴嚏，竟打得讓三根小螺絲彈進了他的鼻孔裡。我爸還買了一輛摩托車。當這車還在摩托車廠裡時，有人就告訴他說，這種牌子的車點火裝置常會因天氣變化而發生故障，但我爸爲了支持捷克本土的公司，還是買了它。他每次騎著這輛摩托車回家時，都要費牛勁來按它推它，弄得滿頭大汗，有時還不得不用牛車來拉它。我爸估計毛病出在啓動器上，於是每到星期六便將啓動器拆卸到最後一根螺絲釘，然後細心查看從啓動器上拆下的每一個零件。可這輛摩托車仍舊是一變天就鬧毛病。我父親每次騎著它出門前，總要先看看報紙或聽聽收音機裡的天氣預報。他最喜歡在氣壓高的情況下騎它。此外，他還特別喜歡在傍晚或夜裡坐在辦公室裡寫工作日誌。我常常看到這樣的情景：他坐在吊燈下面，面前擺著那本打開的日誌，捲起袖子書寫著，將每段文字起頭的那個字母先在空中練寫一遍，然後再寫到本子上去。一個個字母和數字從他的筆下流出來，那麼準確漂亮。他寫出的那些字母可以作爲其他人的範本，而我在學校裡寫字就像父親的摩托車一樣沒有定性，也是隨天氣和情緒而定。這一回從左邊歪到右邊，下一回我的字母又朝著相反的方向傾斜，有時寫得像捲曲的頭髮，有時又寫得筆筆直直，一個個字母像燕子停在電線杆上一樣，一排排整整齊齊地待在格子裡面，可有時我又寫到格子上面一公釐的地方去了。而我父親寫字，總像古代抄書人和王室裡的文書官在羊皮紙上寫諭旨一樣工整。他有一雙柔軟的手，因爲在啤酒廠日誌本上寫東西，必須有一雙像鋼琴家或小提琴演奏者那樣棒的手……現在，再回過頭來說我父親每個禮拜六都要拆卸和安裝一回他的摩托車，以便弄明白它爲什麼常因天氣變化而發生故障的事情：他只拿一把錘子和一把鑿子幹活兒，能輕而易舉地鬆動螺絲帽，但他使用扳手時，扳手老打滑，他的手關節和指頭總是弄得又黑又髒，滿是傷疤。他拆卸或安裝他的摩托車只靠一把錘子和一把鑿子的這個本領，是一個俄國移民教會他的。那人在對自行車做總檢修時，也只用一把錘子和一把鑿子。於是，啤酒廠的各個工作區域每到星期六的傍晚和夜裡，總是叮噹叮噹響個不停。我的父親就像一隻啄木鳥、一位什麼雕塑家似的幹著活兒。雕塑家總是將一塊大理石一切不需要的部分鑿掉，直到只留下一座雕像爲止。我父親只是很需要一個幫他扶住鑿子或鎖緊螺絲的人。於是，他每個禮拜都轉遍大街小巷，逢人便提出這樣一個無辜的問題：你星期六下午有空嗎？

如果那人回答說有空，我父親便會求對方到他這裡來一兩個鐘頭，幫他扶扶鑿子。這些人在幫他扶鑿子的時候，我父親便興奮不已地講述他如何如何尋找這摩托車每逢變天就故障的祕密。他講得那麼繪聲繪色，乃至幫手們忘了時間，乖乖地幫他扶鑿子，讓他捶打到天亮；而我父親仍然精神抖擻，重又將他的摩托車安裝復原。等到天完全亮了，大家已開始上教堂去做大彌撒時，這些幫忙扶鑿子的人才滿臉倦容地回到家裡，卻不知道怎麼向老婆交代他們去了哪裡。因爲多數當老婆的都以爲我父親的這位幫手整夜泡在小城的飯館和有女服務員的酒吧裡與小姐們鬼混。我父親於是將我們小城的成年男子按順序輪換了一遍。每逢星期一到星期五，他便到街上去攔路找人來幫忙，凡是來幫他扶過鑿子的人，一見他就溜之大吉，躲進別人家的院子裡甚至地窖裡，有的連忙鑽進一家商店去買一些並不需要的東西。他們更喜歡從快要與我父親碰面的那條街上跑到田野，過一會兒再回來。他們老是提心吊膽的，生怕碰上我父親。已經幫過兩次忙的科楚烏雷克先生，當他看到我父親而又來不及溜掉時，便往自己的鼻子上猛擊一拳，流著鼻血徑直朝我父親走來。我父親看到他的鼻子便說：

「我看見了，那就下次再來吧！」

他騎著摩托車繼續朝那幾乎空無一人的街道和廣場而去，因爲大家都已逃之夭夭，只剩下幾個從鄉下來的人和小孩、婦女。我經常站在廣場邊的拱廊裡，在我背後是雷哈先生開的一家皮貨收購站，裡面存放著各類生熟皮貨。我之所以喜歡站在這裡，是因爲人們總愛從這家店旁經過，而廣場的對面便是市集，我可以在這裡，背靠著一根粗大的拱廊柱子觀看市集，觀看來來往往的人群。可是誰也不進雷哈先生這家店鋪，因爲堆滿一店的皮貨臭氣熏人，只有賣皮貨的人才到店裡來。有一次，我從這裡看到大家像躲雨般地從廣場上跑掉，其實還是個大晴天。我還看到有兩個人跑進雷哈先生的店裡，詢問狍子皮多少錢一張，黑貂皮怎麼賣，鹿皮價值多少。雷哈先生從敞著的店鋪門往廣場上一瞧，才發現原來是我父親騎著摩托車經過廣場，那些曾經幫他安裝過摩托車的人，都跑到另一條街上，躲進一家名叫「白天使」的雜貨鋪裡去了。等到我父親一從廣場上消失，前往巴拉茨基大街時，雷哈先生忙對躲進他店裡的兩個人說：

「你們可以走了，我也曾經幫他裝配過一次呢！」

於是廣場上又擠滿了人，躲在「白天使」雜貨鋪的那些人也走出來。那家小店的老闆很會做生意，他能把人家任何時候也不可能需要的東西賣出去。這個人買個灌腸器，另一個買一包專殺大老鼠的毒藥，第三個則買一桶鑲木地板油，而且每個人都因星期六不用到啤酒廠去幫我父親扶兩個小時甕子而感到滿意。我站在雷哈先生店鋪前的拱廊裡，被一股皮貨臭味以及一種類似雞蛋被高壓鍋噴到天花板上然後乾了的臭味包圍著，從這裡那裡偶爾掉下幾朵開過頭的櫻桃花。我看到從西斯賴爾先生的帽子店裡走出一個人，他背著一大口袋帽子，小心地四處顧盼，後來乾脆回家了。莫斯特茨卡街上浮現佩平大伯的白色海軍帽。大家都朝他走來，跟他握手。他也熱情地跟人家打招呼或握手致意。人人都愛跟他開玩笑尋開心，拍拍他的肩膀。大伯將手舉到黑帽簷邊向他們行軍禮。衆人向他問個不停：「今天打算去哪裡巡視美女啊？」

「您看哪位小姐的腿最漂亮？」

「我們什麼時候演出《快樂的寡婦》啊？」

「聽說藥店那位小姐想爲您開槍自殺是嗎？」

「您知道阿維約酒家又添了兩位新美人嗎？」

「聽說哈威爾特飯館的弗拉斯塔小姐出於嫉妒，砸了您一瓶子，是眞的嗎？」

熱情洋溢的大伯對這些開玩笑的問題一一作答。我老遠都看得見，他感到很幸福，很開心，彷彿若不這樣他倒反而活不了似的。大家將他請到自己家裡，將女兒和老婆介紹給他。因爲每個人都想痛痛快快地解一下悶，可誰也不如佩平大伯那麼會找樂子，因此大家對他心懷感激。

這個星期六，我爸爸連一個幫他扶鑿子的人也沒找到，於是只好由我去頂替。我受不了那榔錘往鑿子上叮噹一捶的聲音，我也受不了鑿子那鋒利的棱角插進螺帽的咯吱聲。我總覺得爸爸在朝我捶來，靠著那鑿子來鑿掉他認爲不屬於我的那些多餘部分。我打開燈，燈泡是用一個鐵絲網罩著的，如同那愛咬人的牛嘴巴戴上了嘴鼻套一樣。我爸將一個個零件掏出來，我卻覺得他好像在依次掏著我的肝和肺、胃和腎，還有腎上腺。我爸好像看出了這一點，於是指點我說，這種化油器裡面有幾個精細如中耳、砧骨之類的零件。然後，他還告訴我，滑座是怎麼產生的，好的滑座必須有好的排氣管。當他掏出那帶有四根纜索的分電盤時，簡直要了我的命。我彷彿覺得他掏出了我的心臟。父親爲發現了摩托車故障的主要原因是分電盤有問題而感到高興。他將它放到工作臺上，其他零件也一件一件擺在那上面，就像我母親在我家宰了豬之後將豬後腿、豬心、豬肝、豬蹄、前腿、大腸、小腸一堆堆攤在案板上一樣。我爸解開一顆褲扣，拽出襯衫，將襯衫下襬捲成一個像清理耳朵用的小圓錐形體，然後拿著那分電盤，像給嬰兒清理鼻孔一樣，一個孔接一個孔地細心清理起來。

「毛病可能就出在這裡。」他輕聲對我說，「這些觸點大概必須非常乾燥才對……

幫我扶著分電盤！」

當我兩手扶著這四根纜索垂落到我膝蓋的分電盤時，突然眼前一片黑暗，胃裡翻騰，不愼將全部晚飯嘔吐到了分電盤上，還沿著上面的纜索流到地上。

我父親氣得連眼珠子都快暴出來了。他站在那裡，長褲也滑到了地上，褲腿纏住了他的腳，使他沒法及時跳過來將分電盤端走。他提一下褲子，扣上那顆解開的鈕扣，拿起錘子和鑿子，我最害怕的事情就要降臨了！他八成想砍掉我的耳朵，挖掉我的眼睛，可這恐怕還是解不了他的恨。他扔掉手中的工具，環顧四周，全身都在發抖。他拿起用來清潔點火裝置的鋼刷，我不得不將手伸出去，讓他在我的手背上扎好幾十乃至上百個小坑，打下鋼刷的印記。後來他又扎一下、兩下，可這還解不了他的恨，因爲他的摩托車上最寶貴的零件遭到了玷污。他堅信我是故意這樣做的。於是他跑著，使勁地拍打分電盤，以便將裡面的零件全震出來。他認定分電盤必須非常乾燥，否則就會完蛋。一想到這些，他的火氣又上來了。他掏出懷錶，將它放在鐵砧上，掄起錘子，猛地一下將它捶了個粉碎。我嚇得張開嘴巴，閉上眼睛，彷彿我父親捶碎的是我的臉、我的頭。我丟魂失魄地看著那鐵砧，沒想到他竟然一錘砸碎了這麼好的一個懷錶，這麼大的一個錶，相當貴重的一個錶。現在這錶像被駛過的車子軋扁的一隻青蛙，像開始融化的乳酪。懷錶的幾個齒輪和彈簧掉下來，但總算還連在一起，可那些小螺絲也叮鈴噹啷掉下來，分針也掉了。後來我覺得，爸爸已經有些精神錯亂。他望著我，望著我的胸口，開始露出了笑容，然後將握緊的左手拳頭往右手的手心上一擊，便牽著我的手，領我穿過啤酒廠。我想我要完蛋了，我父親領著我，準是想要將我淹死在糞坑裡。可我們過了糞坑繼續往前走。父親領我出了啤酒廠的大門，直朝河邊走去。我想我父親準是要將我扔到河裡去淹死。可這還不夠，他又領我朝橋那邊走去。我想這回我父親是要將我從橋上扔下河去，就像聖楊・涅波姆茨基[11]一樣。可並沒這樣，他又帶著我到了燈火通明的橋下酒家。興高采烈的羅伊札先生正站在那裡，手裡拿著一大杯半公升裝的啤酒在唱歌。運沙工人各自坐在靠窗的座位上。我父親向他們打個招呼，羅伊札先生遞給他一杯酒，請他爲健康而乾杯。我父親坐下來，要我坐在他旁邊，問道：「羅伊札先生，您喜歡我嗎？」

羅伊札先生說他喜歡並尊敬經理先生，因爲他既會拆卸摩托車，又會將它組裝回

11 楊・涅波姆茨基（Jan Nepomucký，約 1345~1393），捷克百姓尊奉的聖人，受磨難者形象。

去。

「既然您喜歡我，我想請您幫忙刺個東西。」我父親說。羅伊札用手示意老闆該往哪裡放上一大杯紅葡萄酒。

「這事交給我好了！」羅伊札先生說，「您先為我的健康乾一杯吧！」

「可我想要您馬上就刺。」父親說。

「我的老天爺！這不是小事一樁嘛！我就住在離這不遠的地方，我馬上去取工具。肯定是件很開心的事，不是嗎？」羅伊札說罷下嘴唇一噘，搆著了他的鼻子。他走出去，很快就回來了，彷彿他就住在橋上。他提了一個閹豬師師傅常提的那種小箱子：

「經理先生，您想要刺條美人魚還是一條小船？」他邊問邊掏出一個裝著顏料和紋身針的小瓶來。我父親笑一下說：

「待會兒就會知道。」

羅伊札一抬手示意，運沙工人科列茨基先生立即脫下工作服。他赤裸的身體上刺了些美女、錨、大船小船，有帶帆的也有不帶帆的，還有一條美人魚。我抬頭瞅一下我父親的眼睛，不禁喜上眉梢地笑了。我為我父親也想紋身而感到高興，我眞希望他能選美人魚而按捺那個被我弄髒的分電盤給他帶來的傷痛。

「您究竟挑選了什麼?」羅伊札先生問道。

「美人魚。」我父親說。我高興得站起來,衝著天花板哈哈大笑。可我父親卻一手將我按下,解開我的條紋衫,將我身上那條美人魚指給羅伊札先生看。

「我知道了,就要這樣一條美人魚。」羅伊札先生說。

「那麼說您能按我要求的來做?您能刺出我想要的東西?」父親這麼問他。

「就像我答應的那樣。」羅伊札先生說。

「那麼就請給這條美人魚添一件上衣,給這對裸露的乳房遮一件衣服。」

我父親說罷脫掉了我的上衣,將我按在長椅上。我彷彿自己就是以撒,我的父親亞伯拉罕就要將我放到地上;他將跪在我的喉嚨上,舉起刀來殺掉我,把我作爲獻給上帝的祭品。我一聲沒吭,因爲我知道,我父親還不覺得解氣,他要遮掉我的綠色美人魚,他要在我的胸脯上給它添衣服,全都因爲我玷污了他的聖餅——他那個分電盤。

可我突然聽到從上面傳來的一聲喊叫,這是羅伊札先生的聲音:

「糟糕!經理先生,我的紋身針斷了。我得去買一根新針,不過要等我去漢堡時才能買。」

我坐起來。總算得救了。

家有喪事

人們將那匹名叫波比克的老馬身上的鬃毛和尾巴毛都剪掉了。馬夫烏里赫先生得到的最後一個任務是將馬送到屠宰場去。波比克在這十八年中，曾將啤酒廠的酒桶運到小城各處和附近村莊。牠熟悉所有的飯館酒家，知道該在哪停車，而得到的回報卻是被送進屠宰場，因爲牠已該退役，馬夫烏里赫先生也已經老了。在他來到啤酒廠之前，他像一個波士尼亞人那樣過日子：二十年來他將背帶鉤在胸前，背上背著一個貨簍，貨簍裡放著剃刀、腰帶、背帶、針線、潤膚霜、鞋帶和編織鬚辮的小繩帶等等足有十五公斤重的東西，整個雜貨鋪全在他的貨簍裡。他就這樣挨家挨戶地走著，從一個村子走到另一個村子。他還隨身帶一根棍子，用來托他的這些貨物以減輕一點負荷。這些年來，他就像一個揹著郵包的老郵差，身子都已被壓彎了，但仍舊長年累月地揹著他的這個小商品櫥窗，甚至偶爾在牲畜欄睡覺時也將這貨簍放在身邊，活像一隻帶著口袋的袋鼠。在他成天背著貨簍的這些年月裡，連走路的姿勢都跟所有波士尼亞人一樣稍微有些搖擺，即使他現在當了馬車夫，走起路來也總是這樣搖搖擺擺的，還邊走邊對馬講述什麼。沒想到如今卻到了要將馬送進屠宰場的時候。我爸將這消息告訴他時，還給了他三天假期，因爲我爸在奧匈帝國時期曾在騎兵隊服過役，知道馬匹意味著什麼。烏里赫先生得了三天假，他的心情就跟家裡有喪事一樣。傍晚，他將波比克送到屠宰場，然後坐在小酒館裡喝悶酒，兩手撐著腦袋。

這個晚上，我父親看到佩平大伯情緒不錯，便沒叫他去幫扶鎖緊螺絲，而是請他幫忙將一個新軸承裝到軸裡面去。因爲父親認爲他那輛摩托車之所以發熱，是軸承讓它發熱和過熱的緣故。於是，戴著白色海軍帽的大伯便來幫我父親一把。可大伯心裡惦記著的是：小城那些飯館和酒吧的女服務員們已經在等他了，已經在朝門外張望，不知他何時光臨。已經晚上九點，佩平大伯握著一把橡木大槌子，父親緊握著放在他肚子前面的曲軸，要大伯用大木槌捶打軸承，說只有將摩托車修理好，它才會停止發出那種彷彿發動機裡的機油在沖洗咖啡小杓一樣的難聽的哐啷聲。於是，佩平大伯便掄起橡木大槌狠狠地往軸承上捶打，父親的兩條大腿緊夾放在肚子前面的軸，青銅製的軸承隨著橡木槌子的擊打，一公分一公分地往下陷。軸若配上這個漂亮的金屬混合體就能轉動得最好。

可當大伯想到那些美人們會因爲總也不見他走進酒家門，徒勞地更換留聲機裡的唱片而感到非常失望時，他便使出全身力氣往軸承上狠砸一槌，心想這樣就可以準確無誤地將軸承盡快砸進去完事。可是我爸忘了告訴他，已經砸夠了。大伯重又掄起槌子，我爸爲避免軸承被大伯砸過了頭，驚慌中連忙扔開軸承與軸。佩平大伯這一猶如捷克拳擊名將貝巴．亨巴赫爾的重擊便落到了我爸的肚子上。我爸當場就倒在地上。大伯嚇了一跳，連忙將他弟弟扶起來，可我父親又倒下去。佩平大伯用水潑他，噴他的臉，喊他的名字，終於讓我爸清醒過來，雙膝跪地。接著，我爸便拿起榔頭和鑿子，但又覺得這解決不了什麼問題，於是他命令大伯伸出手，他則拿起鋼刷要懲罰大伯，可又覺得不解氣。他環顧四周，什麼可以用來懲罰大伯的東西也沒找到。佩平大伯自己取下他戴在手上的奧地利老錶。錶盤上印刻有「羅斯科普專利」字樣，中間偏下刻有三根桅杆、三張風帆的美麗的船。大伯親自將手錶擺到砧板上。我父親舉起那橡木槌，就將那隻奧地利老錶砸得粉碎。大伯發愣地站在那裡，彷彿那木槌是砸在他的頭上。兩人都呆看著那些小齒輪從鐵砧掉到地上。父親抬起木槌，只見那錶殼已經成了一張蓋住整個鐵砧的圓扁片。大伯將它拾起來，錶針掉了，錶盤上的那艘有著三根桅杆的帆船，像破碎的搪瓷缸上的琺瑯，剝落四濺。他將錶盤拿到耳朵旁一聽，當然已經不走了。大伯渾身顫抖得使他拿在手裡的破錶螺絲和斷了的發條紛紛往下掉。我爸見了心裡很難過，忙將鋼刷交給大伯，他自己伸出手背，讓大伯為這破碎的手錶反過來懲罰他，刷他的手背。可大伯將鋼刷一扔，這時，他那股倔勁上來了，輪到大伯大發雷霆；他每年都要大大發洩一次。他說他在我們家已經受夠了：「不行！不行！絕對不行！」他說話的聲音都變了。

「我也有我的尊嚴！這是一個奧地利士兵才有的尊嚴！」

「夠了！我再也不到你們家來吃午飯吃晚飯，我根本就不來你們家了！我要重新自己當家。錢是我的，我要得到它，馬上就要！」

我父親撫摸著大伯的肩背，可大伯反抗地掙脫開了。

「俗話說：老爺的愛，壓扁你的背！我是打工的，你是老爺！」佩平大伯傷心地說。他眼裡充滿了憤怒，耳朵像咬人的劣馬一樣朝後豎著。

我爸關上車庫的燈，鎖上車庫門，走過靜寂的啤酒廠的院子。

我躺在床上翻閱一本食譜，一本全年的食譜。這個晚上，我饞得只讀那些禮拜天和節日食譜，那些用紅色字母寫就的食譜。父親又走進來，佩平大伯跟在後面。我已經知道，大伯又抗議了，又不願意讓我爸替他管錢了。我爸掏出一本小孩用來寫單字的本子。他每週都耐心地記錄大伯每週所得的勞務費一百三十克朗，然後再將大伯每一星期拿走的全部費用寫上：每天五克朗零用錢，然後還有些臨時開銷比方說交個會費啦，交洗衣房的錢啦。除此之外，我爸還要從他的一百三十克朗中扣去三十五克朗伙食費，剩下的我爸便替他存進銀行。這時大伯神情冷漠地坐在那裡，一點笑容也沒有。我爸結算了帳目，將銀行的存摺交給大伯，裡面存有三百五十克朗，連同這個禮拜剩下的錢，一併交給了他。

「約申柯，你既然認爲自己能管好帳，那就拿去吧！」我已經不再翻閱食譜，已經讀不下去了。躺在床上的媽媽用被子將頭蒙起來。每當大伯怒氣大發的時候，我們一家人便顯得束手無策，因爲大伯站在那裡像個勝利者，可又像個犧牲品。他此時手扶門把，朝廚房和臥室發洩他的怒氣：「人家都說，你們在占我的便宜，我是個大傻瓜，你們給我的午餐和晚餐只是你們吃剩的殘羹剩飯！」

媽媽把被窩一掀，反駁說：

「我們今天吃的是鵝呀……」

「不是鵝不鵝的問題，而是說，你們是老爺，我是一個普通工人。有朝一日得翻過來！」大伯大吼著，嚇唬著。

「您難道不愛吃鵝肉？您吃掉了四分之一嘛！」媽媽說完又用被子蓋上臉。

「只有那點蔬菜還算不錯。」大伯勉強承認說。可他還一直抓著門把，敵意地依次看著我們。我爸坐在那裡直喘氣，兩個鼻孔鼓得老大。媽媽將兩隻手伸到被子外面，就像快要淹死的人在伸手求救那樣，她全身挺得筆直，臉部蓋在被子下面，只露出兩隻手臂，微微轉動手掌。我則縮著腿待在被子裡，打開的食譜攤在膝蓋上。我知道，大伯是對的，但又不完全對。他有自己的道理，但又不全是他自己的。從根本上講，即使他會節省，也不可能省出一棟房子，省出一輛汽車，更不可能省出我們在生活中所擁有的一切：三間房子、漂亮的窗簾和漂亮的傢俱。他一定覺得在我們家只是一個客人、外人，因爲他總是從我們家回到他那只有一張單人床和一個櫃子的工人宿舍去。他說得對，即使不完全對，我也是屬於老爺這一邊的，就像大伯一直到生命終結，或者到退休時也始終是個工人，而我父親最初是個會計，如今當了經理，將來肯定還會成爲啤酒廠的廠長。只是我還知道，佩平大伯總將每一天過得有滋有味，在我看來這一點眞是很美。我知道，佩平大伯整天都在水管旁弄得全身濕透，可他總是滿腔熱情，就因爲他活在這世界上，有一種類似瘋癲的極大快樂。我知道，佩平大伯像皇帝一樣走在街上，他頭上戴著飾有金黃絲帶和一個金色錨的海軍帽，邊走邊行舉手禮、鞠躬，彷彿在檢閱儀仗隊，彷彿英國國王乘船來到某地接受禮儀歡迎。而我爸爸則整天從早到晚對所發生的一切事情憂心忡忡和心煩氣惱，一心只希望將來的一切都會變得更好些，這個將來就是他的夢，只有將來才會一片光明。這時，佩平大伯仍舊抓著門把，怒容滿面地看著我爸，看著我和我媽，而我媽仍舊用被子蒙著腦袋。我在這一刻才意識到，我爸幾乎將他所有結餘的錢都存進了銀行。他想等到有一天他們都老了，他和媽媽都退休了，能夠得到二十五萬克朗，然後好好安排生活。可我卻樂意讀到這樣的消息並指給我媽看，那上面說，夏天可到漢堡去度假，沿地中海旅遊一趟，第二個假期到瑞典，到什皮茲貝格去旅行，下一個假期則去遊覽德國、法國，再下一個假期則去阿爾卑斯山一帶和義大利，這都比將錢存到銀行要好。爲了二十年後能得到二十五萬克朗，每年要交的錢加起來足夠我們三人去旅行。可是我媽跟我爸一模一樣，對將來比對現在漢堡旅遊公司提供的每年一次出國或去海邊旅遊更爲熱愛。而佩平大伯則每天都在旅遊，每天遊遍所有那些有女服務員的飯館和有漂亮小姐的酒吧，直到早上才回來，以便能在早上六點鐘就穿上那雙濕鞋和那套濕衣服，站在箍桶房那邊去用水管沖洗乾木桶。

「每個老爺都該被抓起來和按到地上死揍一頓！」

大伯伸出一根指頭說。他這根指頭並無目標地指著空中的某個地方，但實際是扎在我們心上。他將背後的房門一甩，震得整個房子都晃動了。這個夜晚，啤酒廠的夜巡員沃尼亞特科累得汗流浹背地躺在廠辦公室前花楸樹下的長椅上，他那忠實的小狗穆采克就躺在他的腳邊。夜巡員仰望著滿天星斗，貓頭鷹在酒廠高高的屋頂上淒涼地號叫。沃尼亞特科先生看著星星，知道今晚又睡不成覺了，因爲貓頭鷹在號叫，這號叫聲使他惶恐不安，所以他設想著要是有人來搶劫辦公室的錢櫃，結局會怎樣。他聽到從老遠的石橋那邊傳來一陣沉重的馬蹄聲，而且這聲音越來越近。夜巡員要是不知道老馬波比克已被送進屠宰場，明天就要被宰掉的話，他肯定能發誓說那是十八歲的波比克正在走來。這馬蹄聲仍在靠近，於是他心驚膽戰地站起來，他眞希望這馬蹄聲沿著啤酒廠的圍牆，然後再沿著關閉的大門繼續往前走，經過鐵路一直走到郊外去。可是馬蹄聲卻在大門口停下來。沃尼亞特科先生最最擔心的事情果然發生了：波比克在大門口嘶叫了幾聲。沃尼亞特科先生驚恐萬分，連忙將我父親和整個啤酒廠的人都叫醒了。大家以爲沃尼亞特科先生一定是抓住個什麼罪犯才這麼大叫，才這麼招手，才這麼打開所有掛在牆上的手電筒，才這樣跑來跑去將所有人都叫來幫忙。等我們跑去時，只見男人們只穿了條襯褲，拿著棍子和鐵鍬趕到啤酒廠門口，一看，原來是老馬波比克站在那裡，牠從屠宰場逃回家了——啤酒廠。我父親打開大門，拍了拍馬的頸脖。釀酒工、機修工和箍桶工們重又無奈地走回去睡覺。一條條白色襯褲漸漸遠去，消失在黑夜之中。我爸打開馬棚門，給波比克倒些水，還抱來一大捆乾草。波比克又嘶叫一聲。牠沒戴馬具，大概身上的馬具已經被卸光了。牠重又回到牠樂意待的地方——馬棚，沒有馬棚牠恐怕不知道怎麼活。我父親很傷感，又一次拍拍馬脖子，關上馬棚門，兩手扶著門閂，頭靠著馬棚門一動不動地站在那裡，彷彿吊在那裡，兩手攤著，像耶穌釘在十字架上。我連忙跑回家去，一頭鑽進被窩，因為我清楚地聽見我爸爸在馬棚那裡啜泣。

布拉格的電車司機

下午，有個男孩站在河邊，他不知道哪裡最適合游泳。我叫他跟我一起走，說我也要去游泳，讓我們一起去衝浪。就在啤酒廠後面，有塊草坪一直通到河邊。河岸柳樹成林，石沙遍地。那男孩跟在我後面，我一脫下衣服，他也跟著脫下，我一穿上游泳褲，他也跟著穿上。我們沒說話，只是拚命地游泳，然後上岸，腦袋枕在草坪上，身體壓在熱呼呼的沙石上休息，一隻腳還泡在淺水裡。突然，那男孩主動對我談起：他來自布拉格，說是到這座小城來治病的，說他的爸爸有權開著電車跑遍整個布拉格。我一心只想見到這位布拉格的電車司機，因爲有一次我曾得知在比斯迪的一所夏季度假屋裡住著一位有權開著電車駛遍全布拉格的司機。我曾徒步走過一片小樹林，就想見到這樣一位難得的人物，因爲見到這樣的人就像見到一位火車司機一樣。可是，等我來到比斯迪尋找這位司機時，他卻已經回到了布拉格，又在開著電車滿城飛跑。那男孩只是對我隨便一提他的父親而已，然後又繼續仰天躺著，兩手放在肚子上，臉上露出微笑。而我知道，誰要是這樣微笑，心裡準有祕密，所以他用不著多說話，只需獨自笑一笑，暗自說說話就夠了。主要是誰在微笑，每個人都看得見，因此這微笑不需要向任何人解釋，也用不著擔心什麼。我們先側游，接著仰泳。有一會兒，我們沉在水裡，只將兩隻手伸在水面做淹水狀來嚇唬人，不過我們後來也臉紅了，因爲這是只有小孩和有些大人爲了逗娃娃玩才演的「水鬼」把戲。於是，我們站在水齊腰部的地方，我還一直將身子轉向那男孩，好讓他看到我胸口上刺的那條美人魚。那男孩看了一下美人魚，但也沒怎麼特別注意，還是那麼不言不語的。我們望著對岸楊樹在流動的河水中的倒影，那畫面在河水裡是彎彎曲曲的，彷彿流過一塊窗簾，一塊波浪式的金屬片。我們這樣站在河邊的時候，我一直看著那男孩，立即明白他在笑什麼：原來那些小魚也跟咬我一樣在咬他的腳趾頭。「跟一把小鋸子一樣。」我說。他點了點頭。

隨後，他又對我笑笑，輕聲地講述著，說這裡的這條河可能是最好的沐浴療養地，布拉格的醫生開處方叫他去鄉下住，讓乾淨的空氣來治好他的驚厥病。他說他有時突然發病，就像有人猛地一下抽他的脊髓，說他和他爸到昨天爲止一直住在波傑布拉迪療養地的一家小旅館，有些漂亮小姐晚上在這旅館酒吧當服務員。說他爸爸有氣喘病也需要新鮮空氣，他爸爸每天在這家有漂亮小姐當服務員的療養旅舍的晚會上吹小號，有時一直到第二天早上。有一次，他們到波傑布拉迪的郊區去，借了一匹馬當交通工具，可那匹馬將男孩摔得老遠，從此他就得了驚厥病。他爸爲了讓他忘掉這件事，星期天帶他去看摩托車比賽，不料兩輛摩托車在廣場濕漉漉的石板路面上打滑撞在一起，兩名摩托車騎士都摔倒在他們彼此的腳跟前，都當場死亡。這男孩因受驚嚇又得了新的驚厥病。於是他們收拾行李，搬到約菲納小旅館。他爸爸每天從中午就開始吹小號，和漂亮的小姐們在一起，吹小號能讓他的胸部放鬆，以治療他的氣喘……

那男孩輕聲地講述著，他的聲音沿著河面傳向遠方。他的聲音在科瑪律納，在綠島上都能聽見，連細聲耳語也能被河面上的風送到老遠的地方。男孩在微笑，我則深深地吸口氣，讓他終於注意到了我胸上刺的那條美人魚。我也想顯得特別一點呀！可他也只是微笑而已。他有一頭金髮，說話時總仰著頭。不知不覺教堂的鐘聲響了六下，我們從河裡走出來，繼續躺在被太陽曬得暖洋洋的沙子上。後來那男孩拍去他身上已經乾了的沙子說，他要去吃晚飯了。我則請求他說，我已經見過火車司機，但我還想知道，一個有權開著電車跑遍全布拉格的電車司機是什麼樣子。

當我們一走進約菲納小旅館的大門，來到酒吧前的小花園裡，就聽到酒吧裡面的小號聲，還有電子琴爲它打拍子的聲音，以及佩平大伯糟糕透頂的歌聲，再加上一些女人的刺耳笑聲。那聲音尖得讓人毛骨悚然，血液凝固。這時，從屋裡跑出一位金色鬈髮的先生，手裡拿著一支閃亮的黃銅小號；他笑得臉都紅了，嘴唇也紅得跟覆盆子一樣。

「喂！晚飯幫你擱在廚房裡。我還要在這裡治療一會兒。」他對那男孩說。我羨慕地看著，因爲我想像有權開車駛遍全布拉格的電車司機，就該是這個樣子。他有一雙藍眼睛，一頭淺黃鬈髮，如今又把小號放到嘴邊；他已經不是在吹什麼歌曲，而是在釋放他胸中的一種歡樂。在他吹了個夠之後，就回到房間去，他的手因被小號占著，便用腳踹開房門。這時我才知道，我看到了一位眞正的布拉格電車司機，一流的司機。我暗自琢磨著，等我再寫家庭作業〈我的志願〉時，我將願意成爲這個有驚厥病男孩的爸爸這樣的人。我們一起到廚房，爐灶前站著老闆娘，她繫了一塊滿是油污的圍裙，手上也都是油。她一看見我便說：

「我們這裡來了位稀客呀！你想要點什麼，你這個淘氣鬼。」

我說：「汽水。可是布里昂科娃太太，我是陪這男孩來這裡的，我們是朋友。」

「但願你不要把他帶到橋下酒家去，給他胸口也刺一個光身子的丫頭。」

我說：「您在說什麼呀！布里昂科娃太太。」

我解開襯衫，亮出美人魚。手裡握著菜刀的布里昂科娃太太朝美人魚仔細一瞧，不禁有些生氣說：

「這些人可眞會胡扯，說什麼是一個全裸的魚妖精！」她握菜刀的動作活像在拉小提琴演奏憂傷曲那樣慢悠悠地緊挨著脖子底下拉過去。她噘著那肥厚的嘴巴，還狡黠地閉上眼睛。男孩靠在有個窗口連接酒吧餐廳的牆壁坐著。有個女服務生正靠在案板上，她戴著一副閃閃發光的金邊眼鏡。這位小姐的眼睛大得很不自然，透過鏡片顯得比啤酒廠的那些牛眼睛還要大。

「四小杯蜜酒！」她說。

老闆娘小心地往杯子裡倒蜜酒，隨即放到盤子上，收下四顆統計杯數的珠子。一隻女人的長手便將蜜酒端進了酒吧。四個酒杯像兩副眼鏡，在半明半暗的酒吧閃閃發光。留聲機響了，從亮堂堂的廚房裡，透過暗暗的小窗戶，可以看到酒吧間有把黃銅小號在來回移動，演奏著快樂的歌曲，有兩個女聲在對喊著。我根據音色能清楚地聽出來，她們唱的都是些鬥嘴的話。當然，她們是在開心鬧著玩的，大人們幾乎總是這樣找樂子。

「佩平涅克[12]，這些花是送給我的！」

「不！這些花是送給我的！」

她們就這樣你來我去地鬥著嘴。透過小窗戶可以看到她們一個穿著藍衣服，另一個戴著金邊眼鏡，她們在這燈光暗淡的酒吧，活像金魚缸裡的兩條小胖魚。

她們面對面地站在那裡，裝作彼此生氣的樣子互相辱罵吵架，甚至舉起手來要挖對方的眼睛。我看了一眼靠牆坐著的男孩，他根本沒去注意這些，壓根兒就沒聽見酒吧間在鬧些什麼，他在擺弄一根麥秸和用一根舔濕的手指頭蘸著胡椒粉玩。要不是他親口對我說，我恐怕永遠也不會相信他有驚厥病。

佩平大伯興高采烈地喊叫著，他的聲音隨著煙霧流進了廚房：「這就是奧地利的規矩，這就是同一個體系，先王法蘭西斯[13]對伯爵夫人，即他的情人、女演員什拉托娃也很溫文爾雅，也送個花什麼的。」

布里昂太太擦了擦手，重又從瓶子裡往四個玻璃杯裡倒了紅葡萄酒，收起四顆珠子。戴金邊眼鏡的女服務生彎下身，將四杯酒端到酒吧間去了，她還對大伯大聲喊著：「當您用那雙黑亮的眼睛盯著女人時，我一點也不覺得奇怪，只是跟約瑟夫皇帝的情婦一樣，摔了個四腳朝天。可我們究竟什麼時候結婚啊？」

老闆娘倒了一杯覆盆子果汁，將杯子和瓶子一起擺到我的面前說：

「你的眼睛跟你媽媽一模一樣，不過你的眼底有種調皮搗蛋的神情。」

「我媽也每天早上這麼對我說，布里昂科娃太太。」

她點了點梳著油亮的圓形髮髻的頭，用手指撩開那披散在眼睛上的一撮同樣那麼油亮的頭髮。當她看到一隻女人的手將六個彩珠扔在案板上時，立即轉過身去，對著燈光細心地將蜜酒倒進六個杯子裡。一雙女人的手便將一杯杯酒放到托盤裡，從明亮的廚房來到暗暗的酒吧，消失在鋪著灑滿酒水的臺布飯桌間。布里昂科娃太太幫男孩端來了餐盤和刀叉。男孩對她微微一笑，就一手拿刀，一手拿叉，高興得舉起雙手，大概是因爲游了泳，肚子餓得特別厲害的緣故吧。

「我們到底什麼時候舉行婚禮啊？」戴金邊眼鏡的女服務生大聲嚷道。

「什麼？他不是答應過愛我的嗎？」那個穿藍衣裙的女服務生毫不相讓。她抬起雙手，從廚房裡可以看見她和另一位女服務生又白又嫩的手臂。白胖胖的手，閃亮的眼

12 佩平涅克為佩平的暱稱。

13 法蘭西斯・約瑟夫一世（Francis Joseph I,1848~1916 年在位），為奧地利皇帝，在奧匈帝國成立後兼匈牙利國王。

鏡，尖叫的女聲，鬧著玩的吼叫與咒罵混雜在一起。她們像在打架，用手小心翼翼地揪著對方的頭髮。大伯的海軍帽撥開酒吧的煙霧，小號在不停地演奏，布拉格電車司機繞著那些彼此抓得緊緊的白胖手臂蹦跳。

「這就好！」男孩說，「爸爸藉此治病。要是媽媽看見了，肯定會因爲爸爸能玩得這樣開心而感到高興。」

「青春，歡樂，憑著性子來。」老闆娘一邊切香腸一邊說，時不時舉起刀來，彷彿要把誰宰了似的……

宰誰呢？

現在兩位小姐裝作爲爭取與佩平大伯結婚而互相鬥嘴。她們站在頭戴海軍帽的大伯面前，藍衣女兩手插腰，戴眼鏡的姑娘則彎下身來對大伯裝模作樣地說：

「我要是知道你對我不忠，那我就拿起刀來喀嚓一下！親愛的佩平可就吃喝不成了！」

「什麼？讓我親愛的沒法喝湯啦？你敢！」另一位伸著白胖的雙手威脅說。

「孩子們，」電車司機喊道，「平靜下來吧！最好還是來喝酒，給佩平來兩杯！」

他自己乾了一杯，酒杯在煙霧中閃爍了一下，其他幾杯還擺在桌上，一杯碰著金邊眼鏡姑娘的嘴唇。電車司機拿起小號，重又快樂地吹奏起來，根本不成曲子，只是一種歡快的吹奏聲而已，彷彿蔚藍天空中快樂的閃電。

布里昂科娃太太用刀子指著小窗戶外面說：「你爸可眞會逗樂大家。」

「是嗎？」滿嘴塞著麵包片和雞蛋的男孩很高興聽她這麼說，「我爸爸要是沒氣喘病還會更逗，就像他從前沒病的時候那樣。好幾次他跟媽媽逗著玩，就這樣吹著小號領了兩位漂亮小姐到家裡。」

酒吧間響起幾聲女高音：

「請問師傅，性學專家巴吉斯達先生的著作到底說了些什麼？」

「他的性保健學究竟是怎麼講的？」

大伯興高采烈，實實在在地扯著嗓子說：

「講的是強壯體魄是夫妻生活美滿的保障。」

全場一片歡呼聲，大家都七嘴八舌地重複佩平大伯的話，笑得前仰後合喘不過氣來。可總還是不夠……怎麼不夠呢？

老闆娘正在洗碗槽邊洗咖啡杯，情不自禁地沉浸在她的一段美好回憶中：

「你知道，」她對我說，「我在上中學四年級的時候，有一個小夥子，很漂亮的小夥子，常在黃昏時站在拉貝河對岸爲我吹短號。每天傍晚我都要餵兔子，我一開門，被他看見了，他就在河對岸吹奏起來。這支短號每天晚上都像一把刀扎在我心上。」她憂傷地述說著，將洗乾淨的杯子放到桌上。

老闆娘在洗碗槽旁，邊擺放那些咖啡杯邊說：「我故意慢吞吞地餵兔子，好讓自己能細聽那小夥子從田埂什麼地方送來的悠揚號聲，而且是專門爲我演奏的。因爲我當時長得也很漂亮，也很高興聽到人家說喜歡我，看到有人坐在田埂上專門爲我吹奏短號……」

那位漂亮小夥子的吹奏讓老闆娘精神煥發，這時她切了香腸，打開一個大瓶蓋，捲起袖子，伸手到裡面去掏酸黃瓜。

「天快黑了，你準備回家嗎？家裡人會不會找你？」

「會找。」我說，「可是那男孩說過，他爸爸還要在這裡治療一會兒，有時一直要到半夜。他說跟我一塊走。您別擔心，我會將他還給您的。」

「讓他去問一下他爸爸吧！」老闆娘做了決定，將酸黃瓜擺到碟子裡，然後坐下來，將一瓶酒放在兩腿之間夾著，擰進一個螺旋塞，輕輕一拍，接著全身扭成一團，連腿也抬起來，使出全身力氣來開這瓶子，彷彿得了驚厥病。她猛地一拽，抽出瓶塞，連塞帶手甩得老高，而她的兩隻腳卻啪的一聲摔在地上，這才將葡萄酒倒進玻璃杯裡。

「我去加件毛衣。」男孩說罷站起身。

「我可以跟他一塊上樓去嗎？」我說，「我該付多少錢？」

她揮一下手，拿起一把廚用小刀笑著嚇唬我一下。

我們從廚房來到走廊，沿著樓梯上到一個類似供唱詩班站的高臺上。男孩打開一道通向整個酒吧上面一間樓屋的門，天花板上的煙霧多到讓下面的桌子和顧客全都淹沒在霧海之中。男孩又打開其中一扇通往客房的門，亮了燈。我正朝下看，透過敞著的窗子，看到廚房裡的一切，看到老闆娘的那雙胖手臂。她正在幫客人遞送裝香腸的碟子和一杯杯葡萄酒。從這上面，我還看到那位小姐，她的金邊眼鏡如同瓶底的玻璃碎片一樣閃爍。她將滿滿一托盤的東西放在布拉格電車司機面前。司機的金髮光芒四射，他的頭髮捲曲得如同鼴鼠打洞拱出的土堆，又像一疊腦部的皺褶，他完全像一個總是將小號抱在懷裡的金童，全身都在歡笑。

「沒摸清底細是不好定終身的。」穿藍衣裙的女服務生戲言間做了決定說。

「說得對！」另一位附和說。她坐到電車司機身邊，將她的一隻長手搭在他肩上，幾乎挨著他的臉。布拉格電車司機吻一下她的手，整個鼻子都埋在她的手掌裡。

「我們還是去跳舞吧！把地板上的東西搬開！快活起來吧！」司機大聲高呼，兩手觸著了天花板。他伸伸懶腰，吼叫一聲，跳了起來。佩平大伯也跳起來。他兩手插腰，留聲機放的是狐步舞曲，他沒等音樂，一個人舞著跳著，腿甩得老高，鞋跟碰著了高爐灶。藍衣女揮著兩隻白淨的手向大伯跳來。大伯兩手朝上，盡情地蹦跳著，隨後互相搭肩扶腰，歡快蹦跳，或左或右，他們也注意動作協調，避免踢著腳踝或膝蓋。司機從這裡跑到那裡，時而彎腰，時而跪下，雙手在膝蓋周圍劃拉來劃拉去，像一隻中彈的野雞。他這樣還不過癮，重新拿起小號吹奏起來。我們在樓上就能立刻聽出他是一位多麼了不起的演奏家，因爲他馬上就和上留聲機裡的音樂。「現在咱們來個三人舞吧！」佩平大伯提議。戴眼鏡的小姐扶正一下眼鏡，現在他們三個人一起跳，甩著腿，笑聲不斷。

「嘿！我的小夥子！」藍衣小姐在喊。

小男孩在他房間裡叫我一聲，我轉過身去，被我眼前所見到的一切吸引住了。我輕輕靠在欄杆上，轉身看到一間敞著門亮著燈的療養者住房，裡面有一張床，一張沙發，一面大橢圓鏡，它四周插了些明信片、布條花結、乾燥花、從市集射擊攤上得來的玫瑰花和雜七雜八的東西。窗戶關著，窗簾大概總這麼垂著從不拉開，因爲拉窗簾的繩子被牢牢地綁在釘子上。男孩笑笑，穿上毛衣，長沙發下的箱子還打開蓋子，男孩總是微笑不語。房間裡彌漫著發黴的花束以及沒有倒掉的洗臉水的混合味道。男孩關了燈，輕輕走到陽臺上，我們手扶欄杆，繼續朝樓下看，欣賞歡快的舞蹈者。

「這裡空氣清新，」男孩說，「我眞高興，我爸爸的肺能在這裡得到很好的療養。他跟在家裡完全不一樣，成了一個非常快活的人。媽媽要是知道了，肯定會很高興。」

女侍們還在彎身抬手，蹦著笑著，有時又用手捂著嘴嚇唬人說，她們要暈倒了，她們會笑得死過去。老闆娘布里昂科娃太太也笑得前仰後合，猶如夏日狂風中的樹枝。她打從心底裡爲顧客們在她的酒吧玩得這麼開心而感到高興，笑得連眼淚都流出來。有權開車駛遍全布拉格的電車司機卻握著小號，吹起熄燈號，有些憂傷的熄燈號。這號聲緩緩步下臺階，一直傳到河邊。它的最後一個音淹沒在酒吧這個娛樂與歡笑王國的深底。

「我們走嗎？」我說罷，將手伸給了他。

小城路燈

黃昏是我們小城最美的時候。這時，所有大小店鋪的櫥窗都亮起燈，鐵捲門開始放下，店鋪裡工作的人們也因爲快要享受一個自由的晚上而變得動人美麗。我看到每一個售貨員都在邊賣東西邊瞅鐘錶，微笑地看著那錶面彷彿在對他們說：「再等一會兒就下班了，再等一小會兒。」隨後，他們就用鉤子將鐵捲門拉下，一直挨到地面，又將它拴在一個鉤子上，然後迅速鎖好店門。教堂的鐘聲迴旋在這濛濛的秋日黃昏之中，人們從各個店鋪裡走出來，大家都因這黃昏而變得更美。我喜歡這亮著煤氣燈的小城，我喜歡跟在朗博烏塞克先生的後面走過大街小巷。他總是這般興致勃勃地在每盞路燈架前舉起那根帶鉤的長竹竿，就這麼一拉，夜幕降臨中的小城的煤氣燈便一盞盞地亮起來。一開始，那瓦斯噴燈還一晃一晃的，慢慢地，那黃裡泛綠的燈光便放射出來，照亮四方。朗博烏塞克先生就這樣走遍小城，在他前面是漆黑一片，在他背後是明亮的燈光。他先到小城廣場的黑死病紀念柱[14]那邊，點燃四根燈柱上的煤氣燈，然後繼續行走於大街小巷。這個默默無聲的小個子，像果園工人採摘那掛在最高一根樹枝上的果子，頻頻舉起他的雙手，點燃一盞盞煤氣燈，隨後又小步小步地繼續前行，走進越來越暗的黑夜之中。我跟在朗博烏塞克先生後面，他卻老是重複地做著這件事情。我一直看著這黃昏中一盞盞徐徐亮起的燈光，彷彿是第一次看到。冬天，在學校裡，每天早上就已經有六盞亮著的煤氣燈在等待我。我坐在一盞並蒂蓮煤氣燈下面，它們的影子總是綠色的。我坐在下面聆聽煤氣燈發出的嘶嘶聲，彷彿輪胎的活塞在漏氣。這個聲音可眞悅耳，我眞想讓家裡也亮著這樣一盞燈。我只是這麼安安靜靜地坐著聽著，攤開雙手，爲這藍裡透綠的燈光而驚歎不已。它像夜裡將我從睡夢中驚醒的滿月光輝，我將手腳都伸進這光亮，這光亮彷彿也在思考著什麼，彷彿從上面撒下麵粉或星星的粉末。房間裡的一切都如同夢中之物，人卻在踮著腳尖走路，因爲月色之夜使人感到有些害怕。我坐在學校裡，男

14 豎立在捷克各城市廣場上的石柱，傳說可以發揮避瘟除災的效果。

孩們也漸漸到來。我注意看著他們是不是也覺察到這不花錢就能享用的美，可是誰也沒注意到這些煤氣燈。男孩們在喊叫，互相爭吵，進行著用辮子麵包換郵票的交易。連校長到來時也沒有讚賞過煤氣燈，連他也沒聽到那有如聖靈小火光的煤氣燈罩，如何在我們頭頂上方發出嘶嘶的響聲。當我將雙腳縮進椅子下面，就彷彿浸沒在冰水的冷影之中。現在正是黃昏，路燈開關員朗博烏塞克先生走在小城的街上，亮起一盞盞煤氣燈，我跟在他後面走過小城廣場、騎士街、大小瓦拉街，穿過教堂廣場和科齊納街，但最美麗的路燈要數小瓦拉街，一根根燈柱隱藏在樹林和灌木叢中，頂上卻亮著路燈。它們的影子圖案映在拉貝河畔。可是朗博烏塞克先生根本沒有時間去欣賞這些，只顧往前走，不聲不響地用他那帶鉤的長竹竿打開一盞盞路燈。他也不覺得有什麼好特別値得欣慰的，只是拚命地往前走。而我卻跟在他後面，品味著每一盞路燈發生的細微變化。這種煤氣燈，當帶鉤的長竿將它喚醒之後，先是像老鐘一樣呼哧幾聲，咳嗽兩下，揉揉眼睛，就像我每天早上不想見到光亮那樣。有些路燈甚至劈啪作響，就像炸肉排時突然濺點水到油裡那樣，不過隨後，所有的路燈便徐徐亮起來，互相打氣，因爲它們要是不肯乖乖地亮起來的話，朗博烏塞克先生就會利用那些拴在第十根柱子上的一架梯子，像盲人哈努什修理鐘樓一樣，摸黑爬上去修理路燈，逼著它跟別的路燈一道亮起來。

朗博烏塞克先生轉到另一條小巷時，我總愛回頭看看那一排亮著的路燈。每一盞煤氣燈，將那狀如一條透明而柔軟的裙子的光亮，遞給下一盞燈，這些一環連一環的燈光鏈條，就像啤酒廠果園裡的櫻桃樹枝一樣。在由一條街的盡頭轉到另一條街的地方，在那一盞路燈照著兩條街的拐角處，那燈光也從一條街拐到另一條街上。傍晚的行人，在這噴灑著藍裡泛綠的燈光淋浴噴頭下走出走進，可誰也沒想到要停下腳步，像陰天出門的人們常常伸出手來探探是不是下雨那樣，誰也不爲這些煤氣路燈的光亮而感到驚異，誰也沒想到要跟在朗博烏塞克先生後面行走。大家對黃昏時亮起路燈的這種無動於衷，實在是再奇怪不過了。我的影子，朗博烏塞克先生的影子，所有人的影子，在這些煤氣路燈下演出一幕幕讓我感到有些恐怖的戲劇。當我從一盞路燈的燈光下走出來的時候，我的影子一直在拉長、長高，直到我跨到另一盞路燈的光亮之中，這光亮卻將我的影子扔到我後面，當我快要靠近下一個路燈架時，我的影子便小到讓我嚇得站在我自己的影子裡面，踩著自己不敢動。當我走出這影子，走向另一盞路燈時，我的影子又在我前面漸漸長大起來，直到我走進下一盞燈的亮光裙子邊緣，接著我又一次變矮了。我轉過身來尋找我的影子，那個時而走在我前面，時而走在我後面，時而被我踩在腳下的影子，那個可能和不得不被每個夜間行人踩的影子。誰也不會注意，究竟在何處開始的第一個，而又在何處結束的那另一個，那個由朗博烏塞克先生不動聲色和免費分送到全城的祕密。搧動著黃色翅膀的煤氣燈光像一隻蹲在啤酒廠橫梁上的鴿子，保持著一雙翅膀的距離，好讓自己在夜裡起飛時，或者從噩夢中驚醒後拍打翅膀時，不致把別的鴿子吵醒。如果遇上下雨、天黑，你看不見而只能聽到打在衣服上的雨聲，可是等到朗博烏塞克先生點燃這些煤氣路燈，你馬上就可以看見這雨有多大。在路燈的光亮中，雨點會顯得更大些，路燈燈罩的四面玻璃上有一道道雨水流下的痕跡，彷彿每一個暗黃的燈罩裡都在放映一部舊電影。如果在冬天，下著陰雨或雨雪，每盞亮著的煤氣路燈都會冒出熱氣、輕煙，它的燈光會給圓石路面上的石頭抹上一層油。影子消失了，小城的街道成了溶洞和蒙了一層石灰的岩窟。行人在廣場和大街上踩踏著冰冷的光亮，布滿水坑的街上，圓石路面卻像那些跪在教堂裡、接受牧師分送到嘴裡的聖餅的虔誠老人的禿頂。每逢下雨，朗博烏塞克先生便戴著一頂舊式圓底硬禮帽，他的上了蠟的黑外套因被雨水淋濕而閃閃發光。朗博烏塞克先生只要向前一彎身，雨水便從他硬禮帽的帽簷流下來，在煤氣燈下像水銀那樣閃光。即使颳起大風，也只在微微作響的路燈周圍呼嘯，短暫地晃動一下煤氣燈的火舌。從煤氣燈玻璃罩流下的雨水使小巷變得更暗，行人紛紛低頭趕路回家或者走進酒吧，可我卻昂著頭跟在朗博烏塞克先生後面，彷彿我就是那盞煤氣路燈。我跟著他往前走，盼著他又會在哪個地方一彎身，雨水從他帽簷流下來，像水銀劈啪掉到地面上。在類似這樣一個晚上，我曾請求朗博烏塞克先生讓我來點燃一盞路燈，他將帶鉤的長竹竿遞給我。我抬起頭，雨水打在我臉上，路燈罩底露著一根極小的火苗，可我的手在發抖，小火舌在微微擺動。我怎麼也找不到燈罩裡那個小鉤，只好灰溜溜地將長竹竿還給朗博烏塞克先生。而他連看都不用看一眼，只需舉起竹竿那麼一拽，便繼續朝前面一盞燈走去。雨水和淚水淌在我臉上，那個夜晚我感到很不幸，可我卻更加深愛著煤氣路燈。我躺在床上，突然想到，朗博烏塞克先生早上走遍全城關掉煤氣路燈的情景一定會更美。可我每次醒來，天已完全亮了。直到有一次，我沒等天亮便起床，悄悄穿上衣服，出門走進漆黑的夜色之中。當我走在橋上時，亮著的煤氣燈聳立在星星閃爍的深藍天空，四周偶爾有人上完夜班回家，或者正在步行上班。幾位釣魚愛好者正扛著釣魚竿朝河邊走去。還沒等我過完橋，天就大亮了。我為自己看到黎明前的淺藍色天空，看到煤氣燈照在橋墩上，看到莫斯特茨卡街上的路燈而感到高興。在教堂廣場上，天色也逐漸亮起來，東方發白，曙光覆蓋著紅磚砌成的聖依利亞教堂。此時，路燈也只是為自己而亮著，藍色和粉紅色的光亮越過小河，自天而降，瀉到街道和廣場上。眼下這些燈光也就僅僅是為自己亮著而已。朗博烏塞克先生從弗爾特納街走出來，他邊走邊將黃銅鉤接在竹竿上，等他走到教堂廣場時，這個穿著上蠟外套的小個子，從一盞路燈走到另一盞路燈跟前，舉著竹竿，將竹竿頭上的鉤子伸到燈罩裡，把燈關了，彷彿只是將油燈的燈芯擰短一些。直到現在，我才注意到，煤氣路燈的小火苗整天都在燃著。我看到，這些路燈只是去休息一下，睡個覺，就跟我們人一樣。我繞過城堡附近的幾條小巷，從各家敞開的窗戶可以看到，人們已經起床，送牛奶的車子已經開到街上，麵包工也已扛著筐子在分送麵包，而朗博烏塞克先生已經關掉了最後的幾盞夜燈。煤氣路燈立正站在原地，每盞都在它玻璃罩著的肚子裡保存著傍晚的燈光胚芽。朗博烏塞克先生走到最後幾盞燈之前，一回頭，發現我正恭恭敬敬地站在離他有一小段距離的地方。我看到朗博烏塞克先生將拿著竹竿的手伸過來，點點頭，抖動一下竹竿。我也點一下頭，睜大眼睛，豎著耳朵。朗博烏塞克先生和善地晃晃腦袋，重又將竹竿遞給我。我像步向聖壇一樣地走著，舉起竹竿，抬起眼睛，只見天空一片蔚藍，煤氣燈裡黃色紗罩的大小與亮度猶如一隻小粉蝶。我看清了竹竿尖端的鉤子，也看清了路燈裡瓦斯噴嘴下面的小鉤。我將一個鉤子鉤上另一個鉤子。朗博烏塞克先生站在一旁，為眼前這一景象吸引住了。我一拽竹竿，彷彿由我熄滅掉整個天空的光亮。朗博烏塞克先生那從鼻子到耳根布滿慈祥皺紋的臉上，露出了笑容。我吻一下竹竿，將它還給朗博烏塞克先生。

此一片刻，我意識到朗博烏塞克先生能夠點亮黃昏和關掉夜燈，肯定沒有病倒，因爲他的工作像金星一樣一成不變地循環著。我知道，要是有一天早上，我去上學的時候，或者有一天中午，我從學校回家時，我們小城的煤氣燈都還亮著，那恐怕是，朗博烏塞克先生在黎明前的夜晚，已經去世了。

老鼠偷走了孩子的奶嘴

啤酒廠的領班曾經是一名釀酒工，後來又在發酵房當工人，最後才當上了領班。他每天在日誌本上記錄各個班次工人的工作情況、加班的工時，發布啤酒廠管理處有關時間安排的消息。他爲自己的這一職務感到非常得意。人們從大老遠就能看出他臉上那種自以爲了不起的神情，看到他爲自己升到這個職位那春風得意的樣子。他特別喜歡遇上哪個上班遲到的工人，這樣一來，他就可以訓斥那工人一頓，把他遲到的情況登記在日誌本上，甚至可以嚇唬他說，眼下每一個啤酒廠工人的位子，有二十個手裡拿著帽子的失業者在外面等著。他不喜歡佩平大伯，一方面是因爲大伯說起話來總扯著嗓子喊，更主要的是，他一罵大伯，也就間接地罵到了我父親；他嫉妒我父親這個啤酒廠經理。大伯一喊叫，領班爲了擺脫大伯那大嗓門，便派他鑽進一口大大的空鍋爐。我大伯就靠一顆亮著的燈泡來照明，身上繫一根粗繩，在鍋爐裡消除水鏽和硝酸鈉。我大伯於是在那口空鍋爐裡彎曲著身子，一待就是半個月，用榔頭將水鏽一塊塊砸下，像可可粉一樣細的黃色粉末在他身邊四周旋轉，可大伯卻彎著身子或仰天躺在鍋爐裡，邊幹活兒邊唱歌，他的歌聲直沖啤酒廠的煙囪之上。當他停止歌唱時，凡是從這鍋爐房經過的工人，都要對著這口空鍋爐彎下身來，看看那些將佩平遮得都瞧不見了的粉紅末子，隨口朝鍋爐裡喊幾句：

「佩平，聽說你還在前線放過羊，這是眞的嗎？」喊完就走，好讓大伯使勁捶一榔頭，砸得水鏽四濺，就像搪瓷鍋上碎了的搪瓷片一樣。

「你這笨牛！難道還能讓羊群在前線跑來跑去？笨蛋！羊一聽到槍響就會發呆的！再說，要是子彈橫飛，手榴彈爆炸，你這蠢驢，奧國士兵還有心思去放羊？」

等機修工一打開鍋爐的通風蓋和閉合裝置，大伯的聲音就像一棵大柳樹的主幹壓著根根分枝倒下時砸在地面那樣，響聲直沖啤酒廠上空。敞著窗戶的辦公室以及各個院落，到處都能聽見。領班匆匆跑來，誰都看得出他有多生氣。他邊跑邊翻開日誌本，然後進到鍋爐房，彎身對著密布粉塵雲霧的空鍋爐嚷道：

「佩平，別以爲你弟弟是啤酒廠經理，你就可以爲所欲爲！我放你一個小時先不予處理，眼下我要寫日誌。」

領班看了一眼周圍的工人，可大家都睜眼看著別處，彷彿沒他這個人似的。大伯已在鍋爐裡唱起歌舞劇《我有九隻金絲雀》中的詠歎調。等他幹完了鍋爐裡的活兒，領班大人又指派他清理下水道。於是大伯便站在通往下水道的梯子上，只有半截身子露在外面。他微笑著，像一位潛艇指揮官一樣行軍禮。另有一名工人站在下水道旁往下面遞桶子。佩平站在沒過膝蓋的爛泥中，用鐵鍬鏟著污泥濁水，把一個桶裝滿之後，便靠繩索將它拽到上面。雖然這污泥桶隨時可能掉下來，威脅到大伯的安全，可佩平大伯仍舊開心地扯開大嗓門工作。箍桶師傅打從這裡經過時，彎身對著下水道嚷嚷說：

「聽說若尼卡來過這裡，她說正在縫製結婚禮服呢！」

「什麼？眞見鬼！這麼一個老太婆，走起路來就像兩腿之間垂著一個大豬奶，而我是誰呀？我是個小姐們誰見誰誇的美男子，竟要跟她結婚？見鬼去吧！」他的聲音在高高的啤酒廠上空迴旋，就像噴水龍頭遭堵，一旦拆下來，水便射向四面八方，讓那些在屋頂幹活的工人嚇一大跳，不知誰在他們上方大聲吼叫，就像聖徒們聽到上帝召喚他們一樣望著天空。領班連忙跑來，手裡拿著打開的日誌本，然後跪在滿是污泥濁水的獨輪車旁邊的報紙上，朝下水道口嚷道：「別以爲你弟弟是這裡的經理，我們就什麼都得讓著你！憑什麼在幹活的時候大聲吼叫，擾亂廠裡秩序？」

他跪在那裡又往日誌本上記一筆，然後朝四周環顧了一番。工人們都在繼續進行自己的工作，各人盯著自己這一攤，對領班就像沒看見一般，當他根本不存在。當河上結冰的時節到來，就該破冰運冰了。發酵工人和啤酒廠其他工人對這工作就像下鍋爐鑽下水道一樣感到畏懼。領班大人第一個就指定佩平大伯去做這工作。破冰者們摸黑在河面上敲打冰塊，然後用鉤子將它們鉤到岸邊，再沿著一塊板子把它們拖到岸上。其他採冰工便將大塊冰敲碎成小塊，然後用戴著手套的手將一把把的冰扔到車上，一直到堆得很高爲止。這還不夠，因爲冰是按重量來計算的，工人們還用那些帶尖端的長塊冰插在車身四周的內壁，形成一道高高的圍籬，讓冰塊裝得盡可能最多。當寒冷的天空出現了紅太陽，每輛運冰車都閃爍著光芒，冰塊棱角折射出像彩虹一樣的五顏六色。當運冰車朝啤酒廠走去，冰塊在寒冷的空氣中和陽光照射下咯吱作響，在高低不平的路上左搖右晃，像在玻璃廠裡一樣光芒四射，就這麼一大車一大車地連成一條長鏈，裝飾著通往啤酒廠的道路。拉車的馬匹全身冒著熱氣。腳上穿了用麥秸綁著的高筒靴、頭戴羊皮帽的馬車夫們闊步走在馬車前面。在八層樓高的冰庫旁裝有兩條滾輪傳動運輸帶，將冰塊運上去倒進冰庫裡，又將空帶倒回來，裝上冰塊再往上運。

每當我出去溜冰，每當我已穿好冰鞋，觀察那些孩子們是如何努力學習溜冰，忽而摔倒忽而爬起來的情景時，每當我看到學生們在冰場上畫圈時，我便隔著他們後面的啤酒廠果園，看到那些運冰車排成長隊等在運輪帶旁邊，不禁暗自說：

「你待在這裡做什麼呀？」

我立即脫下冰鞋，將它搭在肩膀上，回到那晶瑩透明的碎冰堆成尖端的馬車旁。如今大伯用鐵鍬撥開車身的鐵栓，滿載著冰塊的車身一側的板子被打開，冰塊直接掉進粉碎機的漏斗裡，採冰工人站在旁邊用鉤子幫冰塊掉進像嚼糖一樣嚼碎冰塊的鋼齒裡。還有兩名工人站在車子上，像聖伊希[15]騎在馬背上用鋒利的刺刀殺龍一樣，使鉤子撥弄敲打著冰塊。將冰鞋搭在肩膀上的我，站在那裡眞不知先看哪一樣好：是看那些圍著各式圍巾的採冰工人呢，還是那一座座緊挨著冰庫，敞著大門的小屋？此時在這些小屋裡爐火正通紅，燒著熱騰騰的茶和格羅格[16]呢！我不知道自己是不是該朝上看看那從滾輪傳動運輪帶掉下來的碎冰，或者粉碎機那越嚼越起勁地啃著冰塊的兇狠鋼牙。那粉碎機眞可怕，要是哪個採冰工不小心，它就會像嚼冰塊一樣嚼斷工人手裡帶鉤子的長桿，嚼得木屑四濺，還有傷人的危險。河面溜冰場上響起了留聲機放出的音樂，還有溜冰鞋劃著圓圈的咯吱聲，而佩平大伯卻在用鉤子與冰塊搏鬥，還像在前線那樣大聲喊著：

「靠左！靠右！」

「看我的！」大伯這一鉤子反而擊空了，幸好另一位採冰工人一把抓住他的袖子，大伯這才沒有與冰塊一起掉下去。所有其他採冰工人都比大伯高一個頭。大伯無法與冰塊搏鬥，便用鉤子與採冰工人搏鬥和打鬧著玩，連這都不過癮時，他便乾脆將鉤子一扔，與他們扭打成一團。工人們已笑得有氣無力，摔倒在地，有的還跪倒在地。當他們發現有人摔倒在地，便一齊將大伯像舉一個嬰兒似的舉起來，因爲他們都是彪形大漢啊！現在連那運輸帶也休息了。運輸帶上的冰塊不時發出快樂的咯吱聲。大伯嚷道：

「弗里什滕斯基就是這樣戰勝那個黑人對手的呀！」

粉碎機的轟隆聲，已經倒空的運冰馬車和鐵鍬碰撞聲，在冰庫上空迴旋，機器也得歇一口氣。當天氣變得更加寒冷時，採冰工人們便搬來兩個鐵桶，用鉤子在桶側弄出兩個窟窿，然後在桶裡生火，大塊木頭工整地立著，燃燒著。

---

15 聖伊希（St. Jiří），基督教傳説故事中的人物，是西、東兩大教（天主教、東正教）共同尊奉的最受歡迎的聖人之一。布拉格宮裡就有一座聖伊希殺龍的雕塑。

16 蘭姆酒和其他烈性酒加糖和水熬成的烈性飲料。

黃昏中，木頭燃燒的熊熊火焰爲烤火的人們送來溫暖。木頭焚燒的光亮帶來撫慰人心的效果，使工人們的辛勞變得容易忍受一些。佩平大伯情不自禁地唱起歌來：「湖邊有隻夜鶯在歌唱，對牠的情侶表白愛情……」

採冰工人也因這歌聲而感到心裡暖洋洋的。從溜冰場上又傳來了悅耳的音樂，男孩子和姑娘們溜著華爾滋舞步。我該回家寫作業了，可啤酒廠冰庫這邊的景象，遠比課本上的圖畫要美麗……孩子成了孤兒，我眞不想回家。我家從中午就開始擠滿了人，都是我們小城那些爲雄鷹體協[17]的化裝舞會準備服裝的人。他們一直在喝啤酒，莫名其妙地大笑，吃著大塊塗油麵包。啤酒喝多了，便拚命地往隔壁工人宿舍的廁所裡跑。

當我在冰庫那邊望著採冰工人和馬車夫們用麥秸裹著的高筒靴時，不禁聯想起我們家那些客人都希望有一雙秀氣的小腳。他們總是購買比自己的腳小一號的鞋子，因爲秀氣小腳是一種時尚。有好幾次，我看到他們從城裡經過田野到啤酒廠去，一路上常常要扶著籬笆和啤酒廠的牆壁走路，看到他們用手揉搓著鞋面；他們的腳趾被小鞋磨出了血泡。我就這樣站在灰茫茫的黃昏中。有五輛馬車排隊等著將冰塊運到冰庫去，馬車夫們把毯子蓋在馬背上，他們自己則來回走動，凍得直跺腳，或者走到鐵桶這邊來烤烤火。河面溜冰場仍在播放音樂，散發著潘趣酒[18]的香味。學生們仍在溜冰，用溜冰鞋劃出一個個大圓圈；暮色中的溜冰鞋在閃閃發光，冰面咯吱作響。這一雙溜冰鞋劃出來的是螺旋線，那一雙又閃電式地劃出一道直線。遠處火車的隆隆聲大得讓我不禁暗自說：冰快化了，雨快來了。粉碎機還在不停地運轉，將冰塊嚼得粉碎，運輸帶則將碎冰緩緩運到高處，倒進冰庫裡，形成八層樓高的冰堆，然後再用馬車從春天到夏末將這些碎冰分送到各個大小酒館飯店，讓啤酒、汽水變得冰涼可口，或分送到醫院，讓冰塊幫助高燒病人退燒。但是那些由自己宰豬的飯店老闆們，在地下室裡有自己的冰櫃，只靠大棒槌來碎冰，剩下沒捶碎的冰塊就在自家花園的樹下堆起來，用麥秸嚴嚴地蓋住，可以一直存放到夏天，甚至來年開始下雪的日子。

我仍不想回家，便沿著一條僻靜的公路朝一片小樹林走去。當我來到一座孤零零的農莊時，突然感到十分口渴，便走進農莊的院子。可是無論在暖洋洋的牲畜欄裡，或者在院子裡、倉房裡，都不見一個人。馬車夫、監工，乃至農莊主，大概都去拉車運冰

17　捷克著名的體育組織，創立於一八六二年。
18　一種由果汁、茶、酒等摻和在一起的熱飲料。

了。寒風呼嘯，將乾草和冰粒吹得漫天飛舞。我連忙鑽進牲畜欄旁邊的工人宿舍。房門被穿堂風吹開，我站在走廊上，站在下一道門前，靠著門上一條可以塞進一個指頭的裂縫，聽著裡面的動靜。我像一條獵犬一樣偵聽著，抬起一隻腳，耳朵朝裡面有響聲的地方貼門聽著，然後又將一隻眼睛湊上去看。我環視一下半明半暗的房間，看到兩個小孩坐在床上的麥秸稈上，他們身邊圍了床被子，有塊毛料披巾從前往後披在他們身上，還繞過他們的肩膀，在背上打了一個結。

「我想喝點水。」我走進去說。

「爐灶那邊有個桶。」大一點的男孩指著爐灶那邊告訴我。

我伸手摸索著走到房角落，爐灶的稜角閃著光，爐門敞開，可灶面卻一片暗黑。近處牆壁掛鉤上掛著一個大杓子。當我拿著大杓到桶裡去舀水時，碰到的卻是冰。我用杓子使勁敲打著冰塊，好不容易敲出一條縫，才從裡面舀出一點水喝了。我正要往外走，年幼的那個孩子哇的一聲哭了。我連忙從門口轉過身來問道：

「他爲什麼哭啊？」

「老鼠偷走了他的奶嘴。」那個大一點的男孩說。

「這可是交了好運啊！」我說。

我又來到了寒冷的走廊，背後的房門已自動關上。然後，我沿著田間的公路走去。在我前面，啤酒廠像火車站似的燈火通明。等我走進啤酒廠大門，只見三個房間的三盞吊燈照得六扇窗戶亮堂堂的，客人們在窗簾後面晃來閃去。我站定片刻，透過窗戶朝廚房裡一望，只見父親正端著杯子在喝白咖啡，還若有所思地邊喝邊吃麵包。灶臺上攤著五顏六色大大小小的平底鍋。小學校長笑得齜牙露齒的，他正彎著腰用一根小木棍在每一口小鍋裡攪和著什麼，我母親正在剪出一塊塊小白綢子，教區牧師將小綢巾對折一下，又一下，然後用線紮起來再翻開，做成一朵罌粟花。校長再把這些絲綢花放到分別裝著各種顏色的小鍋裡蘸一蘸……包括藥師在內，所有這些大人都像孩子一樣有滋有味地幹著這些活兒。我簡直弄不清他們玩的什麼名堂，弄這些東西幹嘛。後來，我才漸漸看出來，將纏在那些往熱鍋裡蘸顏色的小綢塊上的線繩一解開，一塊塊小綢子就變成了漂亮的彩色印花絲巾。藥師大笑著繫上我媽媽的圍裙，將小花絲巾一一熨平後，掛在爐灶上方的一根繩子上烘烤。彩印小絲巾的圖案像孔雀的眼睛，像蛺蝶翅膀上同心圓中那閃著藍、綠、紅色的圓心。這些小彩旗在熱氣騰騰的灶面上空飄揚。隨後，藥師拿起一根皮尺，測量每個人的腿、身軀以及彎起來的手臂，並將尺寸一一記錄在一個麵粉紙袋上。藥師還用同一方法測量了教區牧師。當他量到牧師的胯下時，大家笑得連眼淚都流出來。我從廚房的窗戶繼續看著我母親如何興致勃勃地踩著縫紉機。她坐在縫紉機前，男人們遞那些小絲巾給她，她則低頭彎腰，踩著縫紉機踏板。機器咔答咔答地響，那些小彩綢便被串成一條長長的彩帶。男人們用皮尺標出尺寸，一個個坐在椅子上，像女裁縫一樣縫著，還拚命地喝著啤酒笑個不停，似乎什麼都變得好笑。我轉過身去，隔著花園看到的啤酒廠猶如一座神祕城堡。在它後面，冰庫旁的運輪帶一直在轉動。到處燈火通明，釀酒房的輪廓呈乳酪般的黃色，天空呈紫色，蒸煮房的所有窗戶也都亮著燈，整個牆壁上只能看見這些黃燦燦的窗戶。蒸煮房的工人在蒸煮鍋旁來回走動，或靠著欄杆，或彎身盯著蒸汽孔，觀察著蒸汽。這蒸汽環繞著他們，升到他們的頭頂上方，連成一根洋蔥莖狀的柱子。運送冰塊的馬車排成長隊，冰塊呈碧藍色，加上蒸煮房紅色燈光的照射，全都變得像教區牧師住宅裡掛著的那幅《最後的審判》彩色圖一樣。此刻，縫紉機正軋出用彩印絲綢拼成的一條條褲腿。

我爸爸放下咖啡杯，也跟我一樣，觀察那群客人，可隨後也走進了這間房裡，用那根皮尺量起自己來。我悄悄來到走廊，進了廚房。所有人都在專心致志地用那些彩印絲綢縫製著什麼。我關了燈，在窗下的一張椅子上坐下來，在昏暗中注視著那三間燈火通明的房子。天花板上掛著鋥亮的黃銅吊燈，它的光亮灑滿全屋，半開半掩的白色大門裡透著暗淡燈光和一個個人影。他們正在笨手笨腳地縫著短上衣和肥大的袍子。這時教區牧師正在將一個大黑絨球縫到扣眼旁邊。我開始感到睏了，可當我抬起眼皮，便發現縫製戲服的工程大有進展。媽媽蹲下來，從碗櫃下部取出一個大紙袋放到房子中央，並從袋裡掏出一落黑帽子。教區牧師在它們上面分別縫了一根孔雀羽毛，戴在每一顆伸過來的腦袋上。後來，我便睡著了，像電影院裡的驗票員一樣，做完事便無所事事美美地睡著了。突如其來的靜寂反倒將我驚醒。傳動運輪機已停止工作，之前還空轉著喀嚓響了一下；連這部機器也要休息、睡覺了。蒸煮房仍舊燈火輝煌，但蒸煮鍋裡已不再冒出熱氣，裝有鐵欄杆的通道上已經沒人走動。整個蒸煮房非常乾淨。這裡的牆壁上滿是瓷釉和測量溫度的儀器，以及將它的玻璃牆分成一塊塊的幾百個小窗孔，活像一些拼在一起的玻璃手帕。溜冰場上一直還能聽到冰刀的碰撞聲，然後是落地聲，以及長長地劃上一道的聲音，再往下便是腿的快速揮擺，冰刀劃出圓圈，溜冰者兩手一攤，就像一名手風琴演奏者完全拉開手風琴鍵一樣。等我那疲倦的雙眼將冰場看個夠時，便又將目光轉向我家住著的廠房宿舍房間，只見一個個宮廷小丑和歌劇小丑在走來走去。他們都穿著上面布滿了孔雀眼睛，也的確非常漂亮的寬鬆袍子，連我父親也穿了一件小丑服，頭上戴一頂黑色緊髮帽，還插一根挺拔的孔雀羽毛。甚至大家臉上都化了裝，就這樣在房間裡逛來逛去。我那穿著小丑服的母親正碎步從這裡走到那裡。我看了都有些不好意思，全身發熱，因爲我媽媽，不像是我的媽媽，而像是我的姊姊。我不大喜歡她總樂意那麼年輕。她的確很年輕，眼看就要變得比我還要年輕了。她喜歡演戲，平常講話也跟在劇院演戲一樣。我不願意她這樣，我想要我的媽媽像我的教母娜妮那樣，有點發胖，別那麼在乎自己該穿什麼，也別去閱讀那些全球時尚的新聞，最好只操心家裡的事和園子裡的事。這時，我母親和教區牧師搬來一面橢圓鏡子。我看到，就連牧師也努力想讓自己顯得更漂亮更自信一些，可每個人又都對自己沒有把握。我父親激動得將一隻穿著皮鞋的腳放在小矮凳上，彎著身子，一隻手肘支在膝蓋上撐著腦袋沉思，我這才發現他們每人都穿著一雙鞋面上打了一個黑色蝴蝶結的上光新鞋。我母親連忙跑出去拿來一個小桶，放在沉思的父親嘴巴下方，彷彿他要嘔吐。大家都笑成一團，不過，隨後又都安靜下來，因爲每個人都想照照鏡子，知道自己穿上小丑衣有多帥。我爸穿這衣服最漂亮，他倒是沒想要照鏡子多看自己幾眼，他不追求這個。他只求自己原本是什麼樣就是什麼樣。我父親是個相當帥氣的男人，比所有來我們家的這幫人都帥，可他自己卻有些自卑，因爲他最愛讀《被吃掉的小鋪》[19]這本書，總以爲他自己就是那個小鋪的可憐老闆。我母親把手一拍，高興地嚷道：

「現在我們來排練一下半夜那場群舞！」

我眨一下眼睛。我越是不相信自己的眼睛，就越是準確地看到：我家的客人們在最後一間房裡排成一行，又同步同腳踏進第一間房。我看到他們那一雙雙鞋面上打著蝴蝶結的腳，同步在地板上踏出答答之聲。我還看到這些小丑們站成一排，微彎著膝蓋，整齊劃一地探出身子，用指頭指著自己的臉，將那好奇的頭轉過來，然後又統一將手交叉在腦後，向左向右地轉動。隨後，這一排小丑便各自碎步走開。我看著都感到有些不好意思，突然有種感覺，覺得自己已經老得厲害，比房間裡所有化裝成小丑的人都要老。

小學校長一拍手，小丑們便將半截面具戴在眼睛上，從這個房間走到那個房間，大家都裝作彼此不認識的樣子，互相打個招呼，笑一笑，像在劇院裡演戲那樣開個玩笑，而攤在桌子上的那張報紙，卻密密麻麻印著這麼一條消息說：照此下去，大概會發生世界大戰。

---

19 捷克作家伊格納特．赫爾曼（Ignat Herrmann,1854~1935）於十九世紀創作的一部小說。

甜甜的憂傷

在秋季，每個星期六和星期天，總會響起獵槍的聲音。每當我從學校匆匆跑回家，被九月的太陽照得兩眼模糊地跑進黑暗的過道時，不是被一堆山鶉，就是被幾隻野兔絆倒在地。這些野味都是那些讓我父親代爲報稅的飯店老闆們爲表謝意送來的。母親將野兔掛在地下室的橫梁上，將山鶉放在板棚裡，牠們的腦袋都朝下垂著。當野兔的鼻孔開始滴血，山鶉身上開始掉蛆時，母親才將牠們取下來，拔掉毛。大家都盼著吃到這美味，尤其城裡的客人更加期待這頓野味宴席。我母親先是將山鶉平放在一口大平底鍋裡，抹上豬油和濃醇的佐料，八隻山鶉裝在一口鍋裡烤。到傍晚，整個員工宿舍都彌漫著一股誘人的香味。連不吃野味的父親也忍不住要吃這烤山鶉。這些客人儘管跟我都很熟，但對我來說仍是客人，他們也老是那一套讚揚話。他們喝著好酒，眞是好得不能再好的啤酒，因爲是直接從酒窖裡取出來的。最主要的是，他們白吃白喝，不用付錢。我坐在一旁慢條斯理地吃著，每當哪位客人又拿走一隻山鶉，我就會情不自禁地盯著那隻山鶉。每位客人都在興高采烈地笑著；他們越笑得厲害，我便越感到彆扭。這笑聲被我那吃得非常開心的母親突然打斷。她切下一塊山鶉肉拿到手中，突然起身，喊叫著跑到院子裡，繞著圈邊跑邊對著天空大喊大叫。客人們嚇了一跳，還以爲她被骨頭卡著了嗓子，可當他們吃到第三隻山鶉時才發現，這是我母親在吃到美味的山鶉時一種特有的驚喜反應。他們於是哈哈大笑，手裡拿著烤山鶉，繼續跟我母親一道邊啃邊樂。我母親這時已回到桌旁坐下吃山鶉，還掰下一塊到醬汁裡蘸一蘸，像小孩一樣舔著。這一切都是因爲她愛吃，尤其是愛表演的緣故。她不僅在小城的業餘演出劇場上，而且在生活中都這樣，她甚至離開了演戲就沒法活。這些我父親都看在眼裡，憋在心裡，和我一樣不說出來。沒辦法，因爲我媽媽從骨子裡就是這樣。不過話說回來，我媽媽若不是這樣的一位媽媽，我們家恐怕會非常鬱悶淒涼，因爲我爸爸老是愛讀那本《被吃掉的小鋪》，而且誰也沒法說服他認識到自己並不是那個不幸的小鋪老闆。我母親一喝足了啤酒便一手端著酒杯，另一隻手擺到背後以保持平衡，活像一幅爲優質啤酒做的廣告。可她還覺得不夠。當她將那半公升的瓶裝啤酒喝去一半時，她突然跳起來，放下酒杯，重又跑到院子裡去，對著天空大聲喊叫，說這些飲料有多麼可口，然後又跑回屋裡，坐到桌子旁，一直用拳頭敲打著桌面，直到喝完那一瓶酒爲止。有時碰巧天下雨，我母親吃得高興時，她也會站起來往我和爸爸的背上猛擊一拳，有時還會往客人背上猛擊一拳。大家都哈哈大笑，乃至將啤酒和飯菜噴到甜點上，接著，我媽便不得不一直捶得他們將噎住的食物吐出來。這天晚上，當媽媽吃到第三塊山鶉肉，又要跑出房門時，突然在門檻前站住了。她用手捂著油膩膩的嘴巴，驚訝地說：「文采克，你怎麼來了？進來吧！」她喊叫的聲音那麼大，爸爸一聽便停止吃東西，臉色唰地一下變白。他雖然整整一個月來才夾第一塊肉，可當他聽到小舅子文采克就站在門外時，就將刀叉放在碟子上，說他不打算吃了，吃不下了。客人們擠到窗口旁。我看到，在朦朧的夜色中，窗子下面站著兩匹白馬，一匹馬上坐著文采克，他腳穿黃色長筒靴，身穿米色長褲和紅色燕尾服，頭戴大簷的黑色絲絨帽。他齜牙笑著，向窗戶裡面的客人行舉手禮。他一彎身，差點從馬背上掉下來。我母親的手一抬，他便彬彬有禮地吻一下她的手，馬上又用他那隻爵爺式的手，指著那位身穿公爵夫人服、頭戴插著孔雀羽毛的波浪式絲絨帽子的女騎士，說：

「我的未婚妻。」文采克說完，跳下馬來，整理一下靴子。站在窗口的客人都對他驚羨不已。

「不會眞的是哪位伯爵大人親自光臨我們這裡吧？」藥師輕聲地說。

我媽已經牽著文采克的手，將他和他的未婚妻一一向大家介紹。文采克脫下白手套，朝我倒楣的父親背上拍一下說：

「怎麼樣？姊夫，對我們這身打扮感到驚訝吧？我們將要掙好幾千，還要訂合同，去維也納和布達佩斯呢！」

我媽高興得樂開了花。她立即取來盤子，端來原本裝著八隻山鶉的那口大鍋。文采克溫文爾雅地拿出一隻山鶉放到他未婚妻的盤子裡，戴上單片眼鏡，兩手一攤，唱起來：

「我將去到瑪克辛，那裡樂事數不盡……」

他站在那裡引吭高歌，悅耳的男高音迴旋在香味四散的烤山鶉的上方。客人們停止吃喝，將目光轉向歌唱者。他們點頭讚賞，感動得幾乎流下淚來。我母親幸福得勉強抑制住啜泣。白色駿馬在外面嘶鳴，牠們正在果園裡自由放牧。聽得出牠們正在多麼歡快地啃吃整根樹枝。父親坐在那裡，叉開膝蓋，垂著腦袋，彷彿在流鼻血。文采克唱完了，客人們感動得幾乎抬不起手來鼓掌，他們兩隻手掌碰不到一起，只顧拚命地點頭稱讚。文采克已經開始吃肉喝酒了，像一位演員那樣津津有味地吃著。他的未婚妻已經啃起第二隻山鶉來。文采克用餐巾擦擦嘴巴，整理一下單片眼鏡，朝下看了看他的未婚妻，接著又開始唱起來：

「到這小亭子裡來吧……」

而那位未婚妻，帽子幾乎挨著了食盤；她正在專心地啃著山鶉肉。她手裡拿著山鶉腿，對著歌唱者點點頭。

我父親趁機站到牆壁與櫃子之間的夾道上，透過面部表情和手勢表示說，這樣裝瘋賣傻下去不會有好結果的，說這是在玩騙人的把戲，並指著自己的脖子表示他恨不得立即上吊算了。那未婚妻站起來，手裡拿著山鶉腿，嘴巴塞得滿滿地歌唱著，依偎在文采克身旁，用愛戀的目光看著他。我定睛望著這兩位親戚，不得不說，爲了這幾隻烤山鶉，他們可比那些猛吃猛喝的客人要付出得多。我幾乎跟我母親一樣感動。她正面帶微笑，將目光投向某個遙遠的地方，而不是房間哪個角落；投向了維也納和布達佩斯的哪個地方，投向了文采克和他未婚妻有了定期聘約工作的地方。庭院一棵大樹下的草地上，兩匹白馬在黑夜中光芒四射，牠們撕扯著樹枝，連枝帶葉一頓亂啃。後來，我母親還將山鶉放到文采克和他未婚妻的盤子裡供他們享用。他們倆吃得有滋有味，文采克還舀了三杓甜菜根。這時他們幾乎跟院子裡的兩匹馬吃得一樣高興，用兩手撕扯著山鶉肉，將大口大口的肉和滿杓的甜菜根往嘴裡塞，眞可謂狼吞虎嚥。他們的胃口甚至超過了我們那些客人。我跨開腿騎坐在椅子上，下巴枕在扶著椅背的雙手上望著我媽媽。如今她跟我所認識的這個媽媽完全不一樣了。看來那個文采克比我和我爸，甚至比她自己更重要。如今我媽變得有些憂傷，也沒幽默感了。那股在院子裡瘋跑，朝天大喊大叫啤酒多麼可口、山鶉肉多麼好吃的興致統統離她而去……這裡有的只是歌唱，主要是從文采克那裡湧出的這種魔力。他在歌唱時還用手勢邀請所有的人隨著他的歌聲走進他所歌唱的充滿愛的心靈。他和他未婚妻面前的碟子裡只剩下幾根小骨頭。於是他彎下身用叉子從平底鍋裡叉了一顆山鶉腦袋。

「啊！這可眞是人間美味啊！」

他感歎不已，小心翼翼地將山鶉腦袋連眼珠子一起吃進嘴裡，細嚼慢嚥地吞進肚裡。

「姊夫，」他喊我父親，「這個聘約將意味著成千上萬的錢呢！去維也納，去布達佩斯！」

他擦擦嘴巴，扶正單片眼鏡，用手勢來贏得大家的注意。他又攤開雙手，微彎著身子唱起歌來。他還轉動著肩膀，讓自己更能發揮，唱出美妙歌曲的詞句：

「世界上也許沒有任何一個人像我這般地愛你……」他歌唱時露出一排珍珠般的潔

白牙齒。我父親仍舊站在櫃子與牆壁之間的夾道上，用手勢告訴我說，文采克裝的是假牙，到頭來，他要倒楣的。他還表示看不下去，恨不得自己上吊算了。

文采克還指著他未婚妻，他唱歌的表情說明他完全沉浸在對她的深愛之中。

「這飢渴的眼睛、嘴唇，你都可以拿去，因為它們只屬於你……」

他邊唱邊將他的手繞著她的眼睛和嘴來回晃動，且有些發抖。在暗黑的暮色中，我們的客人只是兩顎顫動，感動得喘不過氣來。藥師開始啜泣，他抬起一隻手，將袖子擋住自己的眼睛；這動人的歌聲將他帶回到一段幸福的青年時光。這還不是全部，如今文采克的未婚妻又將文采克所唱過的重唱了一遍：

「世界上也許沒有任何一個人像我這般地愛你……」

這時我看到，唱歌的已是文采克的未婚妻。她深情地望著他，就像未婚妻看著未婚夫該有的那樣，像丈夫看著妻子，我爸看著我媽該有的那樣。到現在我才知道，是我爸的看法不對，而文采克和這位美麗的小姐，這對未婚夫婦的歌唱，將能賺來成千上萬的報酬。我們親戚中的確有人將比我們贏得更高的地位，能去布達佩斯、維也納……

彷彿被我那熱烈的念頭高高抬起的文采克，這時將他的聲音與他未婚妻連在一起，兩人一個比一個更起勁地唱。他們頭靠著頭，臉貼著臉，朝著遠處的一個什麼人在盡情地歌唱……

「世界上也許沒有任何一個人像我這般地愛你……」

我看到我父親也很受感動。他對文采克他們倆歌頌愛情的盡情歌唱簡直聽得入了神。我看到父親站起來，非常激動地望著窗外的黑夜。那裡站著的兩匹白馬正在嘶鳴，撕扯著樹枝，繼續連葉帶枝地啃嚼著。我母親則淚流滿面，責備地望著我父親的背影，彷彿她不能像文采克那樣唱著歌劇，像英國貴夫人一樣騎著白馬去訪問人家，口袋裡放著去維也納、布達佩斯簽訂演出歌舞劇的合同，這一切責任全在我父親似的。

兩盞聚光燈突然來到啤酒廠的院子裡。從停在我家窗前的轎車裡走出一個人，直接奔向那兩匹馬，他還拍拍牠們的頸脖，馬兒尖叫一聲。夜巡員在過道上用手電筒照一下我們的院子。聽得見過道上有腳步聲，接著有人打開了進入我家廚房的門。

「喂！那裡有人嗎？」一個惱怒的聲音如同雷鳴。

我媽打開房間和廚房裡的大燈。一個穿著髒兮兮的高筒靴的人怒氣衝衝地走進來。他理了理小鬍子，一看到文采克就高興地嚷道：

「終於找到你啦！」

文采克站起身來，單片眼鏡掉了，碰得碟子一聲響。

「一切都會解釋清楚的！」文采克對著那位不速之客攤開手大聲說。

「解釋個屁！馬是你們昨天借的，說好借一個上午，還沒付錢。兩套服裝也是從出租處借來的。晚上有演出需要，你們立即脫下來！」

「一切都能解釋清楚的！」文采克哭訴著說。

文采克脫下外套、紅色騎士服，並將帶有帽簷的絲絨帽放在上面。

「長褲也脫下！別讓我用馬鞭抽你！」租借處老闆大聲喊著，用鞭子拍打了一下高筒靴。文采克立即脫下它。他的未婚妻倒是脫得很平靜，就像演出完畢在更衣室更衣一樣。

「你們快把這兩匹馬送回波傑布拉迪租馬的地方去！」租借處老闆像打雷一樣說，然後抱起騎士服，將其搭在手腕上，手裡提著長筒靴。我母親拿來一條床單，文采克和他未婚妻原來只蓋了一塊桌布坐在沙發上，眼下連忙將床單披到身上。

「一切都會弄清楚的。我要控告！」文采克怨氣十足地說。

「要去告的人的是我！你不付錢，就得坐牢！」租借處老闆說罷走出去，將騎士戲服扔在他的後排座上，開車出了啤酒廠。夜巡員在他後面砰的一聲關上鐵門。我家所有客人都變得鴉雀無聲，望著空碟子。我母親的臉紅到了髮根，只有我父親面帶笑容，搓搓手，拿起一隻烤山鶉，有滋有味地吃起來，像我母親的胃口一樣。等他吃完，客人們站起身，看看懷錶，發現已經到了睡覺的時候，連忙將懷錶塞進口袋，彼此匆匆道別。父親開始吃第二隻山鶉，他還問我媽：「那裡還有一點甜菜根吧？」這個晚上，我們睡得比較早。文采克和他的未婚妻像兩個孩子一樣在床單下睡著了。我爸爸唱起了歌，我媽躺在臥椅上，眼睛睜得大大的望著黑夜，一眨也不眨地凝視著遠方。

「酬金將會成千上萬，定期聘約，維也納，布達佩斯……」文采克在睡夢中囈語著。

第二天，我一醒來，便看見文采克在廚房裡走來走去。他已經穿上我爸爸最漂亮的衣服和皮鞋，打上他最漂亮的領帶。我媽則在讓文采克的未婚妻試穿她的服裝，那套她只穿過兩回的新服裝。作爲搭配的服飾，媽媽爲她挑了手提包、鞋子和襯衣。文采克和我們告別時彷彿什麼事情也沒發生過。我還看到我爸爸給他路費。文采克將錢放進口袋，在院子裡還對著窗戶招招手說：「酬金將會成千上萬！」

用我爸爸的衣服打扮得漂漂亮亮的文采克，挽著他那位穿著我媽媽衣裙的未婚妻去了火車站。他休息夠了，高高興興地上路，走上一條永遠也實現不了的到維也納和布達佩斯的道路……

隨後，我爸爸馴服了院子裡的那兩匹白馬，憑著他在奧匈帝國騎兵隊服役的經驗，縱身一躍上了白馬，同時牽著另一匹白馬，走出啤酒廠，然後沿著小河逆流而上，去波傑布拉迪還馬，付了租馬的錢和罰金。我來到學校時，發現校長滿臉發青，看得出來他曾哭過。他對我們說，我們的市長昨夜在布拉格去世了。在我們上學的路上，就已經能從小城居民身上看出來發生了什麼事。他們步履緩慢，腦袋偏到一邊，證明他們已經知道市長去世的消息。校長說今天是全市的哀殤日，放假一天，讓每個市民都能表示悼念。朗博烏塞克先生在廣場上用他的長竹竿撥亮了煤氣燈。而秋日太陽照射的光亮，卻遠遠大於我們小城所有煤氣燈合在一起的光亮。市政府的小職員扛著人字梯跟在朗博烏塞克先生後面，在每一盞點燃的煤氣燈上繫一塊黑紗。我也跟在朗博烏塞克先生後面，於是整個上午，我都在看著他如何打開披喪的煤氣路燈紗罩。等我再回到廣場，職員們已在整理棺材上的長絲帶。殯儀館老闆戴著黑手套，四周的煤氣燈照著這明媚的晴天，校長拿來一幅市長的大遺像放到棺材上面，可那張遺像卻掉到地上，只要一颳風，便又掉進塵土中，每次都由殯儀館老闆將它撿起來，用他黑長袍後襟擦去遺像上的灰塵。到最後，他撿得不耐煩了，便找來一根釘子，用榔頭將遺像釘在棺材上。隨後，市民們手捧從自家花園裡採來的花束，前來與市長告別。他們將花束放在棺材上，就像校長所說的，兩手放在前襟，靜默致哀。我也哀悼了片刻，看著市長先生的遺像。他臉色蒼白，有點像夜巡員沃尼亞特科先生。我之所以去悼念，只是想嘗試一下一個人望著空棺材，向一位躺在布拉格的死者鞠躬致哀是一種什麼滋味。我覺得，這種悼念，只是爲孩子們，爲中小學生們而設置的。令我感到奇怪的是，大人們竟然眞的捧著鮮花，眞的站到棺材前，還裝出一副憂傷的表情，彷彿棺材裡眞的躺著他們死去的市長。我在廣場上轉了一會兒，人們一個挨一個地站在黑死病紀念柱下，按儀式，先是小葬禮，然後是大葬禮。煤氣燈一直亮著，在陽光普照的下午時分，其火苗勉強能夠看見，像一塊塊小聖餅，像一隻隻小黃蝴蝶似的立在高空。所有路燈架和路燈框都由黑色生鐵鑄成，煤氣路燈的幾面鏡片都框著有如黑色喪帶一樣的黑邊。我看到，從大街上跑出一群穿著制服的消防隊員，從小巷裡走出一群穿著民族服裝的雄鷹體協會員和捷克兵團士兵。他們本來是飛快地跑著，一到廣場那裡便改成慢步，慢得好像每個人背上都壓了一口裝著死者的棺材。他們走向那口空棺材，向市長先生的遺像致哀。這時，我寧可回家去，坐在門檻上曬太陽。正當釀酒師們在後院空地上用帆桁杆將一個個核桃打落下來時，我父親沒再騎馬，走了回來。他走得膝蓋都向外彎，一隻手插在腰上，勉強支撐著自己，一拐一拐地直朝板棚奔去。

「水！一桶水！還有洗臉盆！」他喊道。

我連忙跑進廚房打滿一桶水，拿著臉盆。當我將水和臉盆送到板棚時，我爸已經脫了長褲，用手示意我快點拿水來。他將水倒進盆裡，水滿得溢出來。他將空水桶一扔，心滿意足地坐到水裡，然後睜開眼睛，顯得格外的愜意，高興自己已經坐到了水裡。

「這個文采克，這畜生！」他罵了這麼一聲。

綿羊嘴

在員工宿舍與釀酒房之間，有座大果園，裡面有萊茵克洛德李子樹[20]和波士尼亞李子樹，還有秋天成熟並帶有香味的茲羅采爾蘋果樹，有成熟時果核便乾在裡面、搖晃時發出答答響聲的蘋果樹，有春天成熟的韌皮蘋果樹，還有來自阿斯特拉罕[21]的夏季成熟蘋果樹，這種蘋果有紅有黃，跟一種名叫玻璃蘋果的光溜溜果實一樣，在聖安娜[22]節前就熟了。然後，有一排梨樹，採摘時不帶蒂，成熟於割草季節。這種梨子水分充足。還有一種果實帶有桂皮和丁香味的梨樹。緊挨著釀酒房最後一排的果樹是核桃樹。秋天

20 一種大而味甜多汁的李子。
21 位於俄羅斯伏爾加河河口。
22 聖安娜（Saint Anna），聖母瑪利亞之母。聖安娜節是為了紀念她的一個基督教節日。

時，人們拿一根長長的帆桁杆將核桃一顆顆打落下來。核桃結得越多，被打落到地上的樹枝也越多。當這些核桃的殼還綠著時，我必須用刀子撬開它，這個時候的鮮核桃我最愛吃了。從核桃仁裡會流出一種黃裡透綠的汁液，所以我的手總像抽菸的人被香菸熏過的手一樣。這種核桃仁最好吃了，果衣上還有一件可以剝掉的綠衣。但最惹人愛的果樹只有一棵，那就是果園正中央那棵蘋果樹，樹上結出來的蘋果叫「綿羊嘴」。這棵樹長得跟柳樹一樣，它的枝杈從樹冠那裡一直往下垂，它的枝幹不像其他蘋果樹那樣或朝上長或往邊上長，而是一直彎到地面，枝幹尖端觸著了青草。蘋果熟了的時候，總是黃燦燦的，緊挨花蒂的那一部分果皮皺皺巴巴，的確像一張綿羊嘴在吃草，斯斯文文地啃嚼著，撕扯著青草。在這種下垂的樹幹下面形成一個大涼亭，的的確確像一個亭子那樣寬敞，又像一條大的透光女裙。

夏天，我就將一條小凳子或一把小椅子搬到這裡。在這棵隱蔽的「綿羊嘴」下，我清楚地看到誰正走在到啤酒廠釀酒房去的路上。我還看到，啤酒廠的大車分送啤酒的情景，看到我家的大門，看到誰正往辦公室去。我在這裡寫過家庭作業，就坐在這蘋果樹樹杈中間。這些葉子茂密的青枝結著垂落到草中的蘋果，樹上的烏鶇驚叫著發出警報，告訴大家公貓采萊斯廷或母貓米麗特卡，或者極富野性的「老爹」正由草地經過。我則隱蔽地坐在這裡，怎麼也看不夠這亭子內外的萬般美景。就像掠開眼前的頭髮一樣，只需稍微撥拉一下樹杈朝外看，就能看到誰正走在公路上。已是下午時分，我在這亭子裡坐著，兩手放在攤開的作業本上。豔陽高照，我和桌子甚至作業本都像夏日的羊皮襖，被太陽曬得滾燙。有位小姐正走在從啤酒廠辦公室去釀酒房的路上，她手腕上搭著毛巾，頭髮金黃，啤酒廠管理委員會迪曼切克深深地愛上了她。他餵了一輩子豬，這麼些年下來，他都長得跟這些豬有些相像了：嘴巴前突，牙齒怪怪的，恰似他的那些種豬。有一次，他走來求我將他的一封情書交給辦公室的那位女士。他很忙，因爲他那頭種豬要生小豬了。可我爸和主任正坐在辦公室裡，我只好仍舊將那封情書拿在手裡沒交出去。當它一直在我手裡時，我忍不住偷看了。先是在蘋果樹裙下，即「綿羊嘴」樹下，我對著太陽讀到了「親愛的小螢火蟲……」其他的，因兩頁信紙疊在一起，字也重疊著，就看不清楚了。而且這封情書是用紅封印來封死的，打不開。其實我對他相當瞭解，這位養豬的迪曼切克先生養了些種豬，他和牠們的樣子差不多。這位老先生還在信尾簽了個名：你的阿拉丁。如今那位小螢火蟲小姐已經走進了釀酒房，毛巾搭在手腕上。我正打算寫作業，我用鋼筆在紙上胡亂畫了一個心形圖案和一些波浪線，還畫了一些各種各樣的十字架。我放下鋼筆，突然看到一扇小窗戶——釀酒房黑暗過道盡頭，洗澡間牆壁上方一扇很小很小的窗戶。窗戶上有一個小蓋沒全關著，半開了一個通風口。我連忙撥開「綿羊嘴」的枝杈，我的手彷彿在觸碰掛在馬具上的鈴鐺，隨著馬匹小跑時有節奏振動而發出清脆之聲的好幾十個小鈴鐺。我從這棵蘋果樹下朝釀酒房跑去。當我打開釀酒房的門而又在背後將它悄悄關上時，我不禁心跳得厲害。屋裡很安靜，只有一扇敞開著的破舊小窗戶一直在碰得砰砰響，穿堂風送來了大麥和大麥芽的陣陣清香。走廊裡一片黑暗，因爲我剛從室外太陽底下走進來，眼睛模糊得只能摸牆行走。我沿著一級一級半明半暗、閃著微光的階梯，穿過一道敞著的門，一直走到後院，又是一條走廊。我在那裡摸黑勉強看到，緊挨著天花板有一架風扇正對著洗澡堂，在黑暗的走廊牆邊擺著一架潔白發亮的人字梯，而我卻彎下身來趴在鑰匙孔朝裡窺視，這是我猶豫了好久到最後忍不住才幹的。可我從鑰匙孔那裡什麼也沒看到。於是我盯上那架人字梯。洗澡堂裡一片靜寂，只有最高一層樓上的一個小窗戶裡還有些響動。我將白色人字梯搬到那扇亮著的窗戶下面，然後沿著梯子一步步往上爬，是那好奇心拽著我往上爬的。因爲我已聽到水龍頭噴水的聲音。當我的手已經觸到濕漉漉的風扇，又爬高一步時，我從上方直接看到了澡盆。最初我被嚇了一跳，以爲那位小姐暈倒在澡盆裡了。她並沒在澡盆裡伸直身子躺著，而是怪怪地橫在澡盆裡。腦袋上包了塊什麼，頭髮垂在澡盆邊，臉紅得像蘋果，兩手攤著，手心朝外，奇怪地曲著身子躺在那裡。她的身體試著抬起，彷彿要起來的樣子。我看到她後仰的臉，她的肩膀隨著她的吸氣而抬起，彷彿她在爬山或扛著一個什麼重東西，又彷彿在踩踏縫紉機踏板。我想立即走下梯子去喊釀酒工人來救命，可那位小姐突然整個地抬起身子，然後又完全彎下身來。她的頭一直低到鎖骨之間。看不見她的臉了，她的頭髮垂在澡盆外，遮住了她的肩背。當我還是一名侍祭時，我曾經看過這位小姐跪在聖壇前，當時正由我來幫牧師遞聖餅盤，只見她的頭朝後仰著，還稍微伸出了點舌頭。當牧師爲她畫十字祝福，將聖餅送到她嘴裡時，她就像現在這樣腦袋飛快地垂下來，下巴低到鎖骨之間，她像眼下坐在澡盆這個樣子接受聖母之體。如今她就這樣坐在澡盆裡，每當她深呼吸一次，她的頭髮便被她的肩胛骨輕輕抬起、放下一次，然後她的手放鬆下來，慢慢地轉個身，用小蓋子關住了澡盆底部的漏水孔。她兩眼望著天花板，澡盆裡的水位在上升。我看到水已經淹沒過她的身子。我看到了一切，她就像刺在我身上的那條美人魚，只是在她的肚皮上有著類似一束麥秸的淺色毛，我還看到她剛才搭在手腕的毛巾中的其中一塊，這時掛在門把上用來遮住鑰匙孔。我知道，那位小姐已經覺察到可能有人在窺視她，做著像我現在所幹的那種不該幹的事情，因爲這是只能由上帝看到的情景；對上帝來說，用任何毛巾遮住鑰匙孔都是無濟於事的。可是，我卻已經瞭解到她的祕密。我飛快地從人字梯走下來，將梯子放歸原處，不一會兒，便沿著潮濕的階梯來到後院。我望著濕漉漉的大麥田，心裡甜滋滋的，我的兩腿之間幾乎也是這種甜美的感覺，跟那位辦公室小姐的感覺一樣。我在後院就像她在澡盆裡那樣做著深呼吸。我心事重重，慢悠悠地沿著濕臺階往上走，經過發酵房，我隔著一道敞開的門，看到一名釀酒工人在睡覺。他一隻腳垂在地上，一隻手卻朝上掛著，仰天躺在那裡睡覺。我再往上走，一直走到放著一堆堆乾大麥的倉庫旁邊，然後，我打開了大麥芽磨房的門，磨碎的大麥直接掉到蒸煮房的大鍋裡。我先是若有所思地走過連接釀酒房與蒸煮房的一座有遮篷的木橋。劇烈的陽光照進一扇小窗戶，直讓人目眩眼花，可我還是思緒不寧地進了磨房。以往每次到這裡，我都有些心驚膽戰。我一走進磨房，看到被大麥粉覆蓋的發動機和粉碎機，以及撒下大麥芽的呈斜坡狀的白色菱形管道。當我打開門，看到這布滿粉塵的月夜景色時，我就不得不鼓足勇氣，好讓自己只需幾步就能到達對面的門口。這磨房曾讓我恐懼得雙腳極其快速地觸到撒在地板上的白色麵粉，壓下去的重量恐怕不超過五公斤，就好像在冬天，當河面的冰塊開始鬆動融化時，我快步飛跑到對岸一樣地飛越這磨房，可這次我站在磨房中央環顧四方時，卻毫無恐懼之感。我平靜地望著撒滿麵粉的發動機，望著菩提木製的管道。我已經不需要因恐懼而生長出來的，可以將我飛快帶離的翅膀，因爲我在澡堂裡看到的情景，使我一下長大好幾歲，就像那位因閃電而從高空跌落，從馬背上掉下來的所羅門一樣……我若有所思地悄悄關上背後的門，沿著濕臺階走下，從亮處走進昏暗之中，出了釀酒房，迎著穿堂風走到核桃樹下的草地上，然後，到了梨樹林中，接著來到「答答響」蘋果林下。我在那棵結滿「綿羊嘴」蘋果和枝杈觸著了地面、狀如涼亭的大樹面前，隔著那下垂的樹枝，看到一張桌子，桌上擺著那封已經打開的情書。就在這個正中央開著鮮花、狀如一個大大的圓形玻璃紙鎮、生機盎然的亭子裡，我撥開酷似理髮師博賈先生在夏天用來代替門板的穿珠簾的那些下垂樹枝，坐了下來。我看一眼情書和鋼筆之後，不禁暗自說，我該將所看到的一切寫到家庭作業裡……這時，辦公室那位小姐正從釀酒房出來，穿堂風將她的毛巾像掀起受驚的牛的尾巴一樣吹起來。她只好朝後仰著，免得被穿堂風逼得跑起來，然後猛地一下被擊倒在地。現在，她走出了大風的旋渦，身姿十分嫵媚，她微低著頭，彷彿在走向聖壇。而我正坐在這些「綿羊嘴」蘋果串之中，就像坐在用蘋果裝飾的裙子下面，望著漸漸遠去的、有養豬公迪曼切克先生爲她寫情書的小姐。我知道他給小姐寫情書時稱她爲小螢火蟲，自己簽上阿拉丁之名。我突然變得憂傷起來。我知道，我必須注意自己別在夜夢中驚叫出來。

主人一死，家畜亦哭

啤酒廠後面有幾棟房舍，也就是留在附近的最後幾家散落的農戶。羊王就住在這裡。他其實有另外一個名字，可我們都叫他羊王，因爲他養了許多羊，而且他對這些羊喜歡得已經不需要跟任何人交朋友了。聽說他甚至跟那些羊睡在一起。他的房舍已經破舊不堪，排水溝裡長滿了草，門柱上長出兩棵小白樺。從沒見過他打開房屋的正門，也長滿了草。門旁矮牆上有一扇小門，傍晚，羊群放牧回來時，便一隻挨一隻地從這扇小門鑽進屋裡，羊王總是最後一個進入院子。他從春到秋放牧著羊群，天氣變冷時，他照樣放牧，連下雪天也不例外。他總是拄著一根棍子，就像《聖經》中的牧羊人。跟他的房舍一樣，他長著一臉灰不溜秋的鬍子，又像一叢亂蓬蓬的青苔，這絡腮鬍他從來不剪也不梳。他身穿一件長得拖地的外套，走起路來，那外套就在地上掃來掃去，跟他的鬍鬚一樣。冬天他將他的鬍子繞在脖子上當圍巾。他那件長大衣的顏色跟牧場顏色一樣，當他往草地上一躺，那長大衣便與牧場混爲一體。羊群吃草的時候，羊王便躺在土堤上，兩手托著腦袋，凝視著他的羊群，羊兒也邊吃草邊瞅著他。經常會有羊群中的某一隻跑過來依偎著他，舔舔他的鬍子和臉，這時羊王便閉上眼睛，將額頭湊過去，頓時他就變得年輕一些。我好幾次看見陽光照著他的眼淚閃閃發光。然後，小羊重又跑開去繼續吃牠的草，過一會又跑來另一隻羊，牠們就是這樣一隻挨一隻地輪流跑來跟他親熱，讓他感動不已。人們說他是個異教徒，說他不該讓牲口離他那麼近，幾乎人畜混在一起不分彼此。我卻對羊王無比驚羨，希望瞭解他更多一點。說羊王不信教，這我早已看出。他租了一塊草地，當他割了草，曬成乾草之後，便用獨輪車運回家。有一回，遇到下雨，傾盆大雨，羊王便站在獨輪車旁淋雨。他往獨輪車上堆草的技術很高，堆上之後用繩子一拴，能堆得很高很高，誰朝他這邊走來，都只見乾草堆而不見人。可這一回閃電下雨沒個完，羊王氣得朝天大喊：「你不會等一會兒再下嗎？這麼漂亮的乾草被你淋得一塌糊塗……」又是一陣電閃雷鳴。羊王拿著一把叉子，挑起一把濕麥秸，朝天一扔說：

「喏，讓你吃個夠！」

大家還說，他這位羊王年輕時候只有幾匹馬和三頭牛。他種的蔬菜是當地最棒的，因爲他澆的菜肥是從城裡廁所運來的。他用糞杓和鐵鍬從這些廁所裡把糞舀出來澆到菜園裡。可我對羊王的瞭解只限於知道他已是一位老人。有一回，我鼓起勇氣，從後面走近他的房舍。那裡的矮牆邊種了一些丁香樹叢，我從來沒見過這麼高大的黑丁香。我鑽進這棵樹的枝杈間等著，樹枝和樹葉在我背後恢復原狀合攏起來，我趁機朝院裡窺視。只見小門打開，羊兒一隻接一隻地走進來，又一隻接一隻地站在一輛沒有前輪、破舊不堪的大車旁，看著羊王最後一個走進來。他關上小門，伸出雙手，羊群便跑過來舔他的手掌。我看到羊王十分帥氣，他光芒四射，我看得非常清楚，有道光圈在環繞著他。我在這蒼茫的暮色中看到，連這群羊也顯得很幸福。牠們用自己柔軟的嘴唇觸碰他，親吻他。而羊王則彎下身來，將臉湊過去讓牠們舔。我還看到羊王也跟這些羊一樣溫柔，根本不像人們說的那麼可怕。每當哪一家孩子不聽話，少不了要挨大人打。要是打還不管用，父親就決定將孩子攆出家門，說要把他帶走，送給羊王去，這一招足以讓孩子乖起來。可要是孩子繼續淘氣，他父親就替他收拾好幾件換洗衣服，外加一床毯子，把它們放進一個背囊裡，再準備幾片抹了奶油的麵包，等到天黑，孩子的父親便威脅說要把他送走。要是那孩子根本不怕威脅，不肯求饒，那父親就說要送他到羊王那裡去工作。可要是那個小孩還那麼倔強，死活不肯求饒，他父親便將背囊放到小孩背上，拽著他的手，領他穿過整座小城，然後過橋，再繞過啤酒廠來到郊外，朝田野走去。多數孩子還沒走到第一排農舍就熬不住了，只有極少幾個男孩還強撐著不肯甘休，一直被拽到羊王的大門前。那父親要男孩站在蕁麻和濱藜叢中。田野上冷風颼颼，四周一片漆黑，從羊王的破屋頂上冒出煙霧，小窗戶裡亮著燈，只有一個男孩還堅持站在那裡，而他的爸爸卻已經回到啤酒廠那邊。到最後，連這個男孩也被一種恐懼包圍，嚇得逃之夭夭，跪倒在他父親面前認錯，說他以後再也不淘氣了。他吻一下他父親的手，乖乖地跟著他回家。誰也不知道羊王實際上是一個很好的人。我隔著黑丁香葉子看到，一隻隻羊像大車軲轆似地在輪轉著挨著他，四周靜寂無聲，彷彿一切都已變成化石。我的一隻手吊在樹杈上，另一隻手輕輕撥開樹葉，望著這個伯利恆[23]。隨後，羊王起身走到石泵那裡，打了一些乾淨的水，倒入槽裡給羊喝，然後進屋拿出一個盤子，將盤裡的蘋果和馬鈴薯分給羊吃。最後，他還拿來一個大圓麵包切成片，每隻羊都能分到一片撒了鹽的麵包。一

23　《聖經》說，耶穌誕生在伯利恆的馬槽裡。

道道影子在院落裡閃動，主人點燃了提燈裡的蠟燭，我驚異得差點從樹杈上掉下來：整個房舍，彷彿房梁在斷裂，屋頂在下沉，並且還深深地歎一口氣，可是羊王提著燈進了穿堂，羊群跟在他後面。他爲牠們掌燈，讓羊兒一隻隻進到堂屋裡，主人提著燈最後一個進去。有一會兒，農舍裡顯得一團漆黑，後來窗戶才亮起燈光。四處鴉雀無聲，只聽得房舍牆間某個地方有沙石剝落的聲音，梁柱上偶爾劈啪響幾下。我坐在黑丁香的樹枝間，背靠著快要倒塌的石砌矮牆。我當時心裡很清楚，我必須找到力量，鼓起勇氣，讓自己有膽量再走近些去看看羊王是怎麼住的。我小心翼翼地將一隻腳踏在長生草上，又像踩薄冰似的試了試矮牆的牢固程度，看是否能承受住我。我撥開丁香樹枝，用另一隻腳去踩梯子，然後跳到矮牆那邊的地面，踮著腳尖走到小窗跟前。我心跳得厲害，用手扶著牆，用一隻眼睛朝那間有橫梁的矮房子裡看，只見提燈掛在一個鉤子上，房間裡的肥料已經堆得與窗戶齊高，肥料堆上面鋪著乾草，乾草上面蜷縮著群羊。羊王則躺在冬大衣上，兩眼望著天花板，嘴裡嚼著一根乾草，兩腿隨便攤著。瓷磚爐擺在房間角落裡，通風管已從爐灶上拔掉。灶面上躺著一隻公綿羊。天花板有個大洞，大洞下方的地板上有一些黑石頭，石頭中間是爐膛，爐膛中間架一個三腳架，上面吊著一口小鍋。蜷縮的羊群都躺在主人的周圍睡覺。乾糞燒著爐子，煙霧直沖天花板，穿過上面的破洞，

…沃荷的60年代

…普文化最迷人的黃金十年

…拍攝電影的歷程

…對1960年代發生在紐約的普普風潮的個人觀…是一個回顧，回顧我的朋友和我當時的生活…回顧繪畫、電影、時尚以及音樂，回顧超級巨…人際關係，它們構成了我們在曼哈頓閣樓裡的…我們管那個地方叫工廠。」

…的「銀色工廠」，聚集了最具才華、最瘋…最莫名其妙的人物。包括那些今天殿堂級的…星和作家，當時才剛嶄露頭角，如巴布．狄…倫、盧．里德、米克．傑格、勞勃．狄．尼洛、…蘇珊．桑塔格、楚門．柯波帝；又或者過早耗盡…自己的年輕生命，如伊迪．塞奇威克、珍妮絲．…賈普林等等。

…60年代──普普藝術、迷幻文化、巴布．狄倫、地下…是安迪．沃荷。他的工作室，名爲「工廠」的一間曼…文化場景的中心，就在這個銀色工廠裡，他創造出界定…罐頭以及許多的文化偶像。從地下絲絨、滾石樂團，到…都在這裡串門子、打轉、揮霍青春──這些特立獨行的…世界的一場青年震撼（youthquake）。沃荷在本書毫無保…黃金十年的內幕故事。

…（Andy Warhol，1928～1987）

…，60年代初以「康寶濃湯罐頭」、「夢露」等絹印畫作轟動了當時…製作了大量的電影作品，包括《雀爾西女郎》、《帝國》等。60年代…，他的「工廠」工作室成爲一眾年輕音樂人、藝術家、社交名流的聚…超級明星般被媒體所追捧報導。1968年遭到激進的女權分子槍擊，此事…的人生與創作。沃荷於1987年逝世於紐約。

管他的：愈在意愈不開心！停止被洗腦，活出瀟灑自在的快意人生

戳破正向思考假象，一本寫給從不看勵志書讀者的勵志書

人生重點不是遠離屎，而是找到你樂於打交道的屎

在這本劃世代的勵志書裡，超紅部落客毫不廢話，直截了當告訴我們，停止隨時隨地「保持正向」，而是要更懂得因應逆境。

數十年來，我們一再被灌輸，正面思考是快樂充實人生的關鍵。不過馬克．曼森說：「去他╳的保持正向。我們就別再裝了，人生遜斃了，但我們不能坐以待斃。」他在人氣紅不讓的部落格裡，既不會粉飾太平，也不會含糊其詞。他如實說出了眞相。這些原汁原味、讓人眼睛一亮、戳破假象的內容，正是今天社會所欠缺的。本書意在協助大家克服只想得到呵護的冀求，以及自我感覺良好的心態，這種心態已影響了現代社會，寵壞了一個世代，讓他們覺得只需出場就有金牌可拿。

曼森根據學術研究，加上適時冒出的屎屁尿笑話，來支撐他的論點。他認爲，我們若要改善生活，關鍵不在於有沒有能力把檸檬變成檸檬汁，而是能不能學著提高胃的耐酸度。曼森勸大家認識自己的能力，瞭解自己力有未逮之處，並坦然接受這樣的自己。一旦願意擁抱自己的恐懼、缺陷、變來變去，不再逃跑躲開，願意正視痛苦的眞相，我們才找得到一直在尋覓的勇氣、毅力、誠實、責任感、好奇心與寬容。

人生有太多事可讓我們在意，所以我們得學會取捨，決定輕重緩急之別。有錢固然好，但是比不上關心自己怎麼過生活，因爲生活的點點滴滴才是眞正的財富。這番抓著你肩膀、直視你眼睛的實在談話，來得正是時候。言談間不乏逗人開心的故事、不登大雅之堂的粗言粗語、戳人要害的冷酷幽默。本書猶如迎面甩了我們一巴掌，讓我們覺醒，開始過得更知足、更腳踏實地。

作者 馬克．曼森（Mark Manson）

七年級生，超人氣部落客，讀者超過兩百萬人。同時也是企業家，當過愛情顧問。自2007年起迄今，馬克已幫助超過30個國家的人們處理感情和人際關係方面的問題。曾自費出版《模範：和女性交往，誠實爲上》，連同有聲書在內，共銷售超過五萬本。馬克的文章曾被《衛報》、《哈芬頓郵報》轉載，暢銷書《享受吧，一個人的旅行！》作者伊利莎白也在臉書上分享。其中一篇文章〈你生活中最重要的問題〉正是本書的濫觴。目前馬克仍持續寫作，且不時更新他的部落格：MarkManson.net。

定價300元

蒙古騎兵在西藏揮舞日本刀：蒙藏民族的時代悲劇

由日本洋刀與騎兵交織出蒙古與西藏民族的悲劇
司馬遼太郎大獎、大同生命地域研究獎作家楊海英另一紀實文學力作

本書榮獲2015年第十屆樫山純三大獎，2016年日本「國家基本問題研究會」獎

頭髮花白的老兵們，還是鼓起勇氣整齊地站在昔日日系教官的面前。或許他們心中認爲，在經歷了如「天罰」般的中國人的文化大革命洗禮後，他們的罪孽已經被洗清了。

「在戰場上只要能巧妙地配合使用自己的力量、戰馬的勢頭以及日本刀的利刃，就能輕易取敵人首級。不能胡亂舞刀，要用巧勁。這需要與生俱來的才能」。從日本士兵學會了武士手法和掌握近代軍事戰略的蒙古騎兵，在日本戰敗後夢想著與北蒙古成爲統一國家，卻因大國之間擅自簽訂的《雅爾達協議》而遭分裂。1958年，中共號召蒙古騎兵參加青藏「剿匪平叛」，無數西藏人因而遭到屠殺，煽動了兩族對立，落入中國「以夷制夷」的陷阱。文革期間，蒙古騎兵幾乎全部遭到肅清，被殺害的蒙古人超過十萬，這段歷史被他們自視爲殲滅西藏人的天罰，亦意味著對民族自決權宣告了死刑。

南蒙古出身的作者，以多視角的歷史觀及實地調查的第一手資料，再現這段以「日本洋刀」和「騎兵」編織的西藏人和蒙古人的時代悲劇。

作者 楊海英

1964年出生於南蒙古鄂爾多斯高原。蒙古名字俄尼斯·朝格圖，蒙譯日文名大野旭。畢業於北京第二外國語學院日本語系後，留校任助教。1989年赴日留學。修完國立民族學博物館綜合研究大學院的博士課程，獲博士（文學）學位。文化人類學專業。現爲日本靜岡大學人文社會科學部教授。本書是作者榮獲第十四屆司馬遼太郎大獎的《沒有墓碑的草原：內蒙古的文革大屠殺實錄》（八旗文化）後，推出的又一部紀實文學全新力作。著有：

《續 沒有墓碑的草原──內蒙古文化大革命·大屠殺實錄》（岩波書店，2011）
《作爲殖民地的蒙古──中國的官制國家主義與革命思想》（勉誠出版，2013）
《在中國與蒙古的夾縫間──烏蘭夫民族自決未竟之夢》（岩波書店，2013）
《蒙古和伊斯蘭式的中國》（文藝春秋·文春學藝叢書，2014）
《種族滅絕大屠殺與文化大革命──內蒙古的民族問題》（勉誠出版，2014）
《日本陸軍與蒙古》（中央公論新社，2015）

定價400元

赫拉……

讀他……

庶……
其中……
之外，……
過，人與……
歷了一段段……
各式人們的對……
進而尋求那份對……

作者 博胡米爾·赫拉……

捷克作家，生於1914年……起的作家，49歲才出第一……員、鐵路工人、列車調度員……經驗爲他的小說創作累積了豐……的小說充滿了濃厚的土味，被認……有人用利刃、沙子和石頭，分別來……爾，他們說：昆德拉像是一把利刃，……捧碎沙灑到了詩人筆下甜膩膩的生活蛋……是一塊石頭，用石頭砸穿卑微粗糙的人性……

套書定價760元

普普就是一切都很好──……

由普普教皇安迪·沃荷撰述美國普……
了解沃荷的創作重心由繪畫轉移至……

「這是我……
點……它……
情景──……
星以及……
場景……
傳奇……
狂……
明……
代……

一場文化風暴席捲了19……電影──而風暴核心就……哈頓閣樓，是60年代文……普普藝術的康寶濃湯……伊迪·塞奇威克，也……年輕人，構成改變……留、幽默地閒話這……

作者 安迪·沃荷

畫家及平面藝術家……的藝術界。他也……中至70年代早期……集地，並有如超……影響了他日後……

定價450元

網路與書新書推薦

安迪如何穿上他的沃荷——普普教皇的哲學絮語

「我確實是為了未來而活」
沃荷預言了在未來人人都可以成名15分鐘，他自己的「15分鐘」即永恆

尖銳、精準，沃荷一如往常開誠佈公，讀來育教又娛樂！——楚門・柯波帝（Truman Capote）

在這本語錄式的自傳裡，A（安迪）喃喃絮語還有與他的B（朋友）們高談闊論不同話題，或小題大作或大題小作，坦誠地表達他對愛、美、性、工作、時間、死亡、經濟學、氣氛、成功、藝術、名氣、內褲等等的看法，言語流露他的尖酸幽默、糾結又神經質。

這位普普教皇已然去世30年，但他對流行文化洞見觀瞻，使得他的哲學超越時空，在現今網路媒體與物質消費的年代仍然鮮活、適切。

【沃荷跨時空語錄】

A說愛
我第一次買電視之後，便不再執著於與人親近。——宅男

A說美
各種瑕疵全部刪除，它們並不屬於你想畫的那幅美圖。——美圖秀秀

A說氣氛
也許到時候會有派對的實況轉播，任何人想要身歷其境，只要靠全息攝影就能達成，在家也能舉辦3D宴會，假裝自己人就在現場和大家一起出席，甚至可以自己租一個派對，安排自己坐在名人旁邊，想要哪個名人就安排哪個名人。——虛擬實境

A說刺刺的感覺
我把大部分的時間都拿來和這個B或那個B講電話。我把這個行爲，叫作「查勤」。因爲我很想知道這些B們從前一天早上開始所做的每件事，我問他們去了哪些我沒去的地方，見了哪些我沒見到的人。——臉書News Feed

作者 安迪・沃荷 （Andy Warhol，1928～1987）

定價280元

畔小城三部曲》

熱愛與那群底層的人們在一起喝酒、唱歌、生活

河畔小城是位於易北河畔、布拉格東邊的寧布卡城。赫拉巴爾與繼父弗蘭欽、母親瑪麗與弟弟在1919年搬到寧布卡城定居，是赫拉巴爾的第二個故鄉。【河畔小城三部曲】所描寫的就是他們一家人居住在寧布卡那段時日的生活日常：

《剪掉辮子的女人》

擔任啤酒廠經理的弗蘭欽行事沉穩，與外向開朗、熱愛表演的瑪麗，感情融洽，互動親密。當大嗓門、又我行我素的佩平伯父搬來住之後，原本就個性不羈的瑪麗，彷彿找到知音般，兩人到處闖禍，爲一家人的生活帶來更多的驚奇與意外。

單書定價220元

《甜甜的憂傷》

懷抱水手夢的少年赫拉巴爾，竟偷教堂的信徒捐獻金，想模仿水手找人在身上刺青；長大後成爲人人景仰的作家，小時候的作文〈我的志願〉卻寫長大想要當遊民……年幼時的赫拉巴爾還有哪些頑童行徑？

單書定價280元

《時光靜止的小城》

年輕時在布拉格開化妝品店、二次戰後被迫搬離啤酒廠、住在自己設計的河畔小屋……當瑪麗在養老院眺望住了一輩子的小城時，往事也歷歷在目。儘管人事已非，但景致不變的小城彷彿可讓時光留駐。

單書定價260元

大塊文化新書推薦

只要出問題，小說都能搞定

世界是複雜的文本，要能解讀這些訊息，
你需要的是小說家的文學技巧。

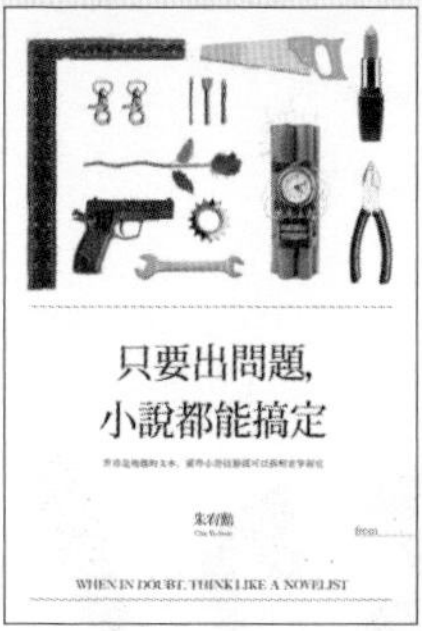

朱家安（哲學雞蛋糕腦闆、哥哥）、**胡采蘋**（專欄作家）、**許伯崧**（udn鳴人堂主編）、**陳茻**（國文老師）、**黃震南**（活水來冊房主人）、**黃麗群**（作家）**推薦**。

每天早上睜開眼起床，一直到晚上閉眼入睡，我們面對的是資訊無比龐雜的世界。龐雜的不只是來自媒體、網路所傳遞的訊息，還包括我們每天感官接觸到的種種人事物，吸收都來不及，更別說理出頭緒了。

在製造導向的傳統社會，文學被視爲不實用，小說的虛構性質被認爲虛無飄渺。但進入了資訊時代，文學卻是資訊領域的萬神殿，故事與小說則展現人類如何洞悉世情、掌握人心的精髓。身爲小說家也是評論者的朱宥勳，提供了我們理解並掌握資訊世界的技術，就是「把世界當小說來讀」。掌握了資訊，就掌握了這個時代；掌握了小說的技巧，就掌握了理解資訊、建構資訊的無上能力。

過去人們認爲這些技巧與現實不相關，即使知道了也不會用，就像遍覽武學經典卻不知如何使用的王語嫣。朱宥勳示範如何讓這些技術扎扎實實地放進現代社會裡運用，並獲得實際的效果。這些文學技巧眞的有點像是武術。如果你想影響某些人的人生，一身武藝絕對可以派上用場。而如果你心存良善，多幾套拳腳功夫也可以幫助你自保。你可以拿這套技術去賺錢，去推行理想，去解決生活上的難題，也可以拿來抵禦每天每天轟炸你的成千上百資訊，讓你做出的每一個選擇眞的是自己的選擇，而不只是糊裡糊塗的一陣熱血上湧，莫名其妙就被摸頭而不自知。只要出問題，小說都能搞定。願文學技巧與你同在，在彷如資訊母體的現實世界中闖出一片天。

作者 朱宥勳

台灣桃園人，1988年生，清大台文所畢業。耕莘青年寫作會成員，曾獲林榮三文學獎、國藝會創作補助、全國學生文學獎與台積電青年文學獎。出版過小說集《誤遞》、《堊觀》；長篇小說《暗影》；散文集《學校不敢教的小說》。曾與黃崇凱共同主編《台灣七年級小說金典》，與愛好文學的朋友創辦電子書評雜誌《祕密讀者》。本書是他最新作品，將文學的熱愛與知識直接運用到社會及文化批評上，實踐文學之實用，展現文學技巧可以實際操作的社會介入方式。

定價300元

THE SUBTLE ART OF NOT GIVING A

F*CK

A COUNTERINTUITIVE APPROACH to LIVING a GOOD LIFE

管他的！

愈在意愈不開心！
停止被洗腦，
活出瀟灑自在的快意人生。

馬克·曼森
MARK MANSON 著
鍾玉玨 譯

然後再從破屋頂冒到外面。我知道，每一個被他爸爸帶到這座房舍門口的淘氣鬼，每一個曾被威脅要他來羊王這裡打工的孩子，只要一看到羊王和他的羊群住著的這間房子，恐怕他們的操行分數都會變成「優」。

第二天，有一條消息一直傳到學校，說是啤酒廠後面的公路上躺著羊王的屍體。他最心愛的一隻羊被一輛公車軋死了，羊王一見這情景就也中風而亡。我連忙從學校跑出去，校長叫我立即轉身回校，可我卻跑過了橋，徑直朝啤酒廠方向而去。我老遠就看到，公路上停著一輛公車，憲兵巡佐在用筆記錄案情，公車後面躺著被軋死的羊，排水溝裡則仰面躺著那仍舊穿著長外套的羊王，他的鬍子因恐懼而豎起來，像一把掃帚聳向天空。羊群圍在他周圍舔著他的手。縣醫院醫生來到，憲兵巡佐要求他仔細檢查一下羊王，看他是否還有生命跡象。那憲兵巡佐不得不揮動馬刀將羊群轟走。醫生解開羊王的外套一看，不禁往後退縮一步。羊王的髒襯衫敞開著，在這件襯衫下面還有好幾層針織衫和襯衣黏在一起。鐵匠布勞烏斯師傅隨身帶了工具騎著自行車趕到，巡佐請這師傅借把剪鐵皮的剪刀給他，彎下身來將羊王身上所有黏在一起的衣服剪開，最後將貼在他胸口的那一層襯衫用手一扯，連他的汗毛都被扯下來。這幾層衣服黏得跟一張柏油紙一樣。縣醫院醫生開始檢查，連羊王的耳朵裡也插上了橡皮管子，等他站起身來，便告訴大家，此人確實已無生命跡象。羊王正式被宣布死亡。羊群似乎也知道了這一點，一隻隻低著頭，全身發抖。隨後，有人過來，將一床毯子蓋在死者身上。公車開走了，縣醫院醫生也走了。憲兵巡佐將剪鐵皮的剪子還給布勞烏斯師傅，與他一道騎著自行車走了。過後，來了一個人，用鞭子將羊群趕上公路，一直趕到最後一所房舍。他打開院門，將羊群趕進羊王的院子。第二天，當羊王還躺在停屍間的棺材裡時，屠夫們已紛紛趕到。我親眼看見他們用力推開大門，坐著汽車進入院子。他們從板棚裡搬來鋸木頭用的架子，還插上兩塊板子，然後便一隻接一隻地將羊趕來屠宰。每隻羊一見到屠夫們，就嚇得沒命地逃跑。大夥將牠仰面按在鋸木架上的兩塊板子之間，羊兒自己伸出脖子，屠刀閃閃發光，一刀下去，鮮血噴射。最後一隻挨屠宰的羊，背後還跟著一隻小羊羔。當母羊已被按著仰天躺在木板上時，小羊羔還跳上去吃牠母親的奶。可是屠夫們狠狠一刀捅進了這最後一隻母羊的喉嚨，而小羊羔還在吃牠母親的奶。有一名屠夫彎下身去想將小羊羔也宰掉，另一名屠夫連忙說：

「別宰了，這是一隻公羊，咱們把牠帶走！」

他們快手快腳地將羊開了膛，取腸之後準備匆匆離去，小羊羔在他們後面追跑。

他們將死羊扔在釘了鐵皮的卡車上，自己跳上車，帶著小羊羔，揚長而去。我則回到啤酒廠。直到如今，我才親眼看到，爲什麼耶穌總是有著關於羊和上帝的羔羊這樣的比喻。我絞盡腦汁琢磨著，他們在霍萊肖維采屠宰場要對這隻小羊羔做什麼事。他們埋葬了羊王，出殯時只有三個人在場：我，羊王的哥哥和掘墓人。到了秋天，雨季來臨，羊王的房舍倒塌毀壞，關於羊王的故事全城也只有我講得比較清楚。夏天來了，霍萊肖維采屠宰場的里賓師傅到我們啤酒廠來串門，探望一位箍桶師傅。我帶他參觀了啤酒廠。那天，正值星期天，我帶他參觀了釀酒房、蒸煮房，甚至幫他打開冰庫的鐵門，那裡面堆著一座八層樓高的冰山，一座沒有窗戶的樓房裡的冰山。我向里賓師傅講解如何生產啤酒，同時我也想鼓起勇氣問他，去年是不是有人將一頭小羊羔帶到了霍萊肖維采屠宰場。可我還沒這麼大的勇氣問，於是我又去借來鑰匙，領他參觀箍桶房，並向他介紹啤酒桶是怎麼製作出來的。等我關上箍桶房的門之後，轉過身來問道：「里賓師傅，去年你們屠宰場的兩位師傅，也就是在我們城裡宰掉一群羊的屠宰工師傅們，有沒有帶走一隻小羊羔，也就是一隻小公羊？」

「帶去了，孩子，」里賓師傅說，「牠如今可是一位小帥哥呢！現在牠滿屠宰場跑著，戴個紅項圈，項圈上還拴了一顆大銅鈴呢！」

「我眞高興，」我說，「可是——里賓師傅，他們養這頭公羊只是爲了開心？」

「哪有！孩子，牠在屠宰場有任務在身呢！你知道，我們屠宰場每個星期要宰掉多少隻羊嗎？好幾百，有時上千呢！準備要宰的羊在被屠宰之前，先要放在一些專門的小羊圈裡沖洗乾淨。這些羊往往難過得虛弱無力，以致很難將牠們趕去挨宰。於是，我們就將繫著鈴鐺的這頭小公羊放出去，牠便按照我們的需要，從第一個羊圈旁跑到其他的羊圈旁；鈴鐺快樂地響著，這些將要被屠宰的羊便站起來，跟在牠後面走，小公羊就將這些羊一隻隻帶到屠宰刀下。這隻小公羊每次完成任務後，都能得到一片撒了鹽的麵包。牠也很高興，這是對牠完成任務的獎賞啊！你明白嗎，孩子？」

「我不明白，里賓先生。」我說，「等我長大以後可能就會明白。」

長葉紫苜蓿

教區牧師茲博希爾在講述《聖經》歷史時，聲音溫柔得讓我們班同學每次都覺得牧師的靈魂既不在班上，也不在我們小城裡，而是在另外某個地方，在迦南[24]，漂流在革尼撒勒湖上，或者在塔爾蘇斯[25]的哪個地方。在那個時候發生的所有奇蹟中，要數有關聖保羅的故事最精采了。特別讓我動心的講法是：假若我正騎著自行車，可能會突然雷鳴電閃，我則會從車上摔下來，突然變成另一個人，完全不一樣的人。牧師可能特別喜歡講聖保羅的故事，因爲有一天下午，他自己就用轎車載著齊普希什家族的女伯爵兜

24 迦南（Canaan），位於地中海以東，太巴列湖以西，現今巴勒斯坦境內。

25 塔爾蘇斯（Tarsus），現今土耳其南部。

風。而我相信他僅僅靠奇蹟就能擺脫困境，因爲服裝店老闆米蘭．亨德利赫先生賣出的所有襯衫總會帶來好運。每個禮拜在櫥窗裡和《公民報》[26]上都登著耀眼的廣告：「在德拉赫利采的茨岡區發生的一場鬥毆中，一個茨岡牲口販子的心臟被人捅了一刀，可這個名叫拉約什．魯日奇卡的人身上穿著一件巴拉茨基大街的米蘭．亨德利赫賣的襯衫，結果什麼事也沒有。」我每週都要打開《公民報》，那上面又登出一則奇特新聞，說在一個倒塌的鷹架下，發現了一個名叫約瑟夫．班德拉的工人，聽說他穿的是巴拉茨基大街的米蘭．亨德利赫賣的襯衫，結果什麼事也沒有。每個星期都有新的奇蹟：挨火車軋過，在追捕鶉鳥時近距離中彈的人，只因穿了米蘭．亨德利赫賣的襯衫，什麼事也沒發生。牧師先生可能因爲運氣不好，抱著那位女伯爵坐在轎車裡的時候，一不小心撞進商店的櫥窗，幸虧他也穿了巴拉茨基大街的米蘭．亨德利赫賣的襯衫，結果什麼事都沒發生。每逢一星期兩次的宗教課，我總是穿著巴拉茨基大街的米蘭．亨德利赫賣的襯衫，其他男孩也這樣。因爲整座小城除了巴拉茨基大街以外，別處都買不到襯衫。牧師先生在教室的課桌間走來走去，輕聲地講解著，腳步非常之輕，眼睛常朝外看。「耶穌坐著小船漂到卡發納烏……」札瓦札爾用小刀在椅子上鑿了一個心形圖案，其他學生用心地聽著那與耶穌一道漂到卡發納烏的柔細聲音。突然，札瓦札爾的頭狠狠地撞在課桌板上，鼻子撞著硬木頭，鮮血直流，他忍不住大叫一聲。所有學生都嚇了一大跳，可牧師先生繼續輕步地來回走著。札瓦札爾擦拭著鼻子，耶穌卻對門徒弟子們說：「有什麼好受驚嚇的？不虔誠的傢伙們！」牧師先生輕柔的聲音傳遍了全教室。我正在擺弄從滑車燈上弄下來的散彈，牧師先生望著窗外，突然抓住我的手，把我手中的散彈都奪了去。他繼續往前走，誰也沒注意到這些。牧師先生繼續從革尼撒勒湖漂到卡發納烏這塊土地上。在最寂靜的時候，牧師的聲音漂浮在水面上。突然，我剃光了的頭疼得要命，這種雹擊從天而降。我大叫一聲，抱著被一把散彈砸痛的頭。這把散彈是從上方猛地一下扔到我頭上的。我這一聲大叫，引得同學們都轉過臉來看我。可牧師先生卻繼續踱著步，他的手掌已經空了。散彈在地上滾來滾去，牧師先生的聲音與門徒們一道從革尼撒勒湖漂到卡發納烏。就這樣，在每一堂宗教課上至少會發出分別來自某個學生的四次喊叫。有時會從上方飛來一個大耳光，打在哪個正坐在椅子上玩耍的學生頭頂，可每次在發生

26《公民報》，一八四八至一九四九年出版發行的一份捷克激進民主報紙，每週三期。

這類事情之後，牧師都繼續朝前蹉他的步。不過哪個學生也沒出什麼大不了的倒楣事，因爲他們身上都穿著從巴拉茨基大街一五六號米蘭・亨德利赫那裡買來的襯衫。牧師先生總是這麼一副沉溺於幻想的樣子。夏天，他便從教區牧師住宅搬到城堡塔上副牧師住宅去住。這套住房就在這座塔裡的最高一層樓上，必須爬樓梯上去。打開副牧師住宅的門，裡面有一個大房間，房梁特別黑，從三扇小窗戶照進來的光亮使你目眩眼花，牧師先生就在這裡度過夏天。房間裡有一張床、一張桌子和一把椅子。窗戶下面是一張長靠椅。他每年一度將他的宗教課學生叫到這裡來爲他擦樓梯、洗地板。每次都讓我們自己在那裡做，因爲他知道，我們在學校裡就已有體悟：要是我們做了不該做的事情，一個大耳光便會從天而降。從上面飛來的這一重擊，每次都能將學生打倒在地或從樓梯上滾下來。可是誰也出不了大事，因爲每個學生身上都穿了一件從巴拉茨基大街一五六號的米蘭・亨德利赫那裡買來的襯衫。於是，我們就一次次地用桶子提水，趴著擦拭地板，眼睛還不時望望窗外，因爲從這裡可以看到沿河的美麗風光，看到教區牧師住宅那塗了焦油的屋頂和紅色的聖依利亞小教堂。那些高大的老樹已經長得齊到這住宅的窗戶。我們看到了這些被河風吹得左搖右擺的樹冠。但最美麗的風景是從中間這扇窗戶看到的那一塊：即越過樹冠所看到的流淌著的河水。從碼頭那裡延伸著一條條通向小島的小徑。

緊挨著城堡下面，塔的下方，是一個被小溪分開的教區大花園，灌木叢中擺著一些長靠椅。我清楚地知道，其他男孩也一樣知道，牧師先生正坐在公爵旅館，喝著維爾姆特酒，可他那隻你看不到的巨手，始終在高高舉起和威脅著我們，所以我們寧可乖乖地擦洗樓梯和地板，悄聲地說說話，也不敢偷一下懶。當我們已非常有把握地堅信牧師先生坐在公爵旅館喝維爾姆特酒時，便望著窗外欣賞起小城的屋頂來。從第二扇窗戶往外看河流，從第三扇窗戶朝下看牧師花園籬笆旁灌木叢中的長椅。牧師先生突然出現在我們中間，他又胖力氣又大，將一張沙發拖到窗戶前，在我們中間坐下來，眺望窗外的河流與陽光中擺動的樹冠。牧師說：「我說，孩子們，你們可以走了。將水桶放到我原來的住宅那裡去。」他的話音一落，就已經將我們忘到九霄雲外，只顧凝視著流淌的河水和對岸的樹林。他就這麼凝視著，樣子很英俊。我們沿著樓梯下三層樓，到了院子裡，我們還縮頭縮腦的，因為我們每個人都覺得，也許我們中間的某個人會突然喊叫起來，抱著挨揍的腦袋，或者某人的鼻子又會被一隻大手揍得流出血來，或者有一隻爪子會從天而降將我們摔倒在地。當春末夏初的季節來臨，在一個星期六的傍晚時分，我走過燈光明亮的橋，然後拐向磨坊，沿著一所舊漁舍，繞過牧師住宅花園的籬笆牆走著。在這暗黑的夏夜，人們或散步於堤壩、碼頭，或坐在灌木叢中的椅子上。我卻站在花園籬笆牆那裡，眺望著副牧師住宅的那三扇窗戶。隔著矮牆，我看到牧師坐在上面眺望河中皎潔如鏡的明月。他又在喝維爾姆特酒。別看他力氣很大，曾經叼起用桌布捆著的兩名廚娘，可現在樣子顯得寧靜溫柔。我看到他獨自坐在那裡，彷彿只跟保羅在對話，與此同時，他的兩眼卻從下午一直到傍晚盯著太陽下山月亮升起的景象。我一直站在牧師住宅花園的籬笆旁，因爲我知道，火車司機約伯里什先生來了。我是根據他的禿頂認出他的。每逢星期六，如果傍晚天氣有這麼好的時候，他便將椅子搬到籬笆旁的灌木叢中，然後坐下來，兩膝叉開，掏出一把小口琴，一把大不過小孩的折疊刀那樣的口琴。他吹奏得如此有感情，如此投入，乃至引得人們都停下腳步來聆聽，彷彿有隻夜鶯在灌木叢中歌唱。河水映著明月，掀起波浪，猶如米蘭·亨德利赫先生商店的銀色百葉窗。約伯里什先生在吹奏口琴，我看到牧師坐在敞開的窗戶旁聆聽。我還看到，窗戶裡閃現著他那位穿著白圍裙的廚娘，她也在探身窗外，以便能更清楚聽到從灌木叢中傳來的口琴聲，這是從一把不比小孩的折疊刀更大的小口琴裡溢出來的悲傷曲調。等到約伯里什先生停止吹奏時，就可聽到從牧師住宅花園籬笆旁的灌木叢中，傳出來的喘氣聲，待吹奏者重新積蓄好力量之後，便又吹奏了一首詼諧曲，這是他最拿手的。他用口琴吹奏出來的詼諧曲，感情豐富得讓路人都駐足諦聽，生怕小路上的沙子響動會破壞這美妙的樂聲。等他吹奏完這支詼諧曲，四周靜寂得連河水蕩漾和葦叢搖晃的聲音都能聽見。渾身是汗的約伯里什先生從灌木叢中走出來，在皎潔明月的照射下，看得出他臉頰很生動，兩腿有點彎，肚子也有點鼓。他的鼻子像躺在搖籃裡的嬰兒那樣呼哧呼哧喘著氣，因爲他是用自己整個的大塊頭身體在吹奏這麼一把迷你的口琴呀！我朝上一看，只見穿著白圍裙的廚娘正站在牧師房間裡的窗戶旁，牧師則仍坐在沙發上凝視著月光下潺潺流淌的河水。有一次，當我還在當侍祭時，我曾跟著牧師一道去村子裡，爲一位將死的村婦行臨終洗禮，大白天也掌著提燈。來到農夫們正在收割的田野上，牧師對他們說：「我也想來割麥子。」一位農夫將鐮刀擦拭一下遞給牧師先生，其他幾個割麥子的站在一旁，好奇而寬厚地微笑著，可當他們看到牧師先生拿起鐮刀，叉腿站定，有力地揮動鐮刀的動作時，就越來越不再打算看他的笑話了。牧師先生一路割著，那黑麥便隨著他鐮刀的每一下拉割，準確無誤地倒在它該倒的地方，彷彿牧師先生本來就是這幫割麥莊稼漢中的一員。等他割完一行之後，他回過頭來看看自己的工作成果，擦一下額頭上的汗，將鐮刀還給主人。我又繼續提著燈籠跟他走在田間小道上，牧師繼續端著聖餅盤，準備賜給即將離開人世的那位村婦。我還看過牧師往車上裝麥秸的情景。有一次，在啤酒廠後面的田野上，他脫下閃光料子的外衣，拿起叉子，一次舉兩捆，誰也比不過他。他最喜歡在夏發希克家地裡幫忙將黑麥往車上裝了。那裡由夏發希克的大女兒當家。這女人像個化了裝的男子漢，總穿著一雙長筒靴，愛抽菸，趕起馬來像個眞正的馬車夫。她的妹妹在她那裡幫忙。而這位妹妹卻是一位像牧師家的小廚娘那樣標緻的美女，不過無論是田裡的工作或牲畜欄裡的活兒，她都會做。牧師幫她們將全部黑麥、全部糧食統統裝上卡車，然後才滿身大汗、腋下夾著大衣，沿河畔回到城裡。只有一次，當他將麥捆送到大車的麥堆尖頂上時（因爲誰也不善於像牧師先生那樣橫一束豎一束地往車上裝麥捆），不愼從車上掉下來，可是啥事也沒出，因爲他身上穿了一件巴拉茨基大街一五六號的米蘭．亨德利赫賣的襯衫。

下午，我從學校回家，跳到石橋的圍欄上面，像雜技演員特希斯卡先生踩鋼絲一樣一直跑到橋的另一頭，拉貝河對岸，然後跳下來，繼續往前走。今天，我卻是從後面經過鐵路橋回家。當我跑上鐵路路基時，看到從橋頭就開始的鐵欄杆一根高過一根地一直挨著橋頂構架。在我前面的河對岸，還有一條用鉚釘擰在一起的小鐵橋，要是有火車從它上面駛過，我恐怕可以摸到它的煙囪。在我下方，橫七豎八地連在一起的橫梁，從老遠的橋後面搖晃著朝啤酒廠滾去，啤酒廠的米黃色牆壁在果園後面閃爍著光芒。我開始跑起來，然後攤開雙手，在鐵路橋的正中央停住朝下看，只見橋墩後面，河水起了波紋，出現了旋渦。我坐下來，擺動著雙腿，在河中撲騰打水。我望著水流遠去，一直流過草場和柳樹林，流到高高的白楊樹林那邊，再往前流到科瑪諾島。我從鐵路這邊朝田野望去，看到土堤那邊停著一輛大車，幾匹馬正低頭拽著裝得滿滿一車的長葉紫苜蓿。我還看到一個穿著白襯衫的男人在割紫苜蓿，旁邊有一位女郎也拿著鐮刀在割，另一位包著頭巾的婦女則將割下的紫苜蓿聚集成堆。我閉上眼睛，被陽光照得暖洋洋的很舒服。沒有一個人在走動，只有小船上的一名漁夫正背對我而坐。隨即，橋上發出一陣隆隆聲，並且整座橋都被震動了一下。我連忙緊緊抓住鋼筋梁。火車頭越來越近了，整座橋都被壓得打了彎，真讓人擔心它會斷掉。火車頭放出蒸汽，我的全身被籠罩在潮濕的蒸汽和濃煙之中，可是很快，那帶著貯貨車廂的火車頭已經駛到略被壓彎的橋的那一頭，後來，連最後一節車廂也離遠了，帶走了車輪的衝力，火車尾部的燈光和一塊紅色扇形小牌子在白茫茫的大地上甩動一下，說明火車已經遠去。當我在蒸汽與煙霧的籠罩之中，當那橋猛地晃動時，我差點被它甩下去。太陽在煙霧中顯得暗淡了，可我並沒有感到害怕，即使我掉到河裡，也什麼事都不會發生，因爲我身上穿著巴拉茨基大街一五六號米蘭·亨德利赫賣給我的襯衫。我站起身，飛奔在鐵路橋的厚木板上，河對岸的人們正在往大車上裝長葉紫苜蓿草。當我跑過這座橋，朝下一看，發現那位穿白襯衫的不是別人，而正是牧師先生。他站在車上齊到膝蓋的紫苜蓿中，將這些長葉苜蓿草一捆一捆地堆好。他旁邊那位站在齊腰深的苜蓿中的漂亮姑娘，便是夏發希克家的小女兒，而她那位穿長筒靴的姊姊正在使勁往上扔苜蓿草，然後牽住韁繩，將大車挪到下一堆苜蓿草旁，重又操起叉子，將那些開著紅花的苜蓿草捆扔到大車上，再由站在車上的牧師先生堆好，他同時還能擠出點時間來扔一把苜蓿草到同在車上堆草的小姐頭上。她笑了，頭髮上滿是苜蓿草。她費勁地走到牧師先生那裡，也抓了一把紫色的苜蓿草扔到牧師先生頭上。牧師先生站在齊腰的苜蓿中，大車上的苜蓿滿得使站在下面的那位姑娘沒法看見他，她只得踮起腳尖用叉子將苜蓿扔到車上去，她只能看到牧師先生的一雙手將苜蓿抱走。她將大車往最後一個苜蓿草堆那裡趕，大車顛簸地行駛著。我在橋上眺望著，突然看見牧師先生掉到車上苜蓿草中的那位小姐身上，躺在了撒滿一身長葉苜蓿草的小姐上面。突然，牧師先生低下他那沾滿苜蓿草花兒的頭，久久地親吻了雙手摟著他後頸的小姐。大車繼續顛簸地往前行駛，馬兒埋頭拉車，牧師先生沒管這些，只顧躺在小姐身上狂吻。她則叉開兩腿，睜著兩眼仰望天空。馬車停下來，趕車的姑娘又從苜蓿草堆上叉了一大捆新鮮的苜蓿往車上扔，可是沒有一雙手來接這苜蓿。牧師先生仍舊趴在那位小姐身上，兩人的頭上臉上都撒滿了紅豔的苜蓿草花；他們久久地親吻著，也許已經雙雙暈了過去。可我知道，牧師先生什麼倒楣事也不會發生，因爲他的這件白襯衫是從巴拉茨基大街一五六號米蘭·亨德利赫那裡買來的。

佩平大伯浪子歸來

在佩平大伯來一次大抗爭之後的這幾個月中，他不來我家吃飯，根本不搭理人家對他的問候，瘦得連那頂海軍帽戴在他頭上也顯得大了。遇上颳風，他便將帽簷轉到腦後。大伯身上的衣服也顯得過於肥大。每逢星期天，他都戴上那條用橡皮筋拴上一個蝴蝶結的有彈性的活領子，可現在這條領子也大得像外套的翻領，那蝴蝶結垂到胸前第一個扣眼那裡。遇上釀酒房的角落有穿堂風時，大伯的褲子便被吹得如彩旗招展，因爲兩條腿已瘦得像旗桿一樣。飯館裡的人誰也沒想到大伯在餓肚子，因此總是客氣地幫他倒一杯黑咖啡或維爾姆特酒，或者燒酒。於是大伯在去找那些漂亮小姐之前，先要沿釀酒房走到牲畜欄去逛一趟，查看一下門，然後再假裝對雞鴨表示關心。趁著沒人來這裡的時候，大伯便拿些做爲雞飼料的熟馬鈴薯來吃。要是沒有馬鈴薯可吃，他便將所有的馬鈴薯皮吃掉，之後撒些麵粉在食盤裡。現在出了點狀況：今天上午，箍桶工人們跑來說，從早上到現在都無法找到大伯，說總算在一張單人床底下發現他，說他大概要斷氣了，或者已經斷了氣。我父親連忙從櫃子裡拿出一個上面印有紅十字的小瓶，裡面裝著氧化氨。他臉色蒼白，急匆匆跑到釀酒房，一群箍桶工人簇擁著他。他們一個個臉色蒼白，表情凝重，還露出些許對我父親的責難之意。這是經理與工人宿舍裡的一名工人──佩平大伯之間的仇恨。在釀酒房過道上，所有釀酒工人也加入。凡是工作放得下的人都進了工人宿舍，領班也來了，因爲他知道，這一來，我父親將處於難堪的境地。當我父親跪下去朝大伯躺著的床底下瞧時，釀酒工人們連忙抓住單人床的鐵床邊緣，將床抬到宿舍正中央，然後團團圍住我那彎身對著大伯說話的父親。大伯頭下枕著一雙膠皮靴，從靴筒裡還鑽出幾隻老鼠來。大伯臉上抹著琺瑯紅色，眼睛下方也用琺瑯色抹了個藍眼圈，活像小孩們玩的那種可憐兮兮的布娃娃、木偶。他旁邊攤著一些破布、髒襯衫，還有兩個由咬碎的紙變成的老鼠窩。大伯穿一件沒有扣子的濕衣服，腰上繫一根繩子當腰帶，鞋子裡在淌水，襯衫沒有領子，髒得讓你難以猜出它乾淨的時候曾是什麼顏色。工人們嚴肅而憤懣地看著這一區別：與大伯相反，我父親穿著一身漂亮的灰色西裝，領帶上是捲心菜葉圖案，配著帶有硬襯的彈性領子。在他面前躺著的哥哥，卻像是一個已經在水裡躺了整整一個月，被魚蝦咬得不成樣子，剛被撈出來的人。所有工人都體會出這個天地之別。領班幸災樂禍地陰笑著，因爲他隔了好長時間，終於又看到啤酒廠經理處於這種難堪的境地。父親打開瓶子，放到大伯鼻子下面，可大伯用嘴巴在呼吸。父親用手掌捂住他的嘴，等大伯吸了幾口氧化氨之後便呻吟了一聲，還坐起來，打一個噴嚏，咳嗽一聲，眼裡流出了淚水。他臉上抹著的琺瑯顏色更難看了。父親站起來，把那被大伯的腦袋蹭得油乎乎的，像抹了一層焦油的床頭墊子搬開，從一件襯衣裡又跳出來一隻小老鼠。襯衫底下，父親掀開一看，是一些線和針，還有幾隻襪子和包腳布以及一把綠梳子。

「你還算得上一名在奧國軍隊裡當過兵的人？」父親嚷道，「這是什麼？」

他在大伯跟前抖動著這件襯衫。

「這是格朗佐娃小姐給我的愛情見證物，見證我曾經答應她傍晚到島上去散步，並在那裡互吻對方的眼睛。」

父親又拿起幾條在床頭墊子下壓得皺皺巴巴的領帶問道：

「這是什麼？這！你該感到羞恥，給我丟盡了臉！」

大伯彎身瞅一下，然後又直起身子，把他這些寶貝禮物奪過來，重又放回到行軍床上的毯子下面。

「這是那些頂尖的美人作爲回報送給我的。因爲我答應過娶她們，讓她們體驗皇帝住的是什麼地方。」

「這又是什麼？」父親在大伯面前抖動著一副女人胸罩，驚訝地問道。

「這是哈沃爾德家的小姐作爲她愛情的最美信物送給我的！」大伯大聲嚷著，將胸罩塞進外套裡面。

可父親越想當著其他啤酒廠工人的面羞辱佩平大伯，大家就越是嚴厲地盯著我父親，對我父親的責備之意更濃。到後來，他們一個挨一個地啐口唾沫走開工作去了，只有那領班還留在那裡。他兩手插腰，叉腿站著奸笑說：「佩平先生總以爲，既然他弟弟是啤酒廠的經理，他便可以隨心所欲。他早上是不工作的，再說他到早上四點半才從城裡回來，那還怎麼上班啊？我該怎麼在日誌本上寫呢？寫上班沒請假？或者扣掉他一天假期？」

領班興奮不已，得意地笑著，打開那個日誌本，因爲他知道，我父親對他沒辦法，王牌都在他手裡，他是啤酒廠責任有限公司的一位領班啊。

「扣掉他一天假期。」父親說，一屁股坐在行軍床上，閉起眼睛。現在他身上穿的是他最好的一套衣服，因爲一小時後他要去主持啤酒廠管理委員會會議，他要在會上報告如何提高啤酒的銷售量。我手提著書包一直站在那裡，從學校跑來之後，就一直站在那裡看著這一群工人，看著我那彎身對著佩平大伯的父親。我真有些感到羞恥，不是因爲我父親，也不是因爲佩平大伯，也不是爲領班。我之所以感到羞恥，是因爲我大伯如此無力自衛，而我父親又是如此無辜。他們倆都像是比我還要小的小孩。全城最小的小孩莫過於佩平大伯，因爲他是一個遭遺棄的人。雖然，每當傍晚佩平大伯戴著海軍帽去造訪漂亮姑娘們時，整條街的居民都撥開窗簾探出頭來，每個人都希望跟大伯握握手，聊幾句，但在本質上，佩平大伯要比瘋老婆子拉什瑪卡更加孤獨。那老婆婆常裹著破爛布衫躺在橋下，冬天則睡在教堂裡。她手裡總愛拿個小茶缸，背後追著一群小男孩，問她：「老太婆，妳的百萬財富在哪裡？」她卻和男孩們聊起天來，談她過去的財富。說她曾經是位女伯爵，可她卻無法找到她的大莊園了……我就這麼站在那裡東想西想，突然覺得父親很可愛。因爲他是個很柔弱的人。他雖然是個強壯的大力士，但他對我們卻又很寬容，對一切都肯原諒，我覺得他只是化裝成一個啤酒廠經理而已。要是換了別人，遇上佩平大伯這些丟人的事情，恐怕會放棄不管；任何一位父親遇上像我這樣的兒子，一個讓人家在胸口上刺一條赤身裸體、露著兩個乳房的美人魚的兒子，恐怕都會將他送到少年感化院去。可是我爸爸卻原諒了我，相信我有朝一日能變好，說我就跟他那輛奧里安牌摩托車一樣，總有一天他會找到它爲何鬧毛病的祕密，從而把它修好。我突然兩眼模糊，跑過去吻了我父親的手背，眼淚汪汪地嘟囔著說，我一切都會變好的。我現在眞正明白，誰是我的父親，我親愛的爸爸。現在他就坐在行軍床上。他重新打開裝有氧化氨的瓶蓋，深深地吸一下，讓自己從剛才這一切中清醒過來。「我說約申柯，」他溫和地說，「你是怎麼考慮的？你是想要回到摩拉維亞老家去嗎？」

佩平大伯嚇得跪下來，雙手合十。他爲又要回到那個老家去而嚇了一大跳，十年前他就是從那裡來到這裡，本來打算只做兩星期探親的。

「什麼都行，就是別這樣。」

「那好，你怎麼個打算呢？」

「開始新的生活！」

「你臉上抹那些琺瑯顏色做什麼？」

「那是美女們幫我畫的。我們曾經在阿維約酒家表演土耳其療養地的精采一幕。」

大伯還驕傲地笑了。

「頭上這塊傷又是怎麼回事？」

「這是在杜涅爾酒家時，奧拉涅克要我扮演埃及國王法魯克風光地進到布拉格的這一段。等我剛騎上驢子，奧拉涅克便讓那頭驢子聞胡椒味道；他倒是逃之夭夭，我卻被摔到撞球桌上。老弟，你聽了幸災樂禍吧？」大伯邊大聲嚷著邊收拾好折疊行軍床，和我父親一道將這張鐵架子床重又抬到屋子角落。

「好吧！」父親走出房門時說，「今天你休息，晚上回來吃飯。我再買個小記帳本回來，幫你記帳，收入支出帳。但這是最後一次。要再不行，那就只有讓你回摩拉維亞了。」

傍晚時分，佩平大伯刮了鬍子，用一個紙袋裝著他的海軍帽，提在手裡，順從地回來了。他坐在廚房裡，琢磨著怎麼去跟我媽媽和好。我媽正裝作在找什麼東西。她一會兒到食品貯藏室，一會兒到地窖。等她回到廚房，看到大伯想要對她說點什麼時，她便跪下來，差不多將半個身子都伸到碗櫃裡去了，然後彎身在櫃子隔板上弄得鍋碗叮噹作響。

「弟妹，」大伯膽怯地問道，「你有菸嗎？」

「沒有。」我媽說。

「我這裡有一根高級的、味道不太濃的菸。」大伯高興了，連忙在口袋裡翻找。找到之後，便將這根滾金邊的藍色紙菸交給我媽。我媽連忙端來一個裝著辣根汁和麵包片的深碟子放到大伯面前。他閉上眼睛，鬆了一口氣，但還是克制自己沒去碰這食物。我媽在爐灶旁看著大伯，然後走到桌旁，端起碟子，連碟裡的麵包片一起拿走了。

「您好像不愛吃……」她說，接著又補充了一句，「不愛吃這中國菜！」

「什麼？不愛吃辣根汁和麵包片？這可是大主教布雷昌最愛吃的啊！他一次能吃掉二十片麵包片和一桶醬汁，後來還添了一些。但願真的是辣根汁。」

「那您還是愛吃呀！」

「愛吃得要命！」

「那您就吃吧！趁熱！」我媽說完又多端來一盤辣根汁和一盤麵包片。然後，她坐在大伯對面，用手掌撐著下巴，看著大伯有滋有味地吃著，麵包片一片接一片飛快地吞進他的喉嚨裡。當大伯將第二盤乾巴麵包片拿去吃時，我媽連忙起身，端來一口小鍋，用大杓子舀些辣根汁澆在麵包片上。大伯吃著，我媽微笑著。當她看到大伯吃了辣根汁之後顯得胃口更大時，就將一盤豬尾巴配甘藍菜放到灶面上。大伯聞了聞說：

「先王弗蘭西斯最愛吃豬尾巴配甘藍菜了，還得加啤酒！」

「您也愛吃？」我媽表示驚訝地說。

「愛吃得很哪！」佩平大伯說，臉上露出微笑，抹在上面的紅藍琺瑯顏色閃閃發光。他還笑咪咪地環顧一下四周，目光停留在一張桌面上，欣賞夠了之後，便又回到公貓采萊斯廷正在趴著打呼嚕的碗櫃旁。

「你這隻可愛的小熊，原來待在這裡啊！」大伯邊說邊撫摸那隻公貓。公貓卻毫不客氣地撞一下他的手掌。「他媽的！這腦袋可有勁呢！我在家裡也養過兩隻這樣的貓，一隻叫卡布里什，另一隻叫孔杜什。牠們每個禮拜都幫我拖來幾隻野兔。」

大伯邊說邊看著我母親往碟子裡添些麵包片和兩條豬尾巴，外加兩大杓甘藍菜，說：

「我說弟妹，妳可是我們小城現在的頭號大美人呢！跟塞德米堡[27]的美人一個模樣，那裡不僅有整個齊斯拉依坦尼亞[28]，而且有整個昌斯拉依坦尼亞[29]最漂亮的女人。」

我母親端著飯菜盤說：「多謝您啦！」

「不用謝。」大伯說罷，先吃麵包片和甘藍菜。我母親仍舊坐在他對面，饒有興趣地看著他，彷彿大伯在替她吃飯。我爸回來了，坐到大伯身旁，打開一本新的小本子，然後又打開桌子抽屜，取出墨水和鋼筆，在一張乾淨的紙上寫了「收入」與「支出」幾個大字。

「就這樣！開始我們的新生活。你每天拿十克朗去花費，每週交一克朗給你的單位，五克朗作爲洗滌費用，你同意嗎？」

「好。」大伯輕聲答應了一下，兩手抓著那根大豬尾巴，吸吮著它的汁液，用牙齒拚命地撕扯它的皮和牢固地黏在骨頭上的筋，費了九牛二虎之力，才把豬尾巴上那塊結實的筋肉扯下來，大伯的後腦勺還不愼撞了一下，後來又繼續啃起那豬尾巴剩下的肉來。

我爸又在小帳本的收入頁上寫「一百三十克朗」，這是大伯每星期的工資。然後在支出頁上寫「每日午、晚餐費共五克朗」。

「最要緊的是，」父親說，「你去酒館時，最好將錢放在皮鞋墊子下，免得被那些女孩們掏走。再者，你得學會節約，懂嗎？」

---

27 現今羅馬尼亞的一部分。

28 十六至十七世紀的獨立公國，後來統一在漢堡王朝裡。

29 十六至十七世紀的獨立公國，後來統一在漢堡王朝裡。

「是。」大伯勉強地應允一聲，眼睛卻盯著第二條豬尾巴，像拿著一根玉米棒子一樣地緊緊抓著它，開始津津有味地啃了起來。這豬尾巴油得很，他那塗了珐瑯顏色的臉也因此更加油亮。如今大伯又在全力以赴地用牙齒拽扯著這條難啃的豬尾巴上的筋肉。這個以前是奧地利士兵的人，連瘦脖子上的青筋也鼓起來，好不容易才把豬尾巴上那根筋扯下來，他的頭又一次撞在碗櫃上。

「幫我在這裡簽個字。」我爸說著將小帳本和鋼筆塞到大伯跟前。

當佩平大伯將沒啃完的豬尾巴放回碟子裡，用他那油膩的手拿起鋼筆往帳本上簽字時，公貓采萊斯廷突然跳過來，叼起豬尾巴鑽進床底下。佩平大伯一見這情景，就像守門員撲救險球一樣，也鑽進床底下。我媽驚呆了，我爸猛地一下站起來，因爲佩平大伯在床底下驚叫了一聲，大公貓在生氣地嘟嚕著，隨後便是一場惡鬥。大伯用頭，公貓用脊背，碰得彈簧床墊壓著的床板劈啪作響。隨後，又是大伯的一聲吼叫，又是一陣撕扯，人頭貓背碰床板的響聲，隨即，出現片刻寂靜。

佩平大伯費勁地從床底下爬出來，全身沾滿了灰塵，可他還是抖動著手裡奪回的豬尾巴，大聲嚷嚷道：

「奧地利士兵一定永遠是勝利者！」

他在碗櫃旁坐下來，接著啃他的豬尾巴，連肉帶灰塵一起吸吮著，眼睛還瞟著骨頭上的肉。這時，公貓悄悄從床底下溜出，跑到我正在寫家庭作業的房間裡來了。牠輕輕咬著我交叉擺在書桌下的雙腳的鞋面，而桌子上正擺著我的練習本。

從廚房裡傳來第三回碰擊聲，這是佩平大伯扯下豬尾巴的頑筋時，腦袋又碰在碗櫃上的聲響。

四〇三型斯柯達牌小轎車

自從啤酒廠管理委員會買了斯柯達牌小轎車之後，我父親就變得心事重重。他開著這輛車走訪各家鄉村飯館已足足一季，這四〇三型斯柯達牌小轎車每次都平安返回。它的點火裝置從來沒被修理過，它的化油器也從未出過毛病，發動機也從來沒有加熱過度。相反地，開它的次數越多，行駛的路程越長，發動機的效能便越棒。我父親盼著十一月來臨，公路泥濘難行，想以此來考驗一下發動機的運轉。可想不到的是，這部四〇三型斯柯達汽車在泥坑裡越跑越順，就像啤酒廠那頭拉車的壯牛布比一樣，當農夫們沒法拽動裝滿麥穗的大車，拉車的馬匹陷在泥坑裡急得發瘋，用鞭子抽牠也走不動時，他們便跑到啤酒廠來借用布比拉的那輛牛車。大夥幫牠套上轅桿時，牠乖乖地跪下，前腿一動不動，讓人將套索和軛套在牠身上，牠還看一眼那受驚的馬匹，以牠的一千兩百公斤的軀體支撐著，拉著車。牠站起來，將載著麥穗和馬匹的大車拉到公路上。壯牛布比自然弄得滿身大汗，車夫用乾草爲牠擦乾汗水。布比瞅一眼低垂著腦袋盯著地上的馬兒，慢步走回啤酒廠。四〇三型小汽車恰恰也有這股動力。我爸開著它飛馳在田野、草場上，穿過一切險地，但什麼事也沒出過。我爸坐在家裡，面前擺著一本打開的書，上面畫有斯柯達的線圖，包括發動機和其他零件。他在研究這本書，可是越看越發愁，因爲他找不到拆卸它的發動機的理由。我爸是多麼願意在星期六幹點拆卸和組裝的工作呀！於是他決定，在本星期六要拆卸整個發動機，以便找出它的功能爲什麼如此之好的原因。佩平大伯又再度來我家吃午飯和晚飯了，因此他也不好拒絕這個想法。在長方形車庫的那一頭，停放著奧里安牌摩托車。我父親將一塊罩布蓋在它上面，免得這輛摩托車看見在它前面停了四〇三型斯柯達牌小汽車。我爸沒把這輛摩托車賣掉，他說了，要是有朝一日他有個三長兩短，就要我們將這輛摩托車放到他墳上當墓碑。星期六下午，我爸將一個麻袋鋪在敞開的車庫門前，讓大伯仰躺在袋子上。父親則將汽車緩緩倒到大伯的上方。汽車上滿是泥塊、乾糞和從糖廠裡出來的碎石磚渣，以及與犁田土塊混在一起、硬如石筍之物，和無法沖洗掉的一層硬殼。我爸又將車子往大伯後面略微倒一點兒。每人拿一把榔頭，就像佩平大伯敲打鍋垢一樣，哥兒倆就這樣敲打著汽車上的死硬乾泥塊。

「約申柯，」我父親說，「小心我的手！等到我們檢查發動機時，你得學會點什麼呀！我倒很願意將所有本事展現給什麼人看。你不想成爲一名司機嗎？」

「不想，」大伯說，「這事少懂一點更好。有個叫耶尼切克．薩赫魯的人禮拜天上午在豪烏比茨克軍營裡，問連長大炮怎麼個放法，連長給他解釋得一清二楚，下午這位薩赫魯打開了保險，炮彈就沿著山坡飛出去，一直落到公路上，行人嚇得一個個跳到樹背後，炮彈最後掉進一處果園。」

大伯拚命地講述著，當他突然想起美女們正在等著他去調侃尋開心時，榔頭捶著乾泥塊，弄得碎渣塵土四處飛濺，鑽進了我爸的眼裡。

「約申柯，該死的，你這頭毛豬！幹什麼呀？」

我爸氣得呼呼直喘，他滿眼的碎泥渣，什麼也看不見。他不得不等一會兒，讓淚水將塵土沖出來。

「約申柯，」我爸說，「這樣安裝和發現發電機運轉良好的祕密難道不更好嗎？難道不比在酒家飯店與小姐們調侃嬉笑更好嗎？這些鋼索是制動刹車的，看見了嗎？這是刹車鼓。」

「你是因爲對這一行感興趣。」大伯說，繼續用榔頭捶著乾泥塊，塵土沙石在斯柯達汽車上空飛濺得讓我父親看不見眼前的一切，只得摸著那萬向接頭，用鋼刷清理汽車的油底殼。他睜不開眼，全靠摸著做。大伯敲下了多少乾泥塊啊！因爲他認爲，早點做完就可以早去約菲納酒家、阿維約酒家找姑娘們消遣。

「乾泥巴與美女這兩者根本沒法比較。老弟，像弗拉斯吉契卡這樣的姑娘，這是歐洲的文藝復興形象啊！……她昨天向我主動進攻，要我跟她玩，要我向她獻殷勤。她對我說：『也關注一下我吧，你這頭公牛！』」

大伯一邊喊話一邊揮舞著榔頭；他也什麼都看不見，塵土掉在他們兩兄弟的臉上。我父親直打噴嚏，他的額頭曾兩次撞在汽車的底盤上。到後來他在底下翻個身，轉動一下手臂，深深地吸一口氣。當他的手肘和膝蓋費勁地在汽車底下趴著時，他的胸膛便壓在他面前的一大堆硬土塊上。

埋在從汽車掉下的泥塊中的大伯，一邊在斯柯達汽車底盤下敲打著，一邊繼續讚賞那位弗拉斯吉契卡大美人。

「得了得了，」我父親不以爲然地說，「她老爹允許你們這樣？」

「現在爬出來吧！」父親在汽車下面喊道。

「爬不出來，爬不出來呀！」

「那你就躺在那吧！別動！」

父親爬進斯柯達，發動了汽車，緩緩地將它開到車庫裡的虎鉗臺旁，電燈下方。他下了車，回到車庫門前，只見佩平大伯仰天躺著，全身上下落滿乾泥和沙子，旁邊還有一個高土堆，彷彿是他用鐵鍬在前線挖了一個戰壕。「約申柯，起來吧！」父親說罷拿起榔頭和鑿子，然後打開發動機罩，說：

「現在你注意看著我，現在我們來拆卸發動機，因爲這機器總是運轉得過於好，搞不好有個什麼了不起的故障還沒被發現呢。」而全身沾著泥土，滿臉蓋著沙子和泥殼，像貼一層油酥麵糰的大伯，看著他弟弟將一個又一個零件上的螺絲擰下來，放到工作臺上。他這麼看著，根本不明白他弟弟在搞什麼名堂。在這個世界上，沒有什麼比他弟弟如此熱情和神聖地談到的這些事，更讓他感到沒有意思了。但大伯知道，如果他按照自己的意願溜之大吉，他弟弟一定會很難過，說不定大伯就不得不停止來這裡吃飯。於是，他便這麼心不在焉地看著聽著，偶爾插上一句「眞的嗎？」「是這麼回事啊？」「眞不可思議。」「誰說的？眞是出乎我的意料。」等等之類的話。

我爸開始解釋有關零件的內部，說出各個部件的名稱。當他看到大伯好像聽得很有興趣時，便問他：

「我們要取下發動機罩，看一看機器內部。你的那位弗拉斯吉契卡原來是做什麼的？」

「理髮師，是在布拉格一個什麼劇院裡做假髮的。她曾跟我們講過她怎麼獲得最高獎賞的事。有一次，在婁尼某個地方巡迴演出，演的是有關西班牙生活的一段。喏，演得棒極了。那齣戲叫『齊德』什麼的。當三位扮演火槍手的演員已經穿上戲服，在找化妝盒和鬍鬚時，發現恰恰將它們忘在家裡沒帶來。西班牙人卻沒有小鬍子，那像什麼話？」

「約申柯，現在我們把發動機的頭取下來。好！你看見了嗎？」我父親喊道，小心翼翼地將發動機罩放到工作臺上，然後用燈照著發動機內部閃亮的汽缸和擦得濕潤與光亮的活塞。

「約申柯，現在我們再爬進去，進行這項最危險的工作——把油底殼拆下來！」

我爸做了決定後便跪下來，將鑰匙、榔頭和鑿子都塞到汽車底盤下，自己首先費勁地鑽到發動機下面。機油滴在他臉上，可他啥也不顧，一心只想著探索那四〇三型斯柯達汽車的發動機爲什麼運轉得如此之好的祕密。佩平大伯跟在我父親後面爬進去。他仰面躺著，用腳朝前推著裝在小筐裡的一盞燈好照亮上面。他們兩個都仰面躺著。我父親擰下拴在油底殼上的螺帽。

「約申柯，弗拉斯吉契卡是怎麼當那假髮師的？」

「喏，弗拉斯吉契卡受到嘉獎便出了名，」佩平大伯興高采烈地大聲說著，一根油繩掉到他的額頭上，「弗拉斯吉契卡曾指使其他幾名女理髮師一道剪短自己的頭髮，剪下的頭髮足夠拿來做那些西班牙貴族的全部鬍子。然後她們將這些剪下來的短髮黏在橡皮膏上，修剪好之後再黏在演員的鼻子底下。演員們從來沒有這麼演過戲，大家都很高興，因爲他們這次比以前演得更好更順當。」

「呸！呸！」父親又在噗嗤著表示不以爲然，「如今我們要將油底殼取下。可是該死的，那些演員可能會得到一種什麼瘋瘋病或者霍亂吧！可是約申柯，現在我要把油底殼放到我胸口這裡，把我準備好的裝過黃瓜的瓶子挪過來，我們要將油倒到它裡面。」

「我知道，」佩平大伯說，把黃瓜瓶移過來，「我知道，是從那梨形罐裡流出來的油。」

「從梨形罐裡流出來的是污垢，」我父親大聲說，「梨形罐是在差速器裡面，而這些油是從油底殼裡流出來的。這裡有個泵，它將油抽到上面去，知道嗎？」

「知道，」佩平大伯說，「抽到點火分布器裡去，對吧？」

「不對，點火分布器是在更上面！」父親大吼一聲，油都滴到他的胸口上。

「弗拉斯吉契卡，」我父親的胸口已油光鋥亮，可大伯還在繼續介紹，「弗拉斯吉契卡受到表彰，因爲齊德本人，也就是劇中的主角祝賀了她，他還覺得自己已失去了嗅覺。」

「什麼？」父親嚷道，擰開最後一顆螺絲，油底殼墜到他的胸口上。

「嗅覺啊！齊德認爲自己已失去了嗅覺，他已聞不到女人的芳香，知道嗎？」

「得！得！得！」我父親又在表示異議，「約申柯，四肢著地！快點爬出去！去拿兩塊磚頭來！或者兩塊木頭來。太難受了！我會窒息的。約申柯，你聽見了嗎？你要講就跟我講點別的什麼吧，有人失去嗅覺關我什麼事？」大伯連忙將燈泡擱在小筐裡，鉤在剎車閘的鋼絲上，從汽車底下爬出來。我爸舉著油底殼，連眼窩裡都進了油，可又沒法擦，因爲兩隻手都在舉著油底殼。佩平大伯跑遍了雜物棚，只找來一個小木塊。他跪下遞給我那仍在車底下的父親。父親彎著身子，他一眨眼，油便從眼眶裡流出來。他吼了一聲：

「約申柯，求求你啦！找塊大一點的呀！要兩個大木頭！」

佩平跑遍各處，都沒找到我父親所需要的。於是他便安慰我爸說：

「老弟，你試著唱唱歌看！義大利的卡盧梭[30]，這位世界上最偉大的歌唱家就是這麼做的，就跟我一樣：我一唱歌，一練習，釀酒工們就將一摞書放在我胸口上，一大疊書！我唱高音C。老弟，試試唱歌吧！唱高音C。耶林涅克．波斯比希盧練習唱歌時，什麼書也不放，而是讓個大美女坐在他胸口上。因此，他就成了阿爾卑斯山脈以北最偉大的男高音。」

「約申柯，你這頭毛豬！快去找木頭啊！油底殼已經壓著我的下巴了，油都流到我的脖子上了！」

「流了什麼？」佩平大伯還跪在那裡，聽著從汽車底下傳出來的聲音。

「油！」

「流進哪裡啦？」

「眼睛裡！求求你發發慈悲吧！兩塊木頭！」

大伯匆匆爬起來，撒腿就跑到雜物棚前，後來又跑到箍桶房，可是卻沒能找到兩塊木頭。我爸鼓足勁，猛力將油底殼一舉，裡面的油像傾盆大雨灑在他的頭髮上，不過他終於將油底殼從他身上移開，放到被油浸透的地上。當他已經費勁地抽出半個身子時，佩平大伯拿來了兩塊木頭。父親從汽車底盤下拖出油底殼，將它抱在懷裡，送到兩個木桶之間，爲保險起見，他又將它放到其中的一個木桶裡。他用雙手擦擦臉，將油垢甩在牆上，然後用肥皂液洗了臉，又往手心裡倒了些汽油。等他把手洗乾淨之後，便微笑著說：

「約申柯，現在你會看到一種讓你驚訝得喘不過氣來的現象。」我爸邊說邊指著汽車底下，他自己又第一個爬進去，佩平大伯跟在他後面。他們哥兒倆重又仰面躺著。這時，我爸打開燈，只見上面的軸頸上掛著活塞桿、曲軸和滾筒，一件件烏亮亮、黑油油的。所有零件都像地下岩洞裡漂亮的鐘乳石一樣閃光。我爸抬起雙手，逐一撫摸著這些零件，撫摸著每一個螺帽，隨即失望地說：

「啥毛病也找不出來，一切正常。這麼一來，就沒什麼可安裝的了。約申柯，像我們從前每個禮拜六都進行安裝那樣的寶貴時光再也沒有了。過去我們總是不停地修理奧里安牌摩托車，看它出了什麼毛病，哪個地方有什麼雜音，哪塊溫度過高……那些時光

30 卡盧梭（Caruso,1873~1921），二十世紀初最受歡迎的義大利男高音歌唱家。

都到哪裡去了？約申柯，我怎麼辦？不管我有多難過，可這該死的機器四年來一點小毛病也沒有。而那部摩托車沒讓我少步行過，且騎得很少。可跟這輛斯柯達汽車，情況卻恰恰相反。多可怕啊！我只能拚命地開著它。就像我說的，約申柯，黃金時光已經結束了。你是怎麼想的？爲什麼你笑得這麼怪？」

佩平大伯則興奮不已，歡喜若狂，因爲他再也不用和我爸一起來安裝什麼了，因爲從此每個晚上，特別是禮拜六晚上，他可以去唱歌、跳舞，和漂亮的姑娘們歡樂到天明。但他爲了不惹火他弟弟，便說：「我想起在哈弗德有個名叫納弗拉吉爾的司機爲科學院寫過這麼一部小著作……」

「想必不會又是關於性保健學方面的吧？」我爸有些吃驚地問道。

「不是不是，這本書裡寫的是：身爲一名司機，他連續觀察了五年，說在布拉格有一群麻雀坐上裝貨的列車，這列貨車載著牠們過了邊境，一直到維也納，在維也納城裡四處暢遊，還飛到申布倫府邸上空去看了看皇帝住的地方。然後牠們還蹲在聖什傑邦教堂上俯覽了里艾申拉德和格林琴克的葡萄園，玩夠之後重又飛回火車站。這些從布拉格的弗爾謝維采區飛來的麻雀重又飛進車廂，牠們尤其樂意坐進空車廂。於是，就這樣又坐著火車過了國境，不用護照便又回到布拉格的日什科夫貨車站。」

佩平大伯拚命地講述著，我那連手腕都抹上油的父親卻在撫摸著最後幾個零件。油滴仍不時從上面掉下來……他越來越有把握地認定：再過片刻他就能開始組裝發動機了。等到他擰上最後一顆螺絲，關上發動機罩，安裝工作就算結束。他之所以這麼拆了又裝，是想弄明白這機器爲什麼運轉得這麼好。這可實在沒什麼好玩的，這樣做毫無意義，這不像一個人想知道某部機器有什麼毛病那樣有意思。四〇三型斯柯達汽車的機器內部，就沒有像奧里安牌摩托車那樣的祕密。

有一個穿著白色長褲和芥末黃休閒皮鞋的人來到雜物棚，這客人彎下腰來看看這裡又發生什麼新鮮事，於是，屠夫馬耶爾先生那張胖嘟嘟的臉就這樣出現在這裡。

「經理先生，我想麻煩您一件事情。我跟您曾經三次一起組裝過摩托車，那就算是您對我的一種補償回報吧！您眼下正忙著，我等一會兒再來打擾？」

我爸說：「請坐吧！」

黃昏中，屠夫馬耶爾先生環顧一下四周，還沒來得及考慮，便像舒舒服服坐在沙發上一樣，一屁股坐到了發動機的油底殼裡，還將一條腿搭在另一條腿的膝蓋上，手裡轉動著一根小棍子玩。我爸連忙從汽車底下鑽出來，我站在雜物棚的一個角落裡，眼睛朝上看著不吭也不響。馬耶爾先生卻在那滿是油污的油底殼裡轉動搖晃著，大塊油漬在他屁股後面的白褲子上顯現出來，可馬耶爾先生還在用手指轉動著小棍子玩，嘴裡冒出蘭姆酒的味道，臉上露著笑容。我在寫家庭作業。他來我家是想找我爸，所以我才將他帶到車庫這邊。現在，我正為他坐在這張油沙發上而感到高興，因為我不喜歡馬耶爾先生，不僅因為他宰殺小牛，主要是因為他有時拿著那把刀殺豬，要費很多工夫才能讓豬斷氣。他總是先用棍子，打不死牠再用刀。馬耶爾先生總想讓豬來跟他搏鬥一番。他捅了豬一刀之後，還要聽聽那豬是不是眞的快斷氣了，繼而發出一種特別的呼哧聲。還有，當豬群從運送牠們來的車廂跑出時，馬耶爾先生用的是他那種所謂改良的方法：他站在那裡，往每一隻豬的脖子上捅一刀，然後這些豬便繞著圈子跑，直到血流盡了為止，所以我不喜歡馬耶爾先生。他現在一屁股坐在油底殼裡，我自然很高興。我那兩隻手肘上都沾滿油污的爸爸，不知該怎麼對馬耶爾先生說他需要將這個油底殼重新安裝到汽車上去。馬耶爾先生倒是先說話了：

「經理先生，我現在要到散步長廊那邊去參加一個由薩拉斯卡療養院舉辦的晚會。我老婆愛喝酒，影響到生意，我求您……」

「這跟我有什麼關係？」我父親嘟囔一句。

「您瞧，您是一個安靜又有智慧的人。我請求您去拜訪她，勸勸她。」

他說完，抬起那雙白眼珠子看著我父親。車下傳出佩平大伯的呼嚕聲。車下的燈光照在我父親的鞋子上和馬耶爾先生的褲腿上。馬耶爾先生站起來跟我父親握手，他身上的蘭姆酒味道比油污氣味還要重。

「就這樣，經理先生，您要是去勸一下她，我就能得到她的諒解。再說您也有一點點過失呢，當我第一次幫您來拆卸和安裝摩托車時，您說過只要一兩個小時，結果我弄到星期天上午才回家。我又怕又睏，我老婆則大哭一場。儘管您寫了一張條子幫我解釋，可她還是以爲我找女人去了，於是她便喝開了酒。求求您去勸勸她吧，謝謝啦！」

屠夫馬耶爾先生的那股彷彿曾經坐在整個蘭姆酒味巧克力夾心糖盒和巧克力酸櫻桃盒裡留下的酒味，已漸漸遠去。他走了，他屁股後面的黑色油污已經與那暗黑的黃昏融爲一體。只見那雙白褲腿，膝蓋以下的那兩條白色的休閒褲腿也在漸漸遠去、消失。我爸又趴下去朝車底下喊道：

「約申柯！約申柯！」

然後，他又繞到汽車的另一面，大聲喊著大伯的小名。

可大伯的呼嚕打得更響了。我爸只好抓著大伯從汽車下面露出來的鞋子，抓住他的腳踝，將全身沾滿油污的大伯拽出來。這時，大伯還在打呼，他那樣子活像四〇三型斯柯達汽車剛從他身上開過，又好像他曾在車下翻滾，連翻了好幾次身，最後才被它的後輪軋過似的。佩平大伯的雙手和臉上全是油污，因爲他剛剛和我爸一起尋找斯柯達汽車運轉極好、毫無雜音的祕密來著。我爸本想對我說點什麼，可我卻說：

「我必須去寫完我的家庭作業了。」

漂亮的肉鋪老闆娘

在我們小城，從來沒有人見過佩平大伯和啤酒廠經理一起走在大街上。我提著一口裝著電療儀器的箱子。我母親說了，帶著它有用。肉鋪老闆娘馬耶爾太太有一頭我母親曾經有過的那樣漂亮的長髮，不過我母親的長髮早已剪掉。於是，我們三人一起走在黃昏的街道上。人們探身窗外，觀看過路行人。他們一看到這哥兒倆，不禁感到有些疑惑：本來，身爲佩平大伯的朋友，他們很想向大伯問個好，聊幾句可有可無的閒話，可是一見到我父親在他旁邊，便又嚇了一跳，說這恐怕是啤酒廠經理的計謀，他說不定會突然問他們星期六下午打算做什麼，也許還沒等他們明白過來，我爸就會對他們說：「那就到我這裡來一趟，只需一個小時，頂多兩個小時，幫我扶一下，鎖緊螺帽吧！」當我們穿行在薄霧之中時，大家選擇了一條中間路線：將半截身子從窗外縮回去，跌跌撞撞躲進窗簾裡面，等著我們走過來。於是，我們一直走到馬耶爾先生的肉鋪小臺階前。店裡的掛鉤上有幾盞用報紙當燈罩的，可以上下拉的吊燈，還掛著一些豬心豬肺、牛筋牛腱子，還有幾串短粗灌腸。肉鋪砧板上有幾把刀子閃閃發光。圍著白頭巾的肉鋪老闆娘馬耶爾太太坐在椅子上，呆望著自己的雙腳。她正在喝杯子裡的酒，若有所思地剝一顆紙包的止咳糖；她把糖扔了，卻將包糖的紙放到嘴裡。我們站在臺階上，看著肉鋪老闆娘。她這時正一手拿著一張明信片，另一隻手抓起身上的圍裙，開始認真地擦拭起這張明信片來，然後又心事重重地抓起眼鏡，接著把明信片當眼鏡，想把它戴到眼睛上，並把眼鏡當作明信片來讀。她的兩隻手就這麼糊塗慌亂地忙一通，到最後只好把眼鏡和明信片都放下。我爸打了個手勢，我們就一道走進肉鋪。大伯的海軍帽讓老闆娘興奮起來。她一瞅我爸便立即知道他爲何而來。

「啊哈，師傅，」她說，「咱們來跳跳舞吧！」

「咱們來跳跳舞。」我父親回應說，「可是馬耶爾太太，咱們得放下簾子，最好是鎖上門。」

肉鋪老闆娘站起身來，又從那上面印有「赫林斯科問候你」藍色標記的酒杯裡喝了幾口酒，然後打開廚房的燈，搬來留聲機，連人帶機重重地摔在砧板上。蒼蠅立即高高飛起，牠們成群結隊、十分狂野地飛舞著，瘋了似地嗡嗡直叫，然後又落在血糊糊的砧板上，吸吮著上面的血跡和碎肉。老闆娘隨後搬來三把椅子，取來鉤活動門窗的鉤子。她走出去時，沒數臺階的級數，最後踩空一級，摔得連白頭巾也飛掉了，但她很快就出現在玻璃門裡，然後在另一邊的櫥窗裡，費好長時間才將鉤子鉤進窗簾的小洞眼裡。我爸聞了一下那個印有「赫林斯科問候你」標記的酒杯，裝出一副難受的表情。馬耶爾太太哐的一聲拽下窗簾。那波浪形鐵皮雷鳴般地響了一下。她隨即又走上臺階，關上背後的門，拽下門簾。當她沿著那用鉤子掛著的一串串肉和短腸走動時，她的肩膀碰得上面的牛腱豬心豬肺搖搖晃晃的。每塊肉裡都飛出一群蒼蠅來，在暗黑中直奔對面的吊燈。整個肉鋪裡響著一片蒼蠅的嗡嗡鳴叫聲。那些蒼蠅彷彿生了氣，正在發洩牠們的滿腔怒火。牠們不是往肉鋪老闆娘臉上撞，便是往瓷磚牆上撞，只是到最後又筋疲力盡地回到肉上面。

「老闆娘，您這鋪子還是按照標準的營業時間來做買賣？」大伯問。

「我老公忙著找女人去了，我又有什麼辦法？」老闆娘說，心情沉重地坐到椅子上。她的白頭巾在燈光底下像穆斯林婦女的包頭布一樣閃光。她坐在那裡，兩眼發呆地望著自己的雙腳。

「得跟您把事情說清楚，」我父親說，「您丈夫三個晚上和從星期六到星期天的整夜都是和我在一起安裝機器。」

「這是您的說法，可我知道的是另一番情形。」老闆娘聳聳肩膀，身子靠在砧板上。她打開留聲機，將唱針放在轉動著的唱片上，店鋪裡立即響起莊嚴的音樂，教堂合唱團的歌聲：「神聖的愛之天使的心在燃燒，藍色大海中的金星在閃爍……」馬耶爾太太默默地坐在那裡，手肘支在砧板上，雙手托著腦袋，頭巾滑下來。我驚訝不已地看到，她那長長的金髮一直散落到地面。這些金髮在燈光的照耀下光芒四射，而她卻呆滯麻木地坐在那裡不言不語。這時我才明白，爲什麼我母親把我打發來，原來是有狀況：我看到父親的眼睛睜得老大，他只盯著那讓他魂不守舍的金色長髮看。

「這音樂怪慢的。」佩平大伯說。肉鋪老闆娘站起來，將她的頭髮像火炬般往上一舉，從燈泡那裡散落到椅子上。她又用指頭撩開額頭上的髮浪，對著留聲機彎下身來，加快了唱片的轉速。這時那合唱快得像電影裡的一群女人在飛跑。老闆娘重又坐回椅子上，她那一頭長髮的閃亮金光灑滿整個肉鋪，使人忘記了這肉鋪裡豬肺等等的腥味，甚至連那些金色蒼蠅、綠頭蒼蠅也都變得安靜，尤以我父親驚訝得最厲害。佩平大伯的白色海軍帽像一盞亮著的乳白色枝形小吊燈，他坐在那裡轉動著手指頭玩。「馬耶爾太太，」我父親嗓音發顫地說，連我也認不出他的聲音來了，總而言之他戰戰兢兢的，

「您瞧，教區牧師叫我到您這裡來，叫我來勸您別再喝酒。」

「是他叫您來的？」她憂傷地晃一下腦袋，「是這個人叫您來的？他自己不也要喝十杯四分之一公升裝的維爾姆特酒嗎？」

「可是他到後半夜連一口酒也不喝呀，早上做彌撒時喝點酒倒是傷不了任何人。《聖經》只是反對縱飲。」

肉鋪老闆娘抬起眼睛，我看到她目光敏銳地直視著我父親的眼睛。我還看到，她突然沒了醉意，我父親說的話讓她甦醒過來。

「縱飲當然要禁，可什麼叫縱飲？在這裡縱飲？」她轉過身來，揮動手臂指著牛腱豬肺和短香腸說，「我只是喝喝酒而已，《聖經》上哪裡也沒寫過禁止喝酒啊！」馬耶爾太太一低頭，她的長髮便耷拉在砧板上。停在上面的蒼蠅被激怒了，牠們猛地一飛而起，圍著肉鋪老闆娘的頭轉，速度快得成了一條藍線。我父親嚇壞了，連忙站起來，扶起那些金黃頭髮，生怕它們被砧板上的血跡碎肉玷污。他捧著這濃密得像兩條馬尾那麼多的頭髮，手直哆嗦。「我上過女子中學。」馬耶爾太太說，兩隻眼睛直視著我父親，而我父親也直視著她。我看到，他們的兩雙眼睛之間互相放電不止。父親捧著她的頭髮，她則盯著我父親的臉。唱片已經放完，唱針已經滑到片子中間，發出刺耳的嘶聲。

我突然嚇了一跳，開始有點緊張。想起我媽曾經叮囑過我要關照好我父親，我連忙拿起那個小黑箱，將它打開。我父親還一直捧著肉鋪老闆娘的金黃頭髮，老闆娘也一直在注視著我父親。我將打開的小箱子放到砧板上，紅絨布蒙著的箱子內壁在燈光下閃閃發光。箱子裡擺著一些有火花放電的醫療小儀器。一插上電源，便會傳出具有醫療效果的電波。

「爸爸，開始治療嗎？」我問。

佩平大伯看一下紅絨布箱壁，箱子裡面有夾在夾子裡的各種形狀的氖氣管，其中有個空玻璃儀器還帶根小棍子，另一個的尾端有些小鋼刷，第三個分成兩部分，是往鼻子裡插的，第四個是一把霓虹燈空管梳子，跟馬鬃刷子一樣大，第五個的尾端有個長形的小滾筒，裡面捲著螺旋形鋼絲。大伯興奮地望著這些小醫療儀器，忍不住抓起那個長的，說：「他媽的！弗蘭欽，你得把這個借給我，我要拿到哈威爾特飯館去玩玩。」

我爸猛醒過來，忙將老闆娘的頭髮放到地上，一手奪過大伯手裡的儀器，大聲喊道：

「你先別忙！我是帶來給您的，馬耶爾太太。」他的聲音在發抖。然後，從箱子裡掏出一根長電線，插在牆上的插座裡，又拿起膠木柄插到空心氖氣管上，擰開開關，舉起梳子，它便立即放出藍色火花。我父親將它高高地舉到昏暗的天花板那裡，藍光從上而下照射到老闆娘的金色頭髮上，這些頭髮也立即飛濺出火花。我父親說：

「我並不是要您停止喝酒，我只想要您控制酒量，別在心情不好的時候喝，而只是在高興的時候喝那麼一點點。這種電流和輻射就是發揮這種醫療效用的。」肉鋪老闆娘抬起眼睛望著上面。我這時已肯定地意識到，我媽媽完全想對了：老闆娘要是精神恍惚，我父親便可用這套儀器對她進行治療。「您要是把燈關掉，恐怕會更美。師傅，開關在那呢！」她對大伯說。我不得不承認，在家裡我從來沒見過這麼美妙的情景。連佩平大伯也伸出手背，興奮地看著這一雙藍色的手，彷彿這手不是他自己的。

「該死的！你無論如何都要把這玩意兒借給我，我要把它拿到阿維約酒家去給那些聰明的美女看看。」

「你先別忙！」我爸爸說。眼下我看到，已經開始進入如履薄冰的時刻，也就是說，我爸已經開始不能自制了。電梳在他手上抖動，不是因爲他在生氣，而是因爲他已被一種完全另樣的情緒所控制，跟我遇到中學四年級那個女孩站在我面前，讓我全身發抖的情景一樣。她當時在我面前站著，不只是看到我的外表模樣，而是看到了我的心靈。我能聽到我的心在怎樣地怦怦直跳。現在，我爸爸的心也正隨著電梳振動的頻率搏動。他就坐在老闆娘坐著的那把椅子後面。老闆娘的秀髮一直垂到地面，我父親就坐在她背後，電光火花濺到她的頭髮裡，父親拿著電梳一梳到底，那金髮有如磨房堤壩的水流那樣順暢。我父親又抬起手，又一次將梳子放到她頭上，又一次一梳到底。肉鋪裡彌漫著臭氧味，每梳一下就像打一次雷、閃一次電一樣散發出那種味道。我爸在這霓虹燈光的映照下，總是像偶然地去聞她的髮香。我已不再去看那梳子，而只看著我父親，然後看著馬耶爾太太。她閉著眼睛，一副幸福和心滿意足的表情。重點是她別無他求，只任我父親帶著醉意擺弄她的頭髮，對她進行治療。

「您將開始新的生活嗎？」我父親問她，將嘴唇湊到她的頭髮上，正對著她頭髮下面的耳朵。她點點頭。「那麼您的那些烈酒，那些藥效很強的藥放在哪裡？」

「師傅，」肉鋪老闆娘對佩平大伯說，「請您打開廚房的燈，開關就在門框旁邊。」

大伯站起來，摸著牆壁輕步走著。他那海軍帽在半明半暗的紫光下為他照著通往廚房的路。他終於摸到開關，打開了燈。我看到老闆娘用手一指，像在睡夢中一樣輕聲說：「在那個櫃子裡。」之後，重又閉上眼睛。

大伯打開所有櫃門，直到最後，他打開洗碗槽上方的那個櫃子，才拿到一個有稜角的瓶子，裡面裝著淡色的烈性甜酒。他將這酒放在砧板上，讚賞地說：

「老天爺！這可是只有騎兵隊的長官和那些大美人才喝得上的西米酒啊！」

「請喝吧！別客氣！」肉鋪老闆娘說，她兩手交叉夾在胳肢窩下。紫光閃來閃去，我爸爸揮動著電光梳子，像打雷一樣吼道：

「任何時候也不能喝！您任何時候也別喝！任何時候！」

大伯將酒倒進上面印有「赫林斯科問候你」藍色標記的杯子裡。他喝了一口，點點頭，將酒杯遞給我。我喝了一大口，眞棒！大伯又往杯子裡倒一些酒，遞給我爸。

「我只想知道，」我父親說，「你們爲什麼會覺得這麼好喝。」說完喝一小口，琢磨一下，然後便有滋有味地喝了個夠。他端著杯子，品嘗著美酒，愉悅地聽著肉鋪老闆娘如同懺悔的聲音，「我向您許諾，經理先生，假如您每週一次來爲我治療這酒癮病，只來一個晚上，由您來替我治病，那我將放棄這一切，因爲我就有理由盼望著什麼，爲一種什麼高雅之事而追求，那我就有理由再活著……師傅，那櫃子裡還有一瓶教皇牌酒，像教士的長袍一樣洩露隱情的烈酒。」

大伯連忙走進廚房，抬手打開靠牆那個櫃子的門，拿出一個像大印章一樣的圓形小瓶。他將瓶子舉到眼前一讀，將他那興奮的臉轉過來，抖動著酒瓶大聲嚷嚷道：「喏！

紅衣主教科恩最喜歡喝的酒！」

可我爸仍舊端著那個酒杯坐在肉鋪老闆娘背後，輕聲對著她的頭髮說：「我每個禮拜都來，來爲您梳理這些頭髮。」

老闆娘說：「我本來叫安娜·齊拉科娃，出生在卡洛維采……」我父親又喝一大口西米酒，將鼻子伸到她的頭髮裡。他就這麼坐在那裡，整個面孔幾乎全埋進了她飄散的長髮。他那個放在膝蓋上的手拿著電光火花四濺的梳子，從下朝上照著老闆娘的頭髮。我父親的下巴也藏進長髮之中了。他差不多完全忘了，這裡還坐著我和拚命地在幫他倒西米酒的佩平大伯。地上攤著那塊白頭巾，被踩來踩去的包頭布。我們剛進門時，肉鋪老闆娘還用它包著她那茂密的頭髮。可自從她這頭金髮飄散在肉鋪裡的那一刻起，我父親就越來越無法抵擋在他面前閃光和芳香美妙的一切魅力。這時，馬耶爾太太睜開眼睛，敏銳地一會兒看看我，一會兒看看對她行舉手禮的佩平大伯，然後小心翼翼地站起來，可我父親仍在閉著眼睛，笑容滿面。老闆娘進了廚房。她步履堅實，猶如一位眞正的夫人。這套醫療儀器讓她現在能夠穩健地站住，她自己也知道這一點。她將手伸到櫃子的最裡面，掏出一瓶酸櫻桃紅酒，打開蓋子聞一下，內行地搧搧鼻孔，點了點頭。

「你們嘗嘗這瓶櫻桃酒吧！是著名的萬多赫櫻桃酒，帶有一種苦苦的橘香味。」

「苦苦的橘香味……」我父親半睡半醒地重複一句。

「一種熟櫻桃的清香和一種盛開的鐵線蓮香味。」肉鋪老闆娘說，眼睛瞟了一下正在打瞌睡的父親。噴著火花的梳子躺在他褲襠上，散發著一種閃電的氣味。我父親還一臉滿足地喃喃重複著：

「盛開的鐵線蓮香味……」

馬耶爾太太端來幾個小玻璃杯，倒了些深紅色的酒。

我搖晃一下父親的手腕說：

「爸爸，櫻桃酒！」

我父親嚇一跳，伸開兩條腿，電光梳差點掉下來。肉鋪老闆娘站在我父親面前，端著酒杯，遞給他說：

「爲我的健康乾杯！」

「您不會跟我們一道喝吧？」父親說，「一小杯也不喝？」

「一杯也不喝了。」漂亮的肉鋪老闆娘說，「我曾經喝過比這後勁還要大的酒。」

我父親痛飲這杯酒之後，喃喃了一句：

「我們以此作爲營救工作的結束。」

喝完之後，我從牆上拔出插頭，纏上電線，將梳子放回蒙著紅絲絨布的箱子裡，蓋上箱蓋，將它交給大伯。他提著小箱子又向馬耶爾太太行了個軍禮。

第二天，我沒去上學，我爸沒去上班。我媽跳著舞步從我的床鋪這裡到我爸那裡，幫我們換掉冷敷布。我爸的毛巾甚至蓋住了眼睛，他根本不想看見這世界。他儘管是個自由主義者，也在懇求上帝將他召了去。而我不僅覺得床鋪在轉動，連天花板也在轉動。我只能憑記憶顛三倒四地講些片段給我媽聽。可從大伯站著向馬耶爾太太行舉手禮這一刻起，我便什麼也記不清了。不過，這對我媽來說也就足夠了。她騎車上街，回來時帶了用絲光紙包著的兩個小瓶子。我從來沒見我媽這麼高興，笑得這麼開心。她對我說，昨天半夜有人敲窗，等她一打開窗戶，外面站著小城巡警霍洛烏貝克先生，他背後停著一輛歪斜的小推車，上面擺著兩塊亞麻地氈。我媽問他是誰買了這兩塊地氈，霍洛烏貝克先生便說，快到半夜的時候，茨岡飯店有一群牲口販子用門撞傷了他的腦袋，後來他們又用棍子猛擊他的鋼盔，使得他的眼睛直冒金星。後來，他在路上想找人幫他取下鋼盔，就遇見了佩平大伯。大伯向他報告說，馬耶爾先生的肉鋪臺階下躺著兩個醉鬼。等他走到那裡一看，原來是啤酒廠經理先生和他的兒子躺在那裡，已醉得不省人事。巡警先生於是借了一輛手推車，將他們送到啤酒廠。我媽爲這事樂得給了霍洛烏貝克先生二十克朗，還答應他今天來取一箱啤酒。而霍洛烏貝克先生因爲這一箱啤酒而高興得頭都消腫了，終於能把那鋼盔鬆下來擦擦汗。這都是我媽大笑著告訴我的。當我爸爸開始嘔吐時，我媽便立即打開那張絲光紙，在我爸面前擺上那瓶西米酒，而我爸一見這瓶子便又開始嘔吐和唉聲歎氣。我媽又拿來一個玻璃杯，往裡倒一點白酒。當她將酒杯遞給我爸時，我爸就垂頭喪氣坐在床沿上，嘴裡吐出綠水來。我媽只好自己喝了這酒。傍晚，佩平大伯拿那口裝著放電醫療儀器的小黑箱來。父親立即將它打開，也立即平靜下來。當他看到放在箱子裡紅絲絨布上所有這些漂亮的醫療儀器時，便逐一地拿起來，不禁大聲喊道：

「你們用這些儀器幹什麼了？怎麼這麼香？」

我媽扯下手裡那張絲光紙，舉起一瓶西米酒。我爸一看到就推開跟前的小箱子，又嘔吐起來，往放在床邊的桶裡吐了一些綠水。我媽又幫佩平大伯倒了一杯西米酒。大伯爲全家人的健康乾杯，然後對我爸爸說：

「你問我們拿這箱子幹了什麼？約菲納療養旅館裡整個酒吧的人都醉成一攤泥，美女一個個躺在撞球桌上。我將這放電儀器放到她們的頭髮裡，好讓她們康復，因爲根據巴迪斯塔的著作指出，健康與強壯的體魄是婚姻美滿的保障啊！」

來自舒瑪瓦山[31]的樂師們

舒瑪瓦山的樂師們一到啤酒廠那裡，便開始演奏。所有的女人都放下手中的工作跑出來。樂師們走到哪裡，她們就跟到哪裡，而且人數越來越多，儘管這些舒瑪瓦山的樂師們只是平平凡凡地演奏而已。彷彿他們很累很累，彷彿他們是剛在哪個酒家飯館演奏到天亮，眼下又在這裡演奏波爾卡和華爾滋舞曲，又彷彿他們是來自哪個較爲拖拉遲鈍的世界。但這都不礙事，最特別的是，恰恰相反，他們更受歡迎。他們都穿一件破爛的長外套。這些外套的扣子周圍、領口，尤其是胸口那一塊磨得更破，因爲他們在演奏完畢後，總是將樂器緊緊抱在胸前。他們頭上戴著採冰工人冬天戴的那種帽子，那種能拽下來遮住耳朵、下巴底下繫根帶子以免被風颳走的帽子。有一回，樂師們從我們小城的另一頭進來，在啤酒廠落腳，在牲畜欄裡睡覺。馬伕們爲他們提供了毯子和乾草。我還看到那些帽子有別的用途。他們躺下的時候，便將樂器綁在胸口上，像母親帶著孩子那樣，到最後就把這些封耳帽的兩邊拽下來遮住耳朵和脖子，把它們封得嚴嚴實實的以免受干擾，睡個安穩覺。他們的嘴唇總是紅的，因爲他們整天吹奏，嘴皮上都磨出了水皰。他們像啞巴一樣從不講話，這主要是因爲他們總在旅途上，整天像郵差一樣奔走不停。中午，通常在哪塊草地上躺一躺，將封耳帽拽下，將樂器抱在胸口，睡上個把小時。女人和孩子們則圍坐在他們四周，目不轉睛地望著他們，但總也看不夠。樂師們善於如此細膩地演奏，吹奏的樂聲彷彿越過河流，連那些一直在哈哈笑個不停的姑娘們也變得嚴肅起來，不再出聲，在舒瑪瓦山人引起的這種憂傷氣氛中，變得比以前美麗了。

當樂師們睡在啤酒廠牲畜欄的時候，我正趕上出門處理啤酒瓶、箱子和油瓶罐子，聽到這些舒瑪瓦山人在睡夢中呻吟，這簡直不像人的聲音，也沒有隻言片語的內容，而是他們整天甚至整個一生演奏出來的歌曲這時又回來了，由他們哼出音調的片段。他們本來就可能是憂傷的，所以才這樣沉默寡言。因爲恐怕誰也不相信他們一直到死，一輩子都

31 舒瑪瓦山（Šumava），位於捷克西南部的群山。

被這吹奏樂裝得滿滿的；這些音樂裝在他們心裡，就像麵條湯桶裡的麵條一樣，所以誰也聽不到他們講話。他們默默地收下錢和食物，整天只由一位樂師來收，他將抹了油的麵包放進背囊，不過這不是什麼旅行袋，也不是那種長形的正規背囊，而是一個普普通通的原色粗布袋子，在布袋上綁一根繩子揹在背上。至於從聽衆那裡收到的小錢，他便將其放進大衣口袋。這口袋也相當破舊，臀部那塊都磨得露了線縫。這些舒瑪瓦山人走街串巷，步履緩慢，彷彿腳上拴了鐐銬。他們走到哪裡，女人和孩子們就跟到哪裡。誰也不鼓掌，因爲大概有點像出殯送葬。那些歌曲有些即使是快樂的，經過這些舒瑪瓦山人一演奏，節奏很慢，也就成爲憂傷的了。舒瑪瓦山的樂師們演奏時，所有婦女聽衆都望著別處。關鍵不在歌曲，而在這些歌曲所引起的情緒上。漸漸遠離這些婦女的一種美麗和憂傷的畫面，已經一去不復返了。演奏一結束，便會出現片刻靜默。有人在用她的圍裙裙角擦拭著淚水。當兩名流淚的婦女彼此瞧向對方一眼時，便會相對一笑。突然，她們倆會互相投入對方的懷抱，彼此的頭髮蓋住對方的臉和後頸，有如啤酒廠那兩匹疲倦的馬彼此挨著脖子一樣。因爲她們互相喜歡，因爲她們彼此都想讓對方在艱難的生活中得到些許安慰。舒瑪瓦山的樂師們又朝別的街巷走去。一般在廣場和主要街道上聽他們演奏的人最少，可當樂師們來到窮人住的小巷時，那裡幾乎每一個能走路的人都會跑出來，跟在樂師們後面。直到現在才鎮定下來的樂師們剛看到，這裡眞有一些視音樂爲生命的人，直到如今，他們才眞正在爲和他們命運一樣的、與他們血脈相通的人們演奏。他們在演奏的時候總閉著眼睛，等演奏一停止，他們才又醒來。這音樂在他們心底深處，像地下河道龐克瓦[32]的水流經過他們全身，我們參加學校舉辦的郊遊時曾經到過那裡。樂師們片刻的睜眼預示著他們很快又將自我沉浸，透過他們的樂器和手指，街上將立即飄起古老的音樂，從人們的耳朵傳到心裡。這些舒瑪瓦山的樂師們因爲忙於演奏而顧不得刮鬍子修臉，也許要等他們回到老家才有可能。他們臉上都長出很長的鬍渣。不過他們那些鬍渣倒是相當漂亮，興許跟他們的大衣、鞋子一樣，對他們來說很相配。他們的鞋子都是鄉村牧師常穿的那種繫帶鞋子。這種鞋沒法在店裡買到，而是按各人腳的尺碼做的。穿在他們腳上的這些鞋子總是又舊又皺滿是塵土，鞋面通常很寬鬆，因爲這些舒瑪瓦山的樂師總在不停地走路，他們腳背總是腫的。我也跟他們到處走，我倒不

32 龐克瓦（Punkva），在捷克的摩拉維亞地區。

是爲這音樂，甚至也不去看這些樂師，而是背對著他們，注意大衆，特別是婦女們對舒瑪瓦山樂師以及他們所演奏的音樂的反應。我看到了這音樂對婦女們的極大魔力。樂師們邁著步，表情木然。他們一大早就離開自己的住處，像被一根粗大的繩索拴著繼續前行。這條繩索是無形的，而我卻看到了它。這些圍著圍裙的婦女追在他們後面走著，她們不吃不喝，以音樂旋律爲食。到中午時分，樂師們已經走過艾麗什契納大街、城堡街、小圍牆、大圍牆和騎士街，在教堂廣場也演奏了一場。現在他們卻繞過城堡，一直走到一塊名叫山羊餅的草坪。他們坐在那裡，解下身上的小行李袋，慢悠悠地吃著飯。婦女們跑去找了些啤酒杯來讓樂師們喝點啤酒，但他們也只是稍微沾濕一下嘴唇而已。他們吃完飯，仰面躺下，望一會兒天上的烏雲，然後用手腕擋在額頭上，遮住自己的眼睛。婦女們在他們旁邊跪著，爲他們驅趕蒼蠅，要是孩子們嘰嘰喳喳說點什麼，她們便用手指放在嘴邊，示意他們安靜。舒瑪瓦山的樂師們就是這樣休息的。薩克斯風、短號和低音號擺在他們的肚子上閃閃發光。這些樂器的樣子跟這些樂師一樣，也是精疲力竭，破舊不堪。一眼就能看出，它們已在外面流浪了多時，每天都被樂師們演奏著，就像舒瑪瓦山區的馬匹一樣疲憊不堪。

那些黃銅短號、薩克斯風全都是這副模樣。而那位手裡握著黑管的樂師就像手持百合花的聖阿洛伊斯一樣，揹負著一個裝滿硬幣的大兜和粗布口袋的重荷躺在地上。他們就這樣休息，將天主教徒們常穿的那種鞋子扔在一邊，四尊樂師雕像就這麼攤在草坪上。從他們那往上吊著的長褲下露出了裡面的白襯褲，上面塵土不少，腳踝綁著曾幾何時還是白色的帶子。儘管天氣炎熱，樂師們還穿著那曾是白色的長襯褲。儘管已是收割季節，他們還一直穿著長大衣，戴著封耳帽，帽子下面閃爍著汗珠。我算過了，舒瑪瓦山的樂師們一天所賺的錢多於人們一個禮拜扔進教堂捐獻箱裡的錢。他們本可以上公爵飯館去用午餐，可以去買兩百五十克火腿肉來吃，可他們總是很謙卑很節省，他們準是清楚地知道爲什麼要這樣做。直到開始下雪的時候，他們還在演奏，將封耳帽拽下來遮著耳朵，帽簷遮著額頭，手上戴著露出手指的手套，以便能夠演奏。之後，他們才回老家，才得以從這極度的疲憊中清醒過來。他們絕不是因爲走累了，而是因爲演奏累了而休息的。當他們在山羊餅草地上醒來，不禁嚇一跳。他們一直仰天躺著，一睜眼看到的是彎下身來的女人們的一張張臉，圍著他們的一串由人臉組成的花環，這些臉在對他們微笑。大家還將手伸給他們，以便幫他們一把，讓這些舒瑪瓦山人能坐起來。舒瑪瓦山人嚇了一跳，以爲自己已經死了，是死後升天的人們從天上向他們伸出手來，拉他們到天上去。到後來，他們才想起原來是他們的女粉絲們。他們坐起來，收拾一下，便又朝著下一條巷子走去。女人們跑在他們前面，到前面的街道去報信說，從舒瑪瓦山來的樂師們一會兒就到，說這些舒瑪瓦山人都很帥，長著鬈髮，有著希臘神祇一樣美麗的眼睛。當各家各戶的女人眼裡充滿期望跑出來迎接樂師們時，她們看到的這四位樂師卻是如此鬍子拉碴的，彷彿腳上拴著鐐銬似的走得這麼慢，他們的大衣又這麼破舊。那些從前沒見過舒瑪瓦山人的婦女，不禁用責備的眼神看著那些從一大早就跟在樂師後面，熱情報信的婦女。可是，當樂師們停下步來，用眼睛跟大家打個招呼，然後微微閉上，開始演奏時，情況就大不一樣了。那樂聲如小溪潺潺流淌，彷彿穿過森林，來自遙遠的地方。樂師們只是輕輕擦碰出一支氣息奄奄的曲調。他們幾乎根本沒在費勁地演奏，他們從不靠吹奏小號或者黑管來比賽誰的聲音響亮。恰恰相反，他們在比著看誰能演奏得最輕，他們只是輕輕地吹著短號、低音號和薩克斯風而已，只是這樣隨隨便便吹著自己愛聽的曲子而已。這時，就連那些曾經對舒瑪瓦山人的外表感到失望的婦女，也有了笑容，跟那些從一大早就沉醉在這舒瑪瓦山音樂中的人們在草坪上滾動著的笑聲一樣，現在她們也有著同樣的歡樂，爲能聽到如此溫柔如此動人的音樂而對樂師們肅然起敬。有一次，天上落雨了，樂師們便停止演奏。當婦女們看到那些樂師將樂器仔仔細細包進一塊上了蠟的帆布裡時，不禁感到有些惋惜。後來樂師們進了飯館，坐下來。在飯館裡，不管顧客們怎麼請求，他們就是不演奏。因爲他們從來只在街上演奏，只站著在人群中演奏。現在，他們坐在飯館裡一聲不吭地喝著酒，盡情地釋放憂愁。他們就這麼坐著、喝酒、休息、張望著，他們樂意看到所能見到的一切，除此之外，似乎別無他求。婦女們站在飯館的走廊上，擠得水泄不通，只要有人轉一下身，就有一個人要淋雨。雨下得極大，可婦女們卻預感天氣會晴朗起來。她們舉頭望那下著傾盆大雨的蒼天，卻看到烏雲開始散去，大雨已近尾聲，飯館後面已經露出了藍天。總有一名婦女跑進飯館裡來對樂師們宣布說，雨快停了。可樂師們仍舊一動不動地坐著。他們別無他求，只想這樣一直坐到天黑，只想這樣看著周圍的人和物。他們既不想走路也不想演奏，只想這麼坐著，木然而舒坦地望著周圍的一切。婦女們便又跑出去宣布樂師們已在調樂器，一會兒再開始演奏。她們跑到飯館外面仰天張望，大雨立即淋得她們全身濕透。她們穿著拖鞋站在雨水蓋過腳踝的水坑裡，可仍舊高興地回到走廊上對大家說，雨快停了。

春天，當這些舒瑪瓦山的樂師們到來的時候，我簡直愛上我的媽媽了。她隨便圍了條圍裙，餵完豬，上午就跑出啤酒廠，樂師們將她帶到一個比啤酒廠更加美好的世界。於是，媽媽忘記已到中午時分，跟著那群婦人走過大街小巷，一直走到哈貝什、磨坊和足球場。她在那裡一回頭，看到太陽正在下山。不光她一人，與她一道來的婦女們也是到傍晚才猛然清醒，想起丈夫和孩子們正等著她們回去做晚飯。我媽試著奔跑，可無情的太陽仍舊下了山。我爸一個人擺好餐具，要在平日，他通常喝喝咖啡、吃吃麵包也就算了，可他今天就是想吃醬汁澆肉。他坐在餐桌前，將杓子弄得叮噹響，一臉不悅地朝窗外看。啤酒廠的煙囪上有個什麼東西在強烈地吸引他。他站起來，靠在桌上繼續觀看那根聳向天空的煙囪。小鳥在嘰嘰喳喳，飛來飛去，我爸只顧用杓子敲著碟子邊。我媽一回到家便深表歉意，她立即生火、熱肉和調醬汁，熱好之後端到桌上。可我爸卻站起來，扔下杓子，倒了些溫咖啡，切一片麵包，慢吞吞地吃著，一直望著這根啤酒廠的煙囪。我從河邊回來，太陽已經下山。沃蕭烏斯特太太在河堤上飛跑，她的丈夫狂怒地在她後面追趕，想要揪住她的頭髮，可是沃蕭烏斯特太太跑得比她丈夫快，沃蕭烏斯特先生抓了個空，兩人繼續往前跑，只聽沃蕭烏斯特先生大聲喊道：

「我要讓妳的那些舒瑪瓦山人好看！」等我走到河灣盡頭，太陽已經下山。我看到，札維斯基太太也在堤岸上飛跑。她的丈夫，機械師札維斯基先生緊追在後。他邊追邊喊，她則拚命往前跑。她先生想加快腳步追上她，好往她屁股踢一腳。可他太太一看要被追上了，便又加快腳步。結果札維斯基先生總也找不到機會站定一隻腳，將另一隻腳踢到她的屁股上，只得繼續這樣追跑著。札維斯基先生還邊追邊大喊著：「我要用棍子趕走妳那些舒瑪瓦山人！」夫婦倆就這樣消失在暗黑的黃昏之中，已經跑到了鐵路橋的那一頭。等到他們跑進第一座村莊時，札維斯基太太恐怕會跑得筋疲力盡，他們的婚姻關係也將邁出新的一步……

中學六年級女生

在我們小城，最大的孩子莫過於成年人，其中又以演戲的成年人為最。每當宰豬節，吃山鶉和野兔，特別是總排練的時候，幾乎所有這些業餘演員都會跑到啤酒廠我們家來。每兩個月，排練新劇的那幫人都要歡聚一次。先是在我們臥室裡讀好幾晚的臺詞，又喝啤酒又吃奶油抹麵包，反覆朗誦將要演出的臺詞，然後坐車去布拉格，看看那裡是怎麼演出這齣劇的。接著，就開始了那最美好的排練時期。我媽只給山羊喝點水和給豬餵些食物。在排練之前老早就穿上戲服，腋下夾著劇本，或步行或騎著自行車進城去了。可這已經不是我的媽媽，而是她將在下一個劇中扮演的某個女人。演出《城郊》一劇時，我媽媽講的是布拉格話，粗野得讓我爸爸不得不去看一下劇本上是不是真有這麼一些話。當她扮演一位闊太太時，她會故意拉開與人的距離，與我爸爸談話時的口氣就會相當高傲，盛氣凌人。當她扮演娜拉[33]時，最初她對我爸很和藹，幾乎像他的女僕，後來當娜拉在劇中發生變化之後，我媽就以離婚來要脅我爸，威脅他說她要離開他。直到我爸在劇情簡介中讀到，明白這只是她在最後一幕中的臺詞，我媽本人並不是這麼想的時候，他才放下心來。不過我爸還是被嚇了一大跳，因爲我媽在戲劇中表演得比在生活中還要像，她是那樣由衷地說要離開我爸，獨自開始新生活。又當我媽扮演苔絲德夢娜[34]時，我爸爸在最後一幕中的感受和奧賽羅一樣。他遺憾這個主角沒能由他來擔任，哪怕跟我媽試演一下這最後一幕也好啊！我現在看到，我爸是如此地融入角色。在所有那些表現嫉妒的戲中，他都演得如此由衷，怡然自得。有一次，他將我媽推倒在地，對她大吼大叫。他一手拿著劇本唸臺詞，另一隻手把我媽的手都抓痛了。我媽對他嚷嚷，叫他放開她，並說他簡直是個粗暴的人。可我爸卻反駁說劇本上本來就是這麼寫的，說他完全是根據劇本上的臺詞來演的。他還想和我媽一起排演結尾的部分呢。可是我媽卻看一下錶說，她得到劇院排練了，因爲我爸說他要像奧賽羅在戲的結尾時一樣掐

33 挪威戲劇家易卜生（Henrik Johan Ibsen,1828~1906）的重要劇作《玩偶之家》中的女主人公。
34 莎士比亞（William Shakespeare,1564~1616）的名著《奧賽羅》中的女主人公。

死她。就這樣，我媽每天晚上排練前總是穿著那件藍色戲服走過廣場。她腋下夾著捲起的劇本，大家向她問候致意，要她停下步來。他們將我媽媽圍成一團，我媽則笑容滿面，告訴他們什麼戲將要上演，誰在戲裡擔任什麼角色。我則站在拱廊裡，在我背後是雷哈先生開的鋪子。他專門收購野兔、山羊羔及鼠狼的皮，臭味重得只有非去那裡的人才去那裡。其實，那熏人的臭味還不是從雷哈先生鋪子裡冒出來的，而是從鋪子後面的河邊，從樓房後面廣場的拱廊下面出來的。那裡有從屠宰場運來的全部骨頭，那裡的骨頭堆得像座山；不光骨頭，還連肉帶筋。可是太陽，主要是老鼠，將筋、肉啃個精光，只剩下骨頭。天黑時，這些骨頭就像教堂塔頂上發著磷光的指針一樣光芒四射。我正靠在拱廊下的一根柱子上站著。廣場那一邊，散步的年輕人正在來往走動，姑娘們四人一排挽手同行，嘻嘻哈哈笑個不停。小夥子們也四個人挽成一排，邊走邊對著她們笑。他們彼此喊著叫著，一群人往上走，一群人往下走，半途相遇時，男孩們個個都迫不及待地想看到自己相中的那個女孩，直到這個女孩也看到自己的男孩爲止，這些年輕人就這樣一直玩到天黑。在黑死病紀念柱這邊，則有些成年人走來走去。他們或將手擺到背後，或拿著一根小棍子，不時還要看一下錶，彷彿要去哪裡趕火車。我母親與大人們散一會兒步，然後又獨自穿過散步長廊，彷彿在尋找誰。我站在遠處看到，我媽並沒有在找任何人，只是裝作在找人，讓大家看到腋下夾著劇本的她。她甚至還裝得很有派頭的樣子，總而言之，跟別人不太一樣。因爲她除了本職工作之外還業餘演戲；又要演一齣新戲了，因此大家有足夠的時間分別見到，母親在日常生活中是個什麼樣子，她在扮演一個與她完全不同的角色時又是個什麼樣子。不止是母親，其他演員也都到我家來了。這些人我全都認識，因爲我替他們用奶油抹過麵包，幫他們遞過啤酒。他們也都穿著漂亮的衣服，每個人的胳肢窩底下也都夾著一本捲起來的劇本。到天黑的時候，廣場上就能見到十來個夾著劇本的人走來走去。

所有在下一齣戲中將要演出的人都和藹地停下步來，彼此微笑著，將這些劇本在空中抖一抖，有的還用劇本捲成一個望遠鏡擱在眼睛上。這些大孩子就是這麼玩的。我仍靠在柱子上，我背後的雷哈先生的鋪子一直亮著燈，從鋪子裡冒出一股讓人受不了的氣味，誰也不到這一段拱廊裡來，因此我能不受任何干擾地觀察一切，看到經常上啤酒廠到我們家來的那幫業餘演員，準備去參加排練的情景。看著他們那副樣子，我還真感到有些不好意思。公演前一個禮拜，當演員們已經記住了自己的臺詞，他們便不去廣場而直接去劇院。在總排練前三個小時，他們便穿上戲服，也就是穿著上臺演戲的服裝，以便適應穿著它演戲。於是，穿著拖地長袍的奧賽羅，也就是藥師先生就這樣穿過廣場走到公爵旅館去。他用手提著銀袍的一角，免得踩著它跌一跤。他已經把臉塗黑了，圍著一條金色寬腰帶，在廣場上走來走去，最後才進到旅館，要一杯酒來提神。我母親整星期來連餵羊的時候都穿著苔絲德夢娜的緞子長戲服。回答人家的問題時，也心不在焉地說出臺詞：「羅德利哥，是威尼斯人？」她微微一笑。她的表情時而充滿愛意，時而又不幸至極，全憑她想到的戲中情景。她穿著這件長衣裙上了街，故意不直接去劇院，而是跳下車來，將自行車靠在售報亭旁，然後又爲了避免跌跤而提起長裙下襬，穿過黃昏中的散步長廊。她貌似因爲找不到奧賽羅而驚訝。這奧賽羅實際上就是藥師，他正在公爵旅館，手裡端著酒杯跟大家說，奧賽羅實際上是個有著高貴身分的粗暴之徒，扮演這個角色的就是他。校長先生卻化妝成一個威尼斯貴族在長廊散步。他常轉過身來回應人們的問候。他還身佩長劍，在這一整個星期裡，他連上課時也這麼帶著長劍，穿著長筒靴。他還常摘下那頂插有鴕鳥毛的威尼斯帽子向人致意。除了那個愛嫉妒的奧賽羅之外，我爸最喜歡一齣名叫《影子》的戲了。我媽在上演這齣戲之前的最後一個禮拜，去向人家借了一部輪椅，因爲她所扮演的那個主人公幾乎從頭到尾都在生病，一直坐著輪椅活動，於是，我媽媽便坐著輪椅在房間裡出出進進。看到她那想起身卻總也起不來的費勁樣子，簡直讓我驚訝不已。我父親興致勃勃地推著她從一個房間走到另一個房間，而我媽卻在自己跟自己對話。從她的言詞中聽得出來：她丈夫是一位著名畫家，在他的畫室裡創作出美麗的圖畫，可她卻沒法行走。她非常希望自己能夠康復，到她丈夫在巴黎另一端的畫室去看看。我爸精神抖擻地推著我媽，幫她排練她所扮演的角色。我看出來了，要眞是這種狀況的話，我爸肯定高興。他就希望我媽走不了路，終生坐在像今天這把名曰《影子》一戲中的輪椅上。我必須承認：我媽的確是位好演員。當我父親看到她在第三幕中詮釋出於毅力，終於從輪椅上站起來的情景時，連他自己也希望我母親能站起來。她一步一步挪到計程車那裡，然後又一步一步上樓梯，來到戲中那位畫家丈夫的畫室，卻發現她丈夫和另一個女人住在一起……而我母親，當她演到得知這狀況時，在家裡就變得整個垮下來，她從廚房慢慢地爬到走廊，又一步一步挪到啤酒廠院子裡。她是扶著牆壁在挪步的，啤酒廠的人還以爲我媽腰痛。隨後，我媽又艱難地回到房間，朝我爸爲她準備好的輪椅走去。她坐上這部輪椅之後，將一床格子紋樣的毯子蓋在自己腿上。我父親於是又高高興興地推著她從一個房間走到另一個房間。我媽說，她將這樣坐著輪椅直到生命結束。就這樣，我父親至少高興了一個禮拜，能看到他期望中的妻子。這些年來，我對這些劇碼都已經非常熟悉，但我從來沒進劇院看過這些戲。我知道，我要是靠到哪個支撐樓座的柱子上去看這些戲，我知道，我恐怕會臉紅，不是因爲感到羞恥，而是覺得有點不好意思，覺得將會發生什麼不測之事，比如說我媽會失去記憶，突然扮演起什麼別的角色來，不過這僅僅是一種想法而已。布幕一拉開，我媽媽出現在臺上。讓我感到害怕的是：我會看到一位跟我所希望的完全不一樣的媽媽。我喜歡那些有點胖的媽媽，她們總待在家裡，非常關心家庭。跟我父親一樣，我寧可要一位坐輪椅的媽媽，而不想讓她總是到處瘋跑。後來，小城的人一見到我，都要拍拍我，彷彿我就是劇中那位太太的兒子；他們對我那麼熱情，彷彿我也演了戲似的。有時，當我走在散步長廊裡，當我走在放學或上學的路上，我總感到不好意思，因爲我根本無法在我們小城裡安靜地獨處。大家拚命地跟我打招呼，友善地向我揮手，而我卻並不認識他們，如果說認識，也只是在街上碰過一面而已。所以我總是悄悄地上街，所以我樂意站在拱廊裡。皮貨店和擺了好久的骨頭就是我背後天使般的衛士，雷哈先生就是我的保護神。他店後的那一堆骨頭和皮貨散發出來的臭味，就是我躲開人群的靈丹妙藥……儘管劇情故事完全異樣，發生在另外的地方和另外的時間，業餘劇團的這一幫人馬也照演不誤。這一年冬天，開始排練《中學六年級女生》，那些曾經到我家過宰豬節，吃山鶉和塗油麵包的先生的老婆們也到啤酒廠來背臺詞。我坐在廚房裡，怎麼也無法理解我所聽到和看到的這一切。由我媽媽主演的那位六年級女生倒是與她本人的形象相吻合，可當我看到她的那些同學竟然由一些胖女人來扮演時，不禁覺得有些滑稽。我原先以爲她們只爲開心鬧著玩，故意這麼演的，到她們第二次對臺詞之後，我才看到所有這些胖女人們是在玩眞的。她們一個個都覺得扮演這些中學六年級女生非她們這些胖女人莫屬。她們都很賣力地在房間裡蹦蹦跳跳。我母親扮演主角丹娘，這姑娘深深地愛上了劇中的中學教師西赫拉瓦。每當我媽在家裡排練時，我爸爸就將一塊布條綁在一隻眼睛上，扮演這位獨眼龍老師西赫拉瓦。他對我媽媽愛得甜美地歎息著，當他回答我媽媽的問話時，嗓音總是顫抖的，藉口是想讓我媽媽演得更好。我爸和我媽演了第一幕的結尾，即丹娘從班上跑掉時，掉了一塊小手帕在地上，我爸則連忙彎腰撿起這塊手帕吻一下，將手伸向我媽消失不見的那一扇門，輕輕地喊一聲「丹娘！」……後面的戲便是在劇院裡排練的。我母親將一部縫紉機搬到啤酒廠。來了一位女裁縫，比著尺寸幫女學生們縫製服裝，讓女生索沃娃、馬拉契科娃、瓦拉什科娃和我媽媽在膝蓋以上、海軍藍襯衫下面有一條訂做的百褶小短裙，頭上有一個大白蝴蝶結。服裝縫製好之後的那天晚上，藥師的太太、法庭顧問的太太、執教校長的太太都來了，她們在我們房間裡心花怒放地試穿著衣服，笑聲不斷，因爲她們已經融入了角色中。她們當中一位喊道：「姑娘們！我們將來一位新老師，聽說是一位美男子，不過只有一隻眼睛。」馬拉契科娃說：「一隻眼睛足夠了，要是用兩隻眼睛看到我們，他在第一堂課之後就得逃跑。」瓦拉什科娃則說：「那我們就稱呼他傑式卡[35]好了。這樣的人還要來教課？可惜他教的不是關於愛情的課，我倒眞想要一堂特別的課。」我坐在廚房裡，靠著牆，覺得很難爲情，額頭上冒著冷汗，爲我剛才所聽到的那些東西而臉紅。當臥室的門一打開，四名穿著百褶短裙和水手上衣，頭上還綁了一個大蝴蝶結的女中學生捂著臉咯咯笑著，穿著高跟鞋碎步走進來時，我立刻認定，這齣關於中學六年級女生的戲算是完蛋了。媽媽扮演的這個女生最後一個跑進來，她笑得很不自然，所有這些胖媽媽們都笑成一團，連她們自己也清楚地知道，她們演得不像，可她們仍然挽著手，鼓起勇氣相信不存在的事實，認爲自己相當不錯地扮演了中學六年級女生。她們又吹口哨又嚷嚷的，高跟鞋不時讓她們扭傷腳。到後來，她們乾脆穿上皮大衣，步行上街，去散步長廊裡蹓躂一番，到公爵旅館裡去喝杯熱咖啡，像活廣告一樣向大家宣告小城下一回將公演什麼。這個晚上我發現，與她們相比，戴著海軍帽的佩平大伯算得上是十分正常的一個人了。我坐在靠牆的椅子上，想起曾經有一名四年級的漂亮女孩。我們的教室門一打開，她便走到我們男生中間，走到我們校長面前說，她們的校長請求將我借到她們女子中學去，說一會兒就將我還回來。我於是去了。那女孩跟我一樣穿水手上衣，她領著我朝男校的頂樓走去。那間房子有一扇鐵皮門，她打開這扇門，我們就到了頂樓。女孩又關上背後的門，領著我走在橫梁下。半路她停下腳步，要我走到她身邊。我們彼此挨得很近，她的上衣隨著她的呼吸一起一伏。她離我很近很近，像玫瑰和稠李花一樣散發著芳香。她的眼睛也離我很近，我的呼吸也很急促，我連忙閉上眼睛。她往我胸口上一戳，對我耳語：「是眞的嗎？」我知道她指的是什麼，卻說：「什麼？」她對我說，聽說我的胸口上刺了一條裸體美人魚。我點點頭。她又對我耳語說：「我可以看一下嗎？你肯嗎？」我又點一下頭。我笨手笨腳，打不開那藍條橫領蓋。她敏銳地看著我，呼吸急促地幫我打開領口小扣。她的手指直發抖。當她解開我的水手服翻領時，她便站在那裡驚呆了。我睜開眼睛，看到她眼裡洋溢著驚羨之情。她讚歎一聲：「眞是太美了！」就這麼定睛地看著，手指沿著刺青圖案的線條移動著。某處砰一聲門響，嚇得她立即將我的藍條橫領蓋扣上。她將手伸給我，要我牽著。我感到她的手好軟好軟。她在牽我走，我眞希望她永遠這樣牽著我，讓

35 揚・傑式卡（John Zizka of Trocnov and the Chalice,1360~1424），為捷克胡斯革命時期最著名的軍事統領。

我能握著這隻手走到天涯海角。我一輩子不求別的，只希望這隻女孩的手永遠永遠握在我這隻男孩的手裡。可是，一切都結束了。她打開鐵皮門，走進隔開我們男女兩校的走廊。她又將背後的門關上，走進女校，下了一層樓，打開門。我在光亮中看到站在窗戶對面的校長。他將我送到講臺上，對我說：「是這樣的，孩子，這裡四年級的姑娘們不知道所羅門改名爲保羅是怎麼回事，你說給她們聽聽！」我瞅一眼教室，課堂裡坐著中學四年級女生們。我看到她們中間有一半穿著水手服，個個都有一雙藍眼睛。她們注意地看著我，帶我來的那個女孩對我笑笑，舉一下鑰匙，算是作爲我們的一種標誌吧。我在腦子裡翻了一下《聖經》歷史的篇章，隨後看到了我用彩色鉛筆畫過的那張圖畫，開始暗自默讀了一遍我昨晚在床上讀過多遍的內容：所羅門正騎馬前行，閃電將他擊倒……我幾乎一字不差地背誦完這一故事後，看了一眼女孩們，她們比以前更憂傷了。校長快樂地喊起來：「姑娘們，妳們該感到害羞！一個五年級的男孩比妳們知道得多得多！謝謝你！」拿著鑰匙的女孩站起身來，我們重又走到門口，她重又打開門，關上背後的門。這一關門，便準確地告訴我：在隔開男女兩所學校的頂樓裡只有我和她了。可她卻繼續往前走，根本沒停步。她已經不想知道任何東西，也不想跟我一起站著，甚至也不再牽我的手，只是領著我走。她打開門，又關上背後的門。我們下一層樓，一開門就到了我們教室，她轉達了她們校長的謝意。我坐下來，心神不定，傻呆呆地看著，像如今在廚房一樣，看著我媽和其他的媽媽們離開這裡去排練《中學六年級女生》一劇。

沒想到《中學六年級女生》的演出非常成功。首演第一幕之後，觀眾不僅歡呼我媽的名字，還呼喚著其他演員的名字。丹娘的同學們都贏得了暴風雨般的掌聲。演完第二幕時，由我老師扮演的劇中教師西赫拉瓦先生撿起我媽掉下的那塊小手帕，將它舉到嘴邊吻一下，然後，將手伸向慌慌張張跑出教室門的丹娘，喊了一聲：「丹娘！」幕布緩緩落下，彩色聚光燈照在這位西赫拉瓦老師和綁著他一隻眼睛的黑布條上的三色絲帶上。幕布落下時，觀衆歡呼：「烏拉！烏拉！」幕布重又升起，導演，即印刷廠廠長米納什先生走出來，用悲傷的聲音說：「演出只能中斷，因爲德國希特勒軍隊，在今天早上越過我國的邊境，中午占領了布拉格，如今正在進駐我們的小城。」他號召大家保持鎮靜……從一大清早就已知道這一消息的觀衆們繼續坐著不動，等到廣場上傳來消息說，外面下著大雪，黑死病紀念柱下面停滿頭戴鋼盔、全副武裝的士兵的摩托車縱隊時，他們才從驚恐麻木中清醒過來，走進過早結束的黃昏，走進黑夜之中。穿著橡膠雨衣的外國軍隊，這些被雨雪覆蓋的橡膠人物雕像，正在煤氣燈下穿過茫茫黑夜。這些中學六年級女生們穿著皮大衣，也跑進了這黑夜。她們的白蝴蝶結在黑夜中閃閃發光。她們跑進公爵旅館去喝杯熱茶，但這已是完全別樣的茶，是她們在《中學六年級女生》第三幕中，和約芬溜冰場上的男生一起喝的苦茶。

哈米吉多頓

上文法課時，校長要我們排隊，然後領我們去廣場。最初，我們以爲他要帶我們到拱廊下去，據說我們的弗里德利赫·維利基在高林戰役中吃了敗仗之後，曾在這裡休息過和睡過覺。可校長卻將我們帶到廣場中心。我以爲他是想把已經不存在的水池指給我們看，因爲維利基在到拱廊睡覺之前，曾經坐在將小城自來水廠土耳其式水塔裡的水引來的木管上，分析過他失敗的原因。可校長也沒在這裡停下腳步，他又領我們走到黑死病紀念柱下，要我們在那裡集合。我們以爲既然那根柱子是爲了對付黑死病而建的，他肯定不會幫我們上文法課，而會對我們說，德國侵略軍就像很久以前的瘟疫一樣可怕。可校長卻要我們圍在一張德國占領者告捷克公民書的周圍。在這張用捷克文書寫的通告上，說什麼德國軍隊來到這裡是爲了保護捷克民族去對付敵人的，說誰若反對他們的到來，就要被送進軍事法庭。通告的簽字者爲侵略軍的司令布拉斯科維支。校長掏出一支紅鉛筆，在這張通告的十處錯誤下面畫上記號，接著又在十個與捷克語精神相違背的錯誤下方劃了紅線。他劃紅線的時候，就像批改我們的文法作業一樣，他還在布拉斯科維支的名字下方寫上：修辭三處，文法五處。說這就是寫文章的反面教材，凡是犯這種錯誤的人就不能將他當作有文化素養的民族代表。假如身爲帝國軍隊的指揮官，自己還出這樣的錯誤，那他首先就已經輸了。因爲只有更善於表達的人，才是最優秀的人。然後，我們又步行回到學校。侵略軍的到來更加激起屠宰工瓦西切克的憤慨，在軍隊進駐之前兩年，他經常騎著自行車跑遍城鄉各地，宣揚說最後的戰鬥必將燃起熊熊烈火。還叫大家去懺悔，爲這場由大天使加百列[36]率領的天使們進行的最後戰鬥做準備。大家都笑瓦西切克先生，可是他仍舊騎著車宣講他所稱之爲哈米吉多頓[37]的最後戰役。當他看到大家在取笑他時，他乾脆對著他們只喊「哈米吉多頓」幾個字。衆人對他的回應是乾脆幫他取個綽號，叫哈米吉多頓。於是，屠宰工哈米吉多頓先生便繼續到處傳布他這消息。由於他不善言談，而且還有點結巴，所以他就買了一部手提留聲機，綁在自行車的後架上，既不用它來做報告，也不用它來布道，而是用它來放留聲機唱片。那個加大音量的擴音器一路播送著「最後戰役」——哈米吉多頓。德國軍隊來到時，哈米吉多頓狂喜歡呼，因爲他以爲，同時也這麼在城裡和鄉下宣傳說，與帝國軍隊交鋒的是在大天使加百列領導下的天兵天將天使軍。他們將在這最後戰役中得勝，從此，將出現持久的世界和平。這位哈米吉多頓先生很肯定這一點，他又買了一張留聲機唱片。當第一張宣講哈米吉多頓的唱片放完之後，他便開始放第二張唱片，裡面是管樂和合唱〈最後戰役的烈火在燃燒〉。可市長大人被這第二張唱片的內容嚇壞了，城裡的居民也一樣。只要在屠宰場幹活的屠宰工哈米吉多頓先生一騎自行車出來，在什麼地方一停下，大家便會被帶著唱片的他嚇跑，就像他們曾經爲了避免在星期六到星期天的時間，要去幫我爸爸扶兩個小時鎖緊螺帽，而從他面前溜掉一樣。後來，傳來消息說，德國人已經因百姓反抗而闢了好幾個人。因此屠宰工哈米吉多頓先生來到哪裡，哪裡的人便立即逃跑一空，集市也會突然散掉，散步長廊裡的人也會跑個精光。因爲每個人都知道，儘管眞理在哈米吉多頓先生手裡，但誰都害怕這眞理，寧可像一條活著的小狗，也不願像動物園裡的一頭死獅子。當敵軍士兵進了城，住在法院對面的一座大樓裡時，那位屠宰工便騎著自行

36 據《聖經》稱，加百列為神的天使長之一，曾奉命去見聖母瑪利亞（見〈路加福音〉）。

37 據《聖經》記載，哈米吉多頓（Armageddon）是世界末日之前最後一次戰役的戰場。

車去那裡。中午時分，他將自行車靠在駐紮著帝國軍隊的大樓牆邊。他打開手提留聲機的蓋子，叉開腿站在這座三層樓的大樓前。大樓的二樓上懸掛著一條標語：「新鮮空氣從窗外來，良好願望往門裡進」。哈米吉多頓先生叉著雙腿，對著敞開的窗戶喊道：「雇傭兵們，最後戰役的烈火燃燒起來了！你們在哪裡？快出來吧！」可是，只能聽到窗戶裡面的打字聲音。「差役們！你們害怕最後戰役——哈米吉多頓！」這名在屠宰場殺豬剔肉的屠宰工大聲喊著。他叉開腿站在那裡，兩眼朝這座大樓投射出憤怒的目光。可這座大樓仍然鴉雀無聲，只是從窗戶傳出打字的聲音，每打完一行還叮噹響一下。

哈米吉多頓先生擰緊發條，放上唱片，響起了管樂和合唱「最後戰役的烈火在燃燒，讓我們進軍吧！」有個帝國士兵探身窗外，接著是第二個。從第三個窗口探出一名長官的頭，隨後，從大樓裡面傳出口令聲，大門裡衝出三個德國兵。他們用槍托猛擊這屠宰工，然後又舉起步槍，拔出刺刀，從上往下朝著留聲機猛一陣砸。留聲機飛到陽光下的石板地上，被砸碎的黑色唱片像個碎玻璃花瓶。唱機頭一蹦而起，哐噹響著一直落到法院那邊。這個鋼質彈簧好不容易才被牆壁擋住，在空氣中發出一聲可怕的巨響。開來一輛軍車，德國兵將鮮血直流的哈米吉多頓先生推上車。可他仍在微笑著，德國兵將他塞進帆布車篷下時，他仍在高喊：「哈米吉多頓！」

廣場又靜寂下來。唱機機頭在法院門口顫抖，從大樓裡走出一個臉色蒼白的職員，穿著一身黑色喪服，脖子上露著一塊綠色襯領。他撿起那些唱片碎塊，並將它們仔細地放進一個大紙袋裡。

我站在拱廊下面，我背後雷哈先生店鋪的大門，像兩張天使的大翅膀那樣張開著。我的目光穿過法院街，一直到他們曾經在那裡押走屠宰工瓦西切克先生的大樓。我看到，這也會引起像德軍司令布拉斯科維支那滿紙書寫錯誤所喚起的民族反抗意識的效應。我讀過他們在波蘭報紙上的書寫錯誤，在法國，在比利時，德國人對別國民族和人民都犯同樣的粗暴錯誤，他們根本沒法不犯這些錯誤。我知道，儘管外面太陽很大，雷哈老闆鋪子裡的吊燈仍然亮著。雷哈先生在燈底下最後一次整理那些臭乎乎的皮貨，爲他的鋪子結帳。因爲凡是猶太人便不許用這些骨頭和皮貨去換錢。我還聽說，雷哈先生將被送回波蘭的哈利契某個地方去，他原本是從那裡來的。

這一天果眞來到。我站在拱廊下面，背後的店鋪門已經關上。人們曾經在那裡買過獸皮和骨頭。雷哈先生帶著箱子和行李包坐在黑死病紀念柱下面的長椅上，他的太太坐在他旁邊。她臉色蒼白，一直盯著石板路面，連眼皮子都沒動一下。坐在她身旁的是她的兒子艾格，一個正在上二年級的小男孩。他們就這麼坐著，看著，似乎誰也沒去監視他們。可我知道，有人待在遠處盯著他們，而他們這一家子只知道，他們必須在廣場上等著，直到帝國軍隊的卡車將鄉下和其他鎮上的猶太人都收攏來，再將雷哈一家也裝上卡車，將他們一起押送到哈利契某個地方去。我奇怪爲什麼偏偏要把他們送走。因爲收購骨頭和皮貨誰都不會，也從沒有人像雷哈先生那樣如此快樂地工作。即使夏天，整列車的骨頭都腐爛了，被拉貝河那邊的太陽曬得發白了，臭氣一直飄到雷哈先生的窗戶，他也一樣成天笑咪咪的。我站在這關了門的店鋪前，只見雷哈先生的弟弟奧斯卡爾從莫斯特茨卡街走出來。這個總穿著長袍和長筒靴的人，平日負責看管一大堆骨頭，看得口乾舌燥。當我們有一次在他們住房前的壓水泵打水時，只見他用半公升容量的杯子一杯接一杯喝水，一喝就是十杯，有時甚至十五杯，然後，脫下靴子，站在骨頭堆旁齊到膝蓋的河水裡，吹口哨，有時還若有所思。大家甚至說他曾經會說五種語言，見過世面，對哲學深有研究，導致結果瘋了，糊塗得把什麼都忘掉了，只好來看守這個又長又大的骨頭堆。太陽把骨頭上的筋和碎肉曬得腐爛發臭，引得大老鼠來把它啃個精光。奧斯卡爾不管遇到誰，總說一句同樣的話：

「只需五分鐘的聰明就行！」

他拖著長袍，戴著黑禮帽，走起路來一隻手沿著腰部往背後甩。他如今正朝瑪利亞黑死病紀念柱走來，克舍薩列克幫他提箱子。這個克舍薩列克是我的一位同學。他既不會讀也不會寫，讀完五年級之後，眼下就在雷哈先生這裡幫忙整理骨頭和皮貨，他還一星期兩次充當搬運工，將它們運到布拉格，戰爭爆發前有時還運到慕尼黑去。如今克舍薩列克正高高興興地提著箱子，當他將箱子放到雷哈的箱子旁時，還樂呵呵地問候了一句：

「您好！老闆！」

奧斯卡爾站在那裡，一隻手甩在背後，頭上戴著那頂大黑帽。他無所事事地站著，有一會兒，他還拽著他那總被汗水沾得亮閃閃的耳邊長鬈髮。克舍薩列克則坐在瑪利亞黑死病紀念柱的石圍上，即使已是五年級的學生，他愛做的老本行仍是抽紗。這位老兄見不得自己的衣服脫紗，只要見到衣服上哪塊脫了紗，便抽將起來，抽完第一根抽第二根。這次克舍薩列克正好穿著雷哈先生在上個禮拜幫他買的那套針織服。現在他便坐在這裡等著他的老闆離去，他的手指頭就在一根接一根地抽著斷了的紗，直到拆了差不多整整一條褲腿。他長褲的一條腿已被他拆得短過膝蓋，成爲一長一短的瘸子。雷哈先生已經不去注意帝國的軍用卡車從哪開來，而是氣惱地看著克舍薩列克抽紗，就像每次看他坐在骨頭堆後面抽紗那樣。現在，雷哈正是這樣盯住他敏捷地抽著斷紗的指頭。奧斯卡爾轉過頭去望著天空，他的禮帽像一圈黑色的聖光。正當雷哈氣惱萬分之時，他的兒子艾格突然問道：

「爸爸，我們該回家了吧？」

雷哈先生的臉都氣紅了。他跑到黑死病紀念柱下，給了克舍薩列克一個耳光，就像校長在學校裡常出乎我們意料打學生那樣的大耳光。克舍薩列克的下巴撞在膝蓋上。他抬起眼睛，跟往常那樣，彷彿剛剛醒來，驚訝地看著自己那隻短到大腿的半截褲腿的腳。雷哈先生只顧在克舍薩列克的上方大嚷大吵，以致沒有看到卡車已從莫斯特茨卡街開來，停在瑪利亞黑死病紀念柱下的長椅前，看得出車篷下淨是一張張蒼白的臉和一雙雙驚恐的眼睛。從駕駛室裡跳出一名德國兵，哐噹一聲打開卡車後方的圍板，然後用槍押著雷哈一家上車。車上有個小洞眼卡住了雷哈太太的鞋跟，她氣得要命，德國兵用槍托把它敲了出來。車篷被風吹得鼓脹起來。艾格扯一下雷哈的衣袖，雷哈先生卻一直在對克舍薩列克大聲嚷嚷，說他毀壞了漂亮衣服，這是雷哈先生將他當作公司代表而特意買給他的。後來，狂怒的雷哈先生也上了車。他在車上還掀開車篷布對著克舍薩列克發火。等到艾格被裝上車，他便哭著喊道：

「爸爸，我要回家！」

他的聲音響徹廣場，像黑死病紀念柱上的瑪利亞雕像直沖雲霄，可誰都什麼也沒聽見，誰都什麼也記不得，誰都什麼也不知道。當奧斯卡爾被德國兵推進車裡和其他猶太人擠在一起時，他還抬起肩膀說：

「只需五分鐘聽明就行！」

克舍薩列克幫著把箱子裝上車，喊一聲：

「再見了！老闆！」

然後，再度坐到瑪利亞黑死病紀念柱的石欄杆上。當他一看到自己的褲腿時，已經毫無顧慮，興致滿懷地抽起紗來。下午，等我看到他時，只見他坐在黑死病紀念柱周圍的石欄杆上，像我所預料的那樣，仍在使勁地抽紗。他的長褲已被他抽得變成了短褲，他的外套只剩下一個領子掛在脖子上。哈米吉多頓啊！

奧國的獲勝者

在我上學時經常路過的廣場周圍拱廊下，富克斯先生開了一家書店和文具店。他可不只是一般的賣書。他先是問你買這本書做什麼，幫誰買，接著給你上一堂有關這本書的課，然後才賣給你。遇見寶貴的書，他便捨不得賣掉。如果非賣不可，他就叫人從布拉格寄來同樣一本書擺到貨架上。他曾在印度待過一年，從這時起，他就有了這麼一雙寶貝眼睛：每當他在昏暗的拱廊裡賣書時，他的那雙眼睛便在那裡閃閃發光。這是一對大眼睛，只是眼珠子有點移位，就像我爸爸那輛四〇三型斯柯達汽車上沒有調整好的一對前燈：一盞照向壕溝，另一盞卻照著天上。富克斯先生一見到他喜歡的人，便說：「精神領域裡的狀況在好轉。」

他用這雙沒調整好的眼睛中的一隻看著最高處的永恆，另一隻眼睛看著地面。他還是一個素食者，只買沒被澆過糞便的蔬菜，他總是根據市場上那些粗短菜莖上的褐色圓斑來辨認它們。直到大戰時期，我才開始喜歡富克斯先生來。汽油短缺時期，他將自己那輛通常只有國王們才乘坐的蘭賽亞牌[38]長型小汽車改用燒木炭的裝置，在後座上方聳立兩個關閉的大桶，像兩個馬斯格雷夫十四號爐子一樣大。每逢星期六，機工們便到書店過道上生起這兩個爐子。他們往裡面扔許多山毛櫸方木塊，等到可燃氣體足夠了，富克斯先生便穿上白色西服，坐進蘭賽亞牌汽車上街兜風去。他去廣場的那幅景象才叫美哪！兩名機工手拿鉤子站在後面，就像杜倫達克西斯公爵坐著豪華的馬車出行時，後面站著兩名身穿制服、無所事事的侍從一樣。富克斯先生乘車駛過大街小巷，車開得很慢，他向停下腳步的每個人說：「精神領域的狀況在好轉。」然後，將車駛進廣場，隆重地繞場兩周。機工們用鉤子在冒著煙霧的爐子裡撥弄著，書店老闆則昂頭，一隻眼睛看向無垠的天際，另一隻眼睛望著地面，汽車重又駛進那條通道，但幾乎每次都很難開進去，因爲通道窄得跟活塞要進到發動機的氣缸裡一樣，每次都被擋泥板掛住。機工們

38 為一種義大利名牌豪華運動轎車。

便不得不用千斤頂抬起車子，讓這輛蘭賽亞牌汽車駛進院子。這輛車大得只有散熱器能進得了車庫，汽車的其他部分只能留在院子裡。在啤酒廠，機工們也是用木料燃氣來發動卡車的。因為誰也不願跟著司機去當搬運工，領班便叫佩平大伯去跟車。於是，大伯從大清早就把爐子裡頭一天的灰燼打掃乾淨，生火。等到冒出藍色火苗，產生了木料可燃氣體時，他便從一個大口袋掏出一些方木塊扔到爐子裡。這時啤酒廠的工人們才將啤酒和冰桶裝上卡車。佩平大伯帶著一根長矛式的長鉤，站在駕駛室後面，開車時在爐子裡撥個不停，然後才翻過車身板踩到蹬板上，再進到駕駛室。可能機工們在安裝爐子時弄錯了點什麼，卡車每行駛五百公尺，便會減慢速度，顛簸起來，因此佩平大伯寧可老站在爐子旁，用鉤子在爐膛裡撥來撥去，弄得滿臉滿袖子都是黑煙。司機愛開玩笑，他總在笑個不停，常為他那輛布拉格牌的卡車停停走走的行駛而感到高興。當廣場上聚集了許多人時，他便停下車來說：「約瑟夫先生，這麼多人擠在一起，你去捅一下爐子吧！」佩平大伯已經站在兩個圓桶旁。他打開蓋子，將鉤子插進爐膛裡。司機不痛不癢地說了一句：「反正你在戰爭期間不也從大炮那裡搬過灰槽嗎？」

「什麼？你這頭閹牛！」佩平大伯吼起來，故意用鉤子在爐膛裡搗騰得火星四濺，從爐子裡冒出一團團黑煙，迴旋在汽車上空。轟隆一聲，將佩平大伯自己也擊倒在地，煙霧灰塵紛紛落在好奇的人們身上。可是滿身灰塵，連眉毛也燒得差不多了的佩平大伯，卻像聖伊希握著長矛一樣，緊握著長鉤大聲吼道：

「你這頭閹牛！大炮難道還有灰槽？你要是這樣去跟炮兵士官布林丘爾說，他肯定會狠揍你一頓，把你像金龜子一樣踩進地裡。你這頭閹牛！該死的笨牛！」

他關上蓋子，擰緊螺絲，在坐進駕駛室之前，對著那些在拱廊下傻瞅著他們的好奇者喊道：「奧國士兵又光榮獲勝啦！」卡車又開動了，恐怕是工人們沒把那產生木料可燃氣的爐子安裝好，使得這輛布拉格牌的卡車在開往各處分送啤酒時，總像打嗝一樣顛簸得厲害。可我卻認爲是因司機愛笑所致。他一笑便淚水直流，在狂笑中自然沒法好好握住方向盤。那位司機還有一大本事：他開關發動機時，總會從排氣管裡發出一聲巨響，路人嚇得不是臥倒就是盡快跑到拐角或店鋪裡。我和那個讀完五年級還不會讀和寫的克舍薩列克交朋友時，有段時間常到市府大院去參加葬禮。有個名叫包烏巴的同學就住在那裡。他也讀完了五年級，而且也跟克舍薩列克一樣老是留級，一直讀到十四歲才讀完。他們坐在靠後面的課堂椅子上，那時就已經跟大人一樣開始刮鬍子，常在後排椅子上玩撲克，有時還帶啤酒來喝。老師裝作在課堂上根本沒有他們一樣。正當葬禮在市府大院的地下室辦得有條不紊時，包烏巴端著一支氣槍，將一顆細散彈從地下室一扇敞開的小窗戶射到拉棺材的一匹黑色騸馬的後腿上。隨後，我們只是等著看熱鬧：那馬開始跑起來，馬車伕頭上那頂插有公雞毛的殯喪禮帽搖晃一下，他險些從高高的騎座上掉下來，靈車差點撞到領著侍祭童的主教身上。他們不得不跑起來，舉著十字架的那名侍祭童也在跑，免得被靈車軋到。歌唱團也加入奔跑的行列，靈車搖晃不停，馬匹仍在奔跑，靈堂上的花圈紛紛被撞倒。參加葬禮的人也只好開跑，以與大隊人馬的步伐保持一致，順手扶起倒下的花圈。直到抵達小車站時，受驚的馬匹才平靜下來，送葬的隊伍才又變得整齊。奏樂的時候，那些樂師們只要一跟著起跑，便停止演奏，可在停止演奏之前他們的樂器又一個個地接著出怪音。於是，這殯喪哀樂便這樣停了好幾次，就像放唱片時弦上得不夠似的。我、克舍薩列克和包烏巴坐在市府地下室裡笑個不停，彷彿在看卓別林演的滑稽電影，跟啤酒廠那位司機一樣笑得死去活來。他開著靠木料可燃氣體發動的卡車從殯儀隊那裡經過時，就在送葬隊伍最前面的那個十字架前停住了。

「佩平先生，你那爐子的通風不行啊！」司機說。弄得全身烏黑像個魔鬼的佩平大伯，立即跳到駕駛室後面，擰開爐蓋。殯喪隊伍讓路給他們，奏著憂傷的音樂離這輛布拉格牌卡車而去。佩平大伯用鉤子敲一下爐壁。司機盡其所能地先關上然後再啓動發動機……突然一聲巨響，從山毛櫸小方木塊燒著的兩個爐子裡，噴出一股黑煙，空氣中滿是煙霧，甚至連司機本人也嚇了一跳，因爲布拉格牌卡車摔了個「四腳朝天」，車斗撞到地面，那兩個大桶滾到了大伯身上。於是，他縱身跳到駕駛室頂上，卡車便又往前面倒，像座搖晃木馬似的。我、克舍薩列克及包烏巴三人站在市府大院地下室的小窗口旁，包烏巴在前一片刻還射擊了一次氣槍呢。當我們從暗黑的地下室朝陽光普照的街上眺望時，不禁爲這顆氣槍子彈帶來的後果大吃一驚。靈車的上空，冒著類似從行駛在太平洋的輪船煙囪裡冒出的黑煙和火花。拉車的馬匹驚嚇得飛跑起來。唱喪歌的跑到馬匹前面，送葬的人群爲避免掉隊，也在跑步。我們三人躲在地下室裡爲此一場面嚇得夠嗆，包烏巴連忙將氣槍埋進煤堆，等到出殯隊伍已經消失，卡車仍停在原處，從排氣管裡發出兩聲巨響，而佩平大伯穿著被爐子上方冒出的煙火燒掉了一大塊的外衣，站在那裡，帽簷還在燃燒。他大聲喊道：「奧國士兵又莊嚴獲勝了！」

聖體節[39]前一天早上，名曰天主屋飯館的老闆來電說，他們的啤酒賣完了。司機於

39　天主教規定恭敬耶穌聖體的節日，於三一主日後的星期四舉行。捷克人大都信奉基督教，當時對侵略者德國人信奉的天主教及其活動自然持抵制態度。

是把好幾桶啤酒裝上卡車，與大伯一道來到廣場。廣場四周設了一些小聖壇，都是用新砍來的白樺樹枝搭建的。飯店老闆要卡車開到走廊上，免得影響過節的遊行隊伍。遊行隊伍從教堂出發，走在隊伍最前面的是童男童女，他們提著幾百個用花朵和皺紋紙裝飾的小籃子，一路拋撒著玫瑰和牡丹花瓣。一路樂聲悠揚，走在遊行隊伍正中央的主教手裡端著聖餅盒。他頭頂上方的篷傘由四個大胖子天主教徒舉著，他們胸前佩戴綬帶，伴隨音樂節奏邁著步子。走在篷傘後面的便是信徒，他們都身著新衣，人手一束花。當他們在第二座聖壇前結束祈禱時，突然傳出一個奇怪的聲音。正當身穿藍白服裝的孩子們繼續往前走時，信徒們卻一窩蜂撲向白樺樹枝搭成的聖壇。我看到那亭子被推倒。信徒們扯下一根根白樺樹枝，將它們折斷，用小樹枝做成花束，再跑回遊行隊伍，任背後留下一片白樺林被旋風摧殘過的景象。我看到遊行隊伍已經走遠，佩平大伯正將啤酒桶沿著斜坡滾到地窖裡。我還看到快樂的司機正從卡車上推出最後一個啤酒桶。遊行隊伍在天主教堂那邊停了步，侍祭童們侍奉著主教將祭餅放到聖壇上，他深深地一鞠躬，迅速主持彌撒。當信徒們向最後一個祭壇移動時，主教大人又走在篷傘之下，信徒們再一次撲向白樺樹枝。我看見司機已經坐在駕駛室裡，對大伯耳語。大伯跳到駕駛室後面的車斗上，打開爐蓋，又用鉤子攪動幾下。就在攪動爐子的這一片刻，爐子立即噴出煤煙，一聲巨響震動了整個廣場，一團火雲升到聖壇周圍小白樺林上面。穿藍衣的孩子們連人帶花摔在地上。花瓣和花籃被這股氣流推得在廣場上打滾，像活物一樣跳動著。整片小白樺林倒在信徒們身上。大風將支撐篷傘的桿子也拔掉了，篷傘像氣球似的飄上天空，猶如童話中的波斯地毯，在廣場上空飛翔了片刻，落到佩平大伯的身上，將這位站在敞著蓋子、產生木料可燃氣體的爐子上方的大伯蓋住。幸虧主教的個頭大，身體重，扶著那原本是用來支撐篷傘的棍子，一直抓住它們站在那裡，等著煤煙塵埃掉下來。司機時而增放、時而快速減放燃氣，從排氣孔傳出兩聲巨響，成了這次隆重的聖體節的結束。佩平大伯用他那隻空著的手將篷傘布撥開。當煙霧降落，那些被響聲震倒在過道上可又一直將黃銅樂器抱在胸前的樂師們爬起來時，從篷傘布下掙扎出來的佩平大伯扛著鉤子站在冒煙的爐子旁邊，又在大聲喊道：「奧國士兵又獲勝了！」

下午，卡車在維沃達的飯館那裡卸啤酒。飯店老闆請司機和佩平大伯吃紅燒羊肉，吃完後，他們又坐回卡車駕駛室。因裝卸啤酒又累又煩的司機突然露出笑容，他聽到從遠處傳來帝國士兵的歌聲。他們正從打靶場回到軍營裡去。這是漢諾威軍官學校的一個學員連，還能聽到他們的靴子踏著石板路面的腳步聲。他們唱著軍歌。司機試圖啓動發動機，可都沒成功。

「約瑟夫先生，我們得添一些大木頭塊！在爐膛裡使勁攪動一下！」

漢諾威軍官學校的連隊從古利赫麵包店那邊走出來，佩平大伯又打開了爐蓋。士兵們開始唱起納粹軍歌，從卡車旁邊經過。佩平大伯按照司機的指令，用鉤子在爐膛裡使勁攪動一番。

爐膛裡又冒出一股濃煙，並在行進間的漢諾威軍校士兵頭頂上躥出一團紅雲，在空氣中啪的一聲炸開，煤煙、灰塵紛紛落到跌倒在石板地上的士兵們身上。他們連忙逃跑，快步躥到卡車後面藏身。茫茫煙霧中響著軍事號令，市民們在街上奔逃，躲進住房和店鋪。煤煙末掉下的時候，連長掏出手槍，跳上駕駛室的蹬板，在車身的掩護下，爬向躺在卡車後輪旁的士兵們那邊。後來，士兵們下決心跳出來，立即轉身拿槍瞄準佩平大伯。他正站在駕駛室旁邊，繼續用鉤子在爐膛裡攪動，然後拿起一個大袋子，將山毛櫸木頭塊倒進黑色的鐵皮爐膛，之後蓋上蓋子，擰緊螺絲，又大聲喊道：「報告長官！準備完畢！」漢諾威軍校的連隊士兵排好了隊，連長邁開步，帝國的士兵們從野地訓練中回軍營去了。他們唱起納粹軍歌：「爲了抗擊英軍，我們前進，前進……」

佩平大伯坐到卡車上，對著從躲藏的地方走出來的市民喊道：

「奧國士兵跟往常一樣總是勝利者！」

黃鳥

啤酒廠的圍牆裡面，樹枝與楓樹冠交相輝映，在圍牆轉角處卻立著一棵細長的白楊樹。啤酒廠的正中央是一座果園，啤酒廠後面一直到河邊，則是酸甜品種齊全的櫻桃園，裡面種了像士兵一樣埋伏著的六百棵果樹，而在箍桶房後面則有三十棵甜櫻桃樹，最大的一棵恰好在正中央。辦公室前是一片小松林，每棵樹上都有一個鳥窩，每棵樹上也都停著一群鳥在吱吱叫著。因此，在啤酒廠，每逢天氣晴朗，果樹上到處蹲著鳥兒，就像聖誕樹上掛著的飾物一樣。每當春天來到，就會飛來數百隻毛腳燕和普通的燕子，而到冬天，又會從挪威飛來數百隻灰雀和從馬祖里湖[40]飛來一種特殊品種的山雀。天快

40 馬祖里湖（Mazur），位於波蘭境內。

黑時，更有大群雨燕在亂飛和尖叫，等到牠們入睡之後，就會有貓頭鷹和蝙蝠悄悄在黑暗中飛舞。貓頭鷹飛得像踮著腳尖走路那樣悄然無聲，蝙蝠翅膀振動的聲音大不過人的平靜呼吸聲。我媽一見蝙蝠就關上窗戶，因爲曾經有一隻飛到我媽的衣櫃裡。有一次，她換衣服的時候，將襯衫連同在上面睡覺的蝙蝠一起穿到身上。蝙蝠突然驚醒，想要飛出去，把我媽嚇一大跳。她手腳亂舞，大聲驚叫。恐懼堵住了她的嘴，她弄不清什麼東西在她身上抓搔，什麼東西在她的襯衫裡一抬一拱的。她絕望地猛擊一拳，打死了這隻蝙蝠，也弄髒了襯衫。當她的手一觸到蝙蝠時，不禁跌倒在地；直到這時，我和我爸才停止大笑，因爲我們原以爲我媽是在排練一齣什麼新戲，在我們面前表演的就是她將要在劇院演出的……山雀、巫鳥、麻雀、燕雀以及紅胸鴝都飛到啤酒廠辦公室前面來，並在松樹枝上睡覺。我拿著手電筒朝樹枝一照，只見被我驚醒的鳥兒蹲滿了樹枝。牠們一動也不動，我都可以伸手抓住牠們。整片小松林簡直就是一家大型鳥店，像數張關於大自然鳥類的彩色畫頁。在松枝上蹲著這些毫無自衛能力的鳥兒，而樹枝也因鳥兒這個負荷而微微晃動。黑夜來臨，小貓頭鷹開始號叫。從天邊某個地方，從啤酒廠的屋頂以及簷板各處，自上而下傳來一種細弱的叫聲。有時，這些夜鳥的叫聲傳達了一種徵兆，是牠們在啤酒廠煙囪上和過道通風口傳出來的小夜曲。所有啤酒廠的人一聽到從四面八方傳來的這一哀號，便神情憂傷，會不禁想到一個人的身後事，因為這種鳴叫與呻吟，讓人心如刀割地難受。夜巡員沃尼亞特科先生在夏夜裡，總是將一件軍用大衣鋪在草坪上的菩提樹下的磅秤旁邊，他仰面躺著，腿邊總是趴著他忠實的小狗穆采克。夜巡員將兩手交叉枕在腦後，仰望星空。他就這麼靜靜躺著、望著，星星掉進他的眼裡，天空就像一棵掛滿星星、枝高葉茂的大樹。沃尼亞特科先生躺在那裡欣賞這滿天星光。他喜歡那在樹林間飛來飛去的貓頭鷹。牠們飛得那麼低，那麼悄然無聲。這些啤酒廠的貓頭鷹可說是讓你看得見而聽不見。我倒是聽到了牠們的響動，可這種所謂的聽見，恰似有一次我當侍祭童，提著油燈跟主教去幫一個人做臨終塗油的情景。那一次，我們打著燈籠到死者家。主教打開窗戶。臨終者斷氣，死掉了。他的靈魂從窗戶飛出，發出的聲音恰似飛動的貓頭鷹。每逢遇上小貓頭鷹們像瘋了的小狗那樣號叫的夜晚，夜巡員便在發酵房下面來回跑動，然後到蒸煮房和冰庫下面，朝上對著小貓頭鷹們大聲吼叫。他喊牠們，罵牠們，用棍子嚇唬牠們，就像對爬樹偷櫻桃的男孩們那樣。夜巡員愛生氣，喜歡大聲嚷嚷，以證明他在啤酒廠裡沒睡大覺，正在守夜。每逢這樣的夜晚，我們便坐在家裡細聽著這些小貓頭鷹的可怕喪歌。我們不願意去想的事，夜巡員偏偏提醒著我們，用紅筆劃上線條。他請求，甚至強烈地要求所有的小貓頭鷹飛離這裡，停止此一預兆死亡的號叫，這種對啤酒廠和它的員工不幸的招惹叫喚。到了後半夜，夜巡員便高興起來，走來敲窗把我們叫醒，竭力告訴我們貓頭鷹們已經接受了勸告，此時啤酒廠上空已經寂靜無聲，說他自己將去仰天躺著，用耳朵看守啤酒廠的錢櫃，用眼睛遙望星星。等到我們已經入睡，窗戶上又響起輕輕的敲擊聲，我們以爲大概是因爲颳一點風，蘋果樹枝在輕輕搖晃，輕柔地敲打著房間的門窗。可我爸還在床上坐著沒睡。他聽到好像有人在敲窗，還看到一隻乾瘦的手。隨後，讓我們大家都嚇一跳的是：窗外出現了一張魔鬼般的臉。那張在燈光映照下的臉，恐怖得讓我母親將被褥的一角咬在嘴裡。那卻是夜巡員沃尼亞特科先生的臉。他揮動著手電筒，光亮把他的臉抛撒得七零八落，他說有件重要的事情要告訴我們。我父親開了門，夜巡員指著幾個比他剛才那張露在窗戶的臉更使我們大吃一驚的人，給我們看。這只是一些正在走路的白腿，或者說只是幾件飄遊的白襯衫。過了一會兒，我們才看清，原來是一些穿著白色襯衣褲的釀酒工人。他們一個個睡眼惺忪、頭髮蓬亂，但他們都示意要我們起床跟他們一道走，因爲他們不想成爲被夜巡員叫醒的唯一的一群人。這個夜晚相當暖和，於是我們就穿著睡衣和拖鞋走出去。夜巡員帶我們走向牲畜欄，他一邊走一邊回頭用手示意說，有件了不起的東西正等著我們，說這既不像去年夜裡掉進糞坑的牛，也不是被捆綁的強盜，而是像前年抓到的、半夜帶到窗子底下我爸跟前的戀人。我從來沒見過夜巡員如同今天這般隆重和充滿神祕感。我們從牲畜欄那裡悄悄地朝籬桶房走去。這時沃尼亞特科先生又轉過身來，拴在他胸前背帶上的手電筒爲他照明。他用雙手示意我們要安靜，再安靜，像指揮一個絃樂隊似的指揮著我們，要我們走得跟飄起來一樣輕盈。夜巡員自己則撥開牛蒡的大葉子走進齊腰高的灌木叢中，手電筒照著葉子下方一片昏暗的綠色。穿著長襯褲的釀酒工人們有些猶豫，但夜巡員的手掌又一次引誘我們繼續前進。他那雙手是如此靈巧，具有誘惑力，彷彿是一雙森林女妖或林中仙子的手，於是我們穿過了籬桶房後面的牛蒡叢。平日我從不到這裡來，因爲我總害怕這些牛蒡葉會割破我的脖子。我從未到過這片蕁痲叢和有許多癩蛤蟆的潮濕地，可現在我卻被夜巡員的一雙手引誘到這般地步，甚至沒有感到鋒利的牛蒡葉刮傷了我的額頭。現在，沃尼亞特科先生關掉手電筒，領著我們走到中間那棵最大的櫻桃樹下，四周滿是掉下來的、黃裡透紅的亮晶晶的櫻桃。夜巡員用手指給我們看，說，我們已經到達目的地。於是，我們便站在這棵葉子茂密的大樹底下，互相你看我、我看你，眼睛閃亮得像盛開的櫻桃花瓣。沃尼亞特科先生亮起了手電筒。當我們抬頭往上一看，大家不禁驚喜得攤開了兩隻手。只見樹上蹲著一隻正在睡覺的大黃鳥，跟一隻小金鴨一樣大，可比黃鸝鳥又要大一點，牠正蹲在樹枝上睡覺。我們一直抬頭望著上面，都覺得這隻鳥像一盞點燃的燈，從牠身上放射出金色光芒。我轉過身來看看那些釀酒工人的眼睛。他們一直那麼攤著兩隻手，臉上浮現著那黃色羽毛的反光，我發現那些釀酒工人爲所見到的景象而變得漂亮了。我也因爲看到這隻黃鳥，覺得儘管夜巡員爲牠而叫醒這麼多釀酒工人，可還是實在值得，而且大家都因爲看到這隻黃鳥而感到榮幸。這隻鳥彷彿來自遙遠的地方，又彷彿從一個什麼動物園裡逃出來。沃尼亞特科先生跟我一樣沒去看這隻鳥，而只是觀察這隻鳥給大家留下什麼樣的印象，以及人們見到牠時那股高興的樣子。這段時間，他都處於驚訝狀態，本來他對自己爲牠而把啤酒廠工人叫醒是否恰當沒把握，現在他跟我一樣看到，黃鳥正好蹲在啤酒廠最美的一棵櫻桃樹的心臟裡，牠的珍貴已塗抹在我們所有人身上。

「這是一隻童話中的鳥。」箍桶師傅輕聲說。

「當法蘭西斯．約瑟夫在聖體節那天穿著白色制服，脖子上趴著一隻小綿羊出來散步時，曾經就是這個樣子。」佩平大伯說。黃鳥醒了，牠睜開眼睛，朝下盯著我們的眼睛。牠的眼睛像嵌在琥珀裡的名貴寶石，直盯著我們的眼睛。牠知道，我們的眼睛也在盯著牠的眼睛。當牠看夠了，當我以爲自己會突然昏過去時，這隻黃鳥卻歎了一口氣，深深地歎一口氣，慢慢地闔上眼睛，慢慢地入睡了，小腦袋垂在黃色胸脯上睡了。

「幸好你把我們叫醒，」我父親說，「我還從來沒有見過這麼美麗的東西。」

於是，我們大家從哪裡來，又踮著腳尖回哪裡去。到了牲畜欄附近時，沃尼亞特科先生說：

「你們知道這隻黃鳥是誰嗎？是屠宰場的那名屠宰工瓦西切克，也就是哈米吉多頓的靈魂啊！他是來向我們問好並告訴我們：最後的戰鬥在燃燒啊！哈哈……」

釀酒工人們的白色長襯褲，已沿著後院通向工人宿舍的路漸漸遠去，箍桶師傅和機械師傅的兩件白襯衫也已在黑夜中朝工資房[41]飄去。夜巡員擦去汗珠，他滿面水光，彷彿剛從水中浮出來。我還在哆嗦，父親將手伸給我，安全地領著我回家。可我睡不著，屠宰場這名工人的靈魂讓我無法入睡。天亮之前，我就起床了，悄悄穿上衣服，悄悄地打開門，又悄悄地走到箍桶房後面。最後一顆星星在天空閃爍。我抬頭一看那櫻桃樹冠，發現黃鳥已經不在上面，也許和那已經熄滅的最後一顆星星飛走了，從此，牠再也沒在啤酒廠出現過。就像屠宰場的瓦西切克先生，再也沒有在我們小城出現過。

41 一種不交房租，而用工人的部分工資來做租金的工人住房。

樹枝條編成的亭子

市政府頒布命令，要所有的卡車都上前線，父親沒想到連小轎車也會輪到這一天。四〇三型斯柯達小轎車被他成天又拆又裝，已不是因爲想要找出它運轉正常的祕密，而是想要它的輪胎和發動機能熬過戰爭。我奇怪父親爲什麼要融化一小桶豬油，將一個個平日用來裝果醬的瓶子擺在桌子上。當我看到父親將汽化器、分電盤和汽缸像煮熟了的梨子和櫻桃一樣放進一個個玻璃瓶時，我不禁笑了。然後，他澆一些豬油到這些零件上，又將它們像其他裝著熟果子的瓶子一樣放進食品貯藏室裡。這天晚上，他叮囑我在佩平大伯溜進城去找漂亮姑娘之前及時叫住他。我看見大伯在淋浴。他每天都淋浴。我看過他的身體，不得不承認佩平大伯全身都是結實的肌肉和筋腱，像芬蘭競技運動員努爾米。接著，大伯穿上長褲，甚至連帽子也戴在濕漉漉的頭髮上。我求大伯只花半個小時來幫我父親，不是安裝，而是擺放輪胎。大伯笑了，表示樂意。天快黑時，在我們去吃晚飯之前，父親便將我們帶到停放著四〇三型斯柯達汽車的車庫裡。我們在沒開燈的情況下，悄悄將輪胎一直滾到上面鋪了一層沙子和碎石英石的釀酒房的平坦屋頂上。上面還長了青苔和長生草。當我們到達屋頂上時，我還一直弄不明白，我爸爸究竟想把這些輪胎擱到哪裡去。直到他移開屋頂上一個已經廢棄不用的舊煙囪蓋子時，他才微笑著將這口深井指給我們看。大伯的白色海軍帽在黃昏中閃著光，父親卻不見蹤影了。回來時，他肩上扛著一捆粗繩，像攀岩運動員似的。我本想用繩子將輪胎捆起來，父親卻將繩子纏在大伯的胸背上。

「我們得先考察一下煙囪底部。」父親說。

他取下大伯的帽子，小心地放在發黃的長生草上，然後，將大伯帶到煙囪旁，用手示意大伯該做的事。佩平大伯於是沿著舊的螞蝗釘下到煙囪裡面。父親拽著他身上的繩子，一點一點往下放。那繩子突然一下繃緊了，大伯則懸掛在舊煙囪的半途中。父親雙手拽著粗繩，輕聲對我說，要我打開手電筒。我們看到煙囪正中央缺了幾根螞蝗釘，大伯只能懸掛在那裡。他千方百計想抓住什麼，可只能抓到一點油乎乎的黑煙末。父親一直往下放繩子，直到大伯先是齊膝，隨後齊腰，最後齊胸地站在煙囪底的粉末裡。

「佩平，你的腳踩得實嗎？」父親喊道，盡最大可能深深地朝煙囪裡面彎下身子。

「這裡淨是些不錯的煙末子。」大伯朝上面喊道。

父親高興了。「煙末是最好的防腐材料，比清油和豬油都要好得多。」他於是將輪胎綁在繩子上，放到烏黑的煙囪下面去。由我打著手電筒，大伯解下輪胎，將它埋在煙末裡。就這樣，四個輪胎便都被安全地保存起來。而那最後一個備用輪胎卻是掉下去的，因爲繩子在煙囪的稜角邊磨斷了。大伯倒是及時閃開了，可在輪胎掉下之後，一股煙末的噴泉像黑色香粉被強風捲成的柱子直沖煙囪上方，隨後消失在釀酒房的屋頂上，煙霧滾滾。我父親雙手緊緊抓住煙囪的邊沿，朝下大聲喊道：

「佩平，你出了什麼事嗎？」

可是從底下只傳出陣陣噴嚏聲。我打開手電筒，看到大伯在打噴嚏，而他的下巴，甚至整個臉部都淹沒在煙末裡。後來，大伯靠在煙囪壁上打了個呵欠，突然滑下消失了，只冒出幾顆泡泡。我父親嚇了一跳，立即將繩索纏在自己身上，然後請求我，說我已經是個大人了，要我盡最大的努力顯示出自己的力量。他下去了。當他觸著最後一級螞蝗釘時，便朝上喊話說：

「現在你要使出全部力氣！還缺五根螞蝗釘！」

我朝後仰著身子，叉開兩腿，繼續往下放繩子，直到繩子已經鬆開。我用手電筒一照，只見我爸已經站在齊胸的煤煙末裡，正用腳在煙囪底尋找，像尋找淹死的人一樣。他突然變得有些高興，鑽進了像水塘裡冒出的一團團旋轉上升的水汽一樣的煙末裡，等他鑽出來時，煙末從他身上徐徐淌下。他抓住佩平大伯的腰帶，用繩子綁著他。我用雙手捯動繩子，將它拽過煙囪口邊。我突然感到繩子鬆了，原來是佩平大伯已經站在螞蝗釘上快要上來了。我輕鬆地抓住了他。當他的頭已經露在煙囪口時，因爲天黑，我看到他黑得像西里西亞的一塊烏煤似的。他跳出煙囪口，立即仰天躺下，望著天上的星星。四周開滿了黃色的長生草，大伯嘴裡不斷噴出煙末。隨後，我又放下繩索，父親將它綁在自己身上。我將他一直拽到煙囪口，他像游出世界紀錄的游泳比賽者一樣，抽搐地抓住煙囪口邊，腦袋垂在手背上歇一會兒，等到重新恢復點力氣，才爬出煙囪口，隨後挨著佩平大伯仰天躺著，攤開手腳，望著天空，不時咳出些煙末。正當他們雙雙躺在長生草上時，我便捲起繩索，蓋上舊煙囪蓋。佩平大伯轉一下身，枕著手腕側身躺著，發出一種沙啞的聲音。

隨即，他用他那烏黑的手將白色海軍帽戴到頭上，笑咪咪地從窗戶口跳到釀酒房的走廊上。片刻之後，他的白帽子又在磅秤房旁菩提樹下的白色小道上晃動，朝著啤酒廠大門走去，然後消失在門外。佩平大伯是去探望他那些在約菲納和阿維約酒家的美女們的，看看她們在做什麼，爲什麼離開他就活不了。

這一晚，我父親細心收聽收音機裡的新聞，以便知道前線離我們這裡有多遠，什麼時候又可以用繩索將輪胎從舊煙囪裡吊出來，將裝在豬油瓶罐裡的汽化器以及其他零件取出來。而有關前線離柏林越來越近的最佳消息，我們可以從弗里特利赫這名穿著奧匈帝國軍隊制服的長官工程師身上看出來。他已經是第二年在啤酒廠的後院裡裝配車床，好讓他的漢堡公司能繼續運轉下去。當戰線移到弗拉基斯拉夫時，這位長官在下午就已坐到釀酒房後面，那後院的矮屋簷朝下傾斜，形成一個懸垂體，這位長官就在它下面放一把小椅子，因爲那裡怎麼也淋不到雨。可是，前線要是從弗拉基斯拉夫移開了，弗里特利赫先生就開始用自己砍下的直樹枝搭成一個亭子。要是前線挪得更近，過了我們邊境，這位奧匈帝國的長官便坐不住了，午飯後立即回到後院，用木頭塊做成椅子，用柳條編成桌子，傍晚就坐在那裡。爲了不去想戰線靠近的問題，便用枝條編一個大型的枝形吊燈。一個很漂亮的吊燈掛在那裡，像個西瓜或者南瓜，他還在裡面安裝一顆燈泡。他就坐在這個編織的鳥棚裡寫字。微風吹拂著這座小涼亭，吊燈也隨風擺動，他則坐在裡面寫字。我父親在去啤酒廠的路上遇到弗里特利赫先生時，從他的眼神便能得知：還不能讓他看到從舊煙囪裡取出輪胎來。有一天，這位長官先生將自己的行李裝進了箱子，對我父親說要到布拉格的司令部去，到第二天也沒回來。我父親坐不住了，他生起爐火，將裝著汽化器、分電盤和其他零件的瓶罐擺到爐臺上，又用萬用鉗將這些汽車零件夾出來擺到桌子上，自己圍著它們走來走去，還彎下腰仔細瞧瞧它們，將它們拿到手裡掂一掂。他那高興的樣子就像我媽在宰豬節看到屠宰工們將熏肉、烤肉、豬前腿肉、後腿肉以及里脊肉放在大案板上一樣。釀酒工人在後院扯下機器上的德文商標，隨即拿一瓶酒精，跑到蓋有弗里特利赫長官亭子的後院。我連忙從草坪那邊跑過來，看著這亭子。當釀酒工人們打開那扇枝條編織的門，只見亭子中間有匹玩具木馬，一匹很大的木馬，可以坐上去搖晃著玩。釀酒工人們把酒精澆在木馬上並點燃。烈火熊熊，燒掉了上面的馬鬃。燒啊燒啊，火花劈啪作響，木馬自己搖晃開來，越搖火焰越高，劈啪聲直沖雲霄。火焰越竄越高，連枝條編織的吊燈也開始燃燒起來。所有枝條像燈泡中的燈絲在吊燈上閃閃發光。火焰在吊燈的上方連成一團，徐徐上升。當吊燈的每一根樹枝都在燃燒、火焰升到最高點時，便突然脫落，掉到正在燃燒的木馬上，馬腿趴在地上，甚至燒得伸直躺在地上。木馬的兩隻玻璃眼睛也因恐懼而鼓突。這時，馬鞍也在燃燒，冒出一股熏肉味。最後釀酒工人把酒精澆到桌子椅子上，大火快樂的劈啪聲建造出另一個亭子，代替枝條涼亭的是遍布於樹枝木棍上的藍色和紅色火苗。當一切景物在這昏暗的傍晚顯得如此明亮時，那亭子突然勉強掙扎一下，跟那木馬一樣，片刻後倒塌在地。當那些編織成的牆壁也都塌掉時，火焰就燒得更旺了，可這都只是結束的開始，因爲一切都已倒塌，已經無形狀可言。到最後，地面上只是一堆冒煙的枯枝，像春天燒掉的草一樣。箍桶匠們提來一桶桶水，澆滅殘火，便又朝著高高的新煙囪那邊走去。年輕的釀酒工人展開旗子一角，爬到煙囪的螞蝗釘上。當他一步一步往上爬時，拴在他背後腰帶上的旗子迎風飄揚，有時飄到他緊抓著煙囪的手的前面。他幾乎是跑著往上爬。看得見他的手和腳拽著他的身子，乃至他那面迎風招展的旗子往煙囪上步步升高。釀酒工和箍桶師傅們都仰著頭，一個個表情嚴肅。那位年輕的釀酒工現在已經坐在煙囪口的邊緣，抓著避雷針喘一口氣，然後將旗子拴在避雷針上，旗幟高高地飄揚起來。年輕的釀酒工這時往下爬。旗幟在他腿邊低垂了片刻，可又立即快樂地飄揚起來。這時，後院那樹枝亭子的殘骸仍在閃爍，火花照亮著木馬的頭，藍色火焰燃燒的氣味，穿過春天的啤酒廠和花園。箍桶師傅抬頭望著煙囪上的旗幟說道：

「戰爭結束了，如今啤酒廠的主人又將是我們了！」

他已走進暮色之中，走進暗黑的院子裡。釀酒工人們也已回到工人宿舍。我父親扛來一捆繩索，對我說：

「走！我們去把輪胎取出來！」

「好的！父親！」我說。

教父

澤萊尼大叔住在緊靠河邊的地方。他的房子像一棟獵人屋，房子正面甚至還放了鹿角，院子裡有一個大板棚，板棚後面是一個種滿花卉和蔬菜的園子，用籬笆與河邊小道相隔。大叔的脾氣很古怪。他一般來說倒也相當溫和與親切，但就是愛突然大發脾氣，並且總是以壞結果收場。他之所以成爲我的教父，是有原因的：我父親曾三次求澤萊尼大叔幫他扶著鎖緊螺帽，使得他每次都在星期天中午才回家。澤萊尼大叔因這安裝工作而得了一種猝發症，導致要拿起一把寬刃斧頭將一個櫃子砍個稀巴爛之後才覺得舒服些。他跟我爸安裝過三次，便砍壞三個櫃子。當我該去行堅信禮[42]時，澤萊尼大叔對我說要幫我買一隻手錶，當我的教父，但條件是我父親從此不再找他說話，從此在星期六不再邀他去做扶一小時鎖緊螺帽的工作。就這樣，他成了我的教父。他的妻子娜妮便成了我的教母。可我知道，我爸之所以不喜歡我的教父，是因爲他自己只需用一把斧頭和小錘子，就能爲他的奧里安牌摩托車來一次總檢修，而我教父也不相上下，他靠一把寬刃斧就能將大小木頭砍出一座史瓦爾查德式[43]的掛鐘來。我喜歡教母娜妮，因爲她的樣子正如我對我母親所期待的那樣。每當我從學校回來，我總要在他們家的籬笆前停下腳步，看看板棚前的院子或者花園。天氣好的時候，教父坐在板棚前面，木工架上已經用三根螞蝗釘固定好了木頭，他手裡握著一把小木頭，用寬刃斧在砍削它們。我站在籬笆旁，看了一會兒寬刃斧的揮動。突然，他一斧子劈歪了，便轉過臉來責備地瞅我一眼，意思是我不該看著他。我抓著籬笆的板條站在那裡，教父拿著斧頭，一直盯到我繼續往前走，離開他那裡爲止。離開那裡幾步遠之後，我又透過籬笆縫觀察起我的教母娜妮來。若是天氣好，她便一直在園子裡挖土，使勁彎著腰翻土。春夏來臨，她又沒完沒了地爲蔬菜和花圃鬆土。有時我根本看不到她，只聽到她的聲音，根據她的粗布圍裙顏色猜出她在哪工作。她常整個人鑽進黑醋栗的刺叢中，用一把小鋤頭鋤去灌木刺叢，一步

42 是一種為孩子取教名、認教父教母的基督教儀式。

43 史瓦爾查德（Shvarcvald），為德國一小鎮，以生產掛鐘而出名。

一步往後退著走，有時站起來直直腰。我看到她的雙手大得跟啤酒廠趕大車的人一樣，指頭怎麼也併不攏，手掌腫得已不像手掌，而像兩個帶餡的大甜麵包。教父澤萊尼愛抽菸，實際上沒在抽菸，總是點著雪茄。我不管什麼時候站在籬笆旁，都看見他在口袋裡找火柴。等他點燃了雪茄，又接著進行他的工作。我教父用這寬刃斧在砍什麼，我從沒猜出來過。在敞開的板棚門板的兩顆釘子之間，掛了大概十來把大小不一的斧頭。教父有時拿起那把最大的，另一隻手拿著一小塊木頭砍來砍去，我從來也沒猜到這有什麼意思，這是幹嘛用的。有時，他拿著一塊厚木板，可卻又用他那把最小的斧頭去削砍。我每次都以爲他在做史瓦爾查德掛鐘。這種掛鐘鳴響時，會從裡面飛出一隻杜鵑來。有一回，教父翻遍所有的口袋找火柴，想重新點燃他的雪茄。沒找到火柴時，他便對著園子喊道：

「娜妮卡[44]，給我火柴，好嗎？」

可是教母沒聽見，因爲她正在園子的另一端用篩子篩土。教父吼了起來：

「娜妮卡，他媽的！火柴在哪？」

教母丟下鏟子就跑，圍裙被醋栗扯了一下，她還是在跑，一直跑到農舍裡，可教父已經在大聲怒吼：

「臭婊子，火柴在哪？」

教母用她的髒手拉著窗簾。她拿著一盒火柴，可又不想弄髒窗簾，於是改用手肘。

教父已在大發雷霆：

「臭婊子，我宰了妳！像塞一根釘子一樣把妳塞進地裡！」

他站起來，對著天空大喊大叫。他緊握拳頭，舌頭也腫了。教母拿著火柴跑進來，當她一看到這情景，就立即跑進板棚搬出一個櫃子，這麼一個小破櫃子，擺到教父面前，還給他一把斧頭。教父使出全部力氣將櫃子推倒，用一隻手打掉它的背板，然後又從側面將這櫃子打翻在地，使它整個散了架。眼下他這裡那裡的一頓亂劈，那櫃子已沒有一塊完璧；即使這樣，我教父的氣還是不消，他又將小門和小木塊砍成碎片。當他累得倒在一張舊沙發上叉開膝蓋歇氣時，教母便將這些碎木塊撿起來，兜在圍裙中拿去放到木柴箱裡準備生火用。教母每個月都推著一輛空車到舊貨店去買一個便宜的、最便宜

44 娜妮的暱稱。

的櫃子，拉回到這河邊小屋的板棚裡。教父總是有些不好意思，教母拉回櫃子時不得不將它遮住，就像她每次殺了鵝也總要用圍裙蓋上，才拿出院子去一樣，因爲我教父雖然愛吃鵝肉，但又見不得被殺的鵝。我常常與教父家的事故沾點邊：每當我一個月一次探望他們家的花園和院子時，總會成爲教父隨後爲之感到不好意思的一件什麼事情的見證人。他大概也因此而不願意跟任何人交朋友，也正因爲如此，在我爸爸答應從此不跟他講話的條件下，成了我的教父。當我們過完假期又開始到學校報到時，上午回家，天氣很熱，我想去河裡游泳，就將衣服搭在他家的籬笆上。我看見教母在洗一張大窗簾，跟旅館的窗簾差不多大。這時，她在園子裡釘了兩根釘子，拴上一根繩子，像搭被子一樣將窗簾晾在繩子上。我看到整塊窗簾是用鉤針鉤出來的，由代表十二個月份的圖案組成，每個月份裡鉤了一組天使，他們在冬天滑雪，夏天捉蝴蝶，秋天榨葡萄酒。每個月份裡都有用鉤線連起來的布貼天使、風景、小動物、蝴蝶和鳥類。我一直盯著看，竟然忘了去河裡游泳。我從未見過這麼漂亮的窗簾。我看著教母，發現她的胖手臂曬得跟搬運工一樣黑。我看到她自己也完全沉醉在這窗簾中，對她自己鉤出來的傑作怎麼也看不夠。我想，等她將這窗簾再掛上窗戶時，她肯定每天都會盯著看。我本想走到教母那裡去，可我知道，不能去，要是我去了，可能又會惹得教父砍碎一個櫃子，因爲他見到我跟見到我爸一樣心煩。隨後，教母消失不見，教父突然出現了，他手持斧頭，在花園裡找什麼東西。我看到，花園的那一頭堆著一些木頭和紅木板子，肯定是些李木和梨木。教父拽出幾塊這樣的板子，但哪塊都不合他的意，直到找到最後那段圓木爲止。他拿起它匆匆忙忙走過花園，他幾乎是在跑，精神非常集中地叨叨說些什麼。雪茄滅了。當教父開始奔跑時，他的褲子被拴繩晾窗簾的釘子剮破一個小洞。他輕聲喊著：

「娜妮卡，妳在哪裡？」

他細聽一會兒，可院子裡、板棚裡都鴉雀無聲，因爲教母正跪在河邊小船上洗衣服。我看看花園，又看看小船，眞不知道該怎麼辦好。

「娜妮卡，臭婊子，妳在哪裡？」

只見教父在大聲喊叫，踢著腿，還聽得見碰撞聲，教父的整條褲腿都被撕破了。我連忙奔向小船那邊，喊道：

「娜妮教母，快回家！」

教母站起身，全身濕漉漉的，兩手發紫。她跨過凳子，傾身飛速跑上小路，上了三級臺階來到花園裡。她拚命地跑，可是已經遲了。教父正在將窗簾亂扯、亂扔一通，還撕扯著他那剮破了的褲子，跺著腳大吼著：「我要像釘釘子一樣把妳捶進地裡！」

教母立即跑進板棚，搬出一個櫃子，可是教父這時卻拿起他那條剛破的長褲，將它一撕兩半。如今他身上只穿一條長內褲，手裡拿著撕成兩半的褲子奔跑，還邊跑邊將這兩條褲腿紮成一團，打開洗衣間的門，將褲腿塞進正在燃燒的煤火裡。

「好吧，臭婊子，把錢也放到爐子裡一起燒了算啦！」

教母連忙取出褲子，拿水澆在上面，從冒煙的褲袋裡掉出一些硬幣來，教母甚至從後褲袋裡掏出一個錢包。然後，她才將櫃子放到教父面前。教父徒手從側面將它推倒，櫃子整個散架，教父自己也與它一道摔倒在地。他立即爬起來，將櫃子的板子一塊塊拽出來，扔得到處都是。最後，教母給他一把斧頭，於是他像每次一樣，將櫃門、櫃壁劈成碎塊當柴燒。櫃子毀壞得越厲害，教父就越解氣。他的臉部肌肉開始放鬆，衝到頭上的血也漸漸平靜地流回原處。我手扶籬笆站在那裡，看著我教父和他那裡所發生的一切。教母拽出舊沙發，她丈夫筋疲力盡地坐在上面，翻了個身。他熟悉這一切程序，分毫不差：攤開手，攤開雙膝，仰望天空。教母兜了滿滿一圍裙的碎木片去板棚。教父對著天空說：

「我們斯拉夫人太容易衝動了。」

我倒希望我的父親也能這樣衝動，每次對著我們罵上一句「臭婊子」……

耶誕節前，下起了雨雪。當我埋頭從學校往回家的路上奔跑時，從鐵路橋那邊颳來刺骨的寒風，可我仍舊忍不住在籬笆旁停下腳步。只見教母在菜園裡拋撒牛糞肥料，用鐵鍬將糞堆耙開，耙鬆，再往前走。在她背後是黃色和褐色的肥料，在她前面是新落下的雪。教父站在一塊大木墩旁，用他那把最大的斧頭往輪子上砍出一個個齒痕來。我已經走到離他最近的一根籬笆那裡；我踮著腳尖走路，然後伸長脖子，好讓自己能看清楚教父做的工作，看他怎樣在砍削一個菩提木的小輪子。我忍不住喊了一聲：

「教父，我敢打賭，我能猜出你在做什麼。你一定是想做一座史瓦爾查德鐘。」

我本來不該說的，因爲教父太過於聚精會神，突然被我嚇一跳。現在我才發現，教父除了跟他自己之外，的確沒法跟任何人交朋友。因爲我的突然打擾，他一分心便割斷了一根手指頭。那手指頭掉到地上，蹲在鋸木頭的架子上的老貓跳下來，將手指頭叼到板棚去。教父望著那根斷了半截的手指，然後又看看我，眼裡直冒兇光。還沒等我回過神來，他竟然哈哈大笑了。

我大聲喊著：

「教母，快！快把櫃子搬來呀！」

可是，教父一邊得意地笑著，一邊將整隻手放在木墩上。我知道，他不是爲自己，而是爲他傳遍全城的名聲才這樣做的。他一斧頭砍下了手腕以上的整個一隻左手，還有足夠的力量抓起這隻被砍下來的、斷了指頭的手，使勁一扔，將它拋到大雪紛飛的天空中。這隻斷手從我頭頂上空飛過，我忙低下頭。它飛得很慢，彷彿在十二月的天空畫著字。我轉過頭去不敢看，直到那隻手咕咚一聲掉進混濁灰暗的河裡爲止。

教母飛跑著搬來櫃子，可是教父得意揚揚地展示了他那截還在淌血的殘肢。教母想將斧頭給他，可教父已經不想要了，已經用不著它了。我還一直扶著籬笆，頭挨著它，閉著眼睛。我扶著籬笆死不撒手，生怕自己也會像教父的手一樣掉進混濁的河裡。

後來，教父在醫院裡住了很長一段時間。我已經害怕沿著河邊走路和扶著籬笆去看我的教父和娜妮教母在做什麼了。春天來臨，戰爭接近尾聲，德軍撤走了。我父親整夜趴在收音機旁聽新聞。後來，有個消息傳到啤酒廠，說俄國人正從博列斯拉夫[45]開來。我父親爬到冰庫上面的平坦屋頂上，我還得趴著去幫他找出那兩瓶埋在爐渣裡的威士忌。可我父親已經忘記他在戰爭初期將這兩瓶酒埋在哪塊地方了。他忘了在方梁上做記號，於是我們只好將裝著一千兩百輛大車冰塊的冷卻室上方的平坦屋頂，整個挖掘一遍，還是沒找著。我爸爸已經感到絕望，他氣憤地將鐵鍬往爐渣上一扔，沒想到竟撞出輕弱的劈啪聲和玻璃的嘎吱聲。我們將這塊爐渣一挖掉，就看到一個破碎的威士忌酒瓶，爐渣已經吸吮了它最後一滴香醇，可在旁邊的一個瓶子卻完好無損。我爸立即抓起它，第二天，我們便去歡迎蘇聯軍隊了。當第一批灰塵遍體、堆滿鮮花的坦克出現在陽光下時，小城的人們紛紛跳上去，用提早盛開的藍色丁香花裝飾它們。我爸瞅了我一眼，微微一笑，擰開威士忌的瓶塞，跑去對坦克鞠了一躬。他伸出手，踮著腳尖。蘇聯坦克兵則使勁彎下腰來，差點從坦克上掉下來，但總算拿到了那瓶威士忌。他舉起這瓶酒，送到嘴邊……他猛喝一陣，我爸微笑地看著他，可那士兵突然臉色變得蒼白，手裡拿著威士忌酒，那瓶在整個二次大戰期間被我父親收藏著的酒，那瓶只有開著第一輛坦克進入我們這座小城的人才能得到的正宗威士忌酒，他卻冷笑一聲，將滿口名貴的佳醇噗的一聲吐出來，揮起手臂將酒瓶摔在屋牆上，將它砸得粉碎。那士兵還探出身子，他的手、手臂、眼睛乃至整個身子都在威脅著我那嚇得一步步退到牆邊的父親。那牆壁還在由上往下地淌著威士忌。我父親轉過身來，用手指抹了抹往下淌著的液體，放到嘴裡

45 博列斯拉夫（Boleslaw），捷克城市，位於東北部，離蘇聯較近。

舔一下，認定這的確是正宗的威士忌。可是坦克已經繼續朝前開去。那士兵如今正喝著啤酒廠箍桶匠們給他的一瓶普通蘭姆酒。他喝得相當多，邊喝邊點頭，還將瓶子遞給坐在坦克上的市民們，一直歡呼著勝利朝廣場駛去。第二天，從我教母那裡傳來一個消息，我教父去世了。當紅軍一直開到河邊，我教父立即爲他們打開花園的門，邀請他們所有的人進到院子裡，給想要睡覺的人提供床鋪。當士兵們已經入睡，教父折了幾枝藍白丁香。教母則在院子裡幫他給一條宰了的牛剝皮。教父想將丁香放進花瓶裡，擺到桌上，以表示歡迎在他家駐紮的紅軍的到來。教父還高興地想著等他們醒來一見到鮮花該會有多驚喜。於是，他便去找花瓶，可花瓶在廚房裡。廚房的餐具櫃斷了一條腿，我教母便將花瓶當櫃子腿，暫時塞在下面墊著。教父先是大聲嚷嚷：

「娜妮卡，妳在哪裡，我的小鴿子？」

可是教母正端著雙耳大木桶，屠夫正掏著牛肝往桶裡放。

「娜妮卡，他媽的！臭婊子，妳在哪裡呀？」

教父在大吼，教母仍在端著木桶，因爲屠夫正往桶裡扔牛腎。

「妳等著瞧吧！妳這臭娘兒們，看我怎麼收拾妳！」

教父怒吼著，放下折斷的丁香枝，想用一隻手去取出那個大花瓶，取不動時就靠穿著皮鞋的腳來幫忙。花瓶倒是取出來了，可整個玻璃餐具櫃卻倒在教父身上，大小餐碟杯子以及所有瓷器器皿一股腦將教父掩埋。他好不容易將這一切抖落，可等他一站起身來，又將所有還沒砸碎的器皿踩碎了，然後才拿起那個大花瓶，將藍白兩色的丁香枝插進裡面，放到蘇聯士兵睡覺的那間房裡的一張小桌子上。蘇聯士兵即使在睡覺的時候也一直將槍抱在懷裡，隨後教父便在廚房倒下。教母扶起倒下的餐具櫃，但她清楚地看到，教父已側身躺在地上。那姿勢像在騎著自行車，一隻腳像踩在自行車的腳鐙上。大夫來到時，只說了一句：「誰都能看出來，他已經死了。」

這個晚上，河邊開了一個盛大的慶祝會。俄羅斯士兵拉著手風琴，跳著舞。論舞姿誰也沒法與他們相比，因爲他們都來自軍隊歌舞團。戴著白色海軍帽的佩平大伯正要去找城裡的美女們而從河邊經過時，看到這邊有舞蹈表演，便走過來。這時，士兵們跳得正歡，佩平大伯兩隻手交叉一抱，便跳起哥薩克舞來，比士兵們跳得還要高一公尺。士兵們以加快舞速來回應他，但佩平大伯仍然能跟上速度，甚至還來一個突然前衝的箭步；在落到沙子上之前，他的腳尖踢到了自己的額頭。士兵們拿來一瓶瓶伏特加酒，用裝芥末的大玻璃杯招待觀衆和佩平大伯。大伯還要了雙份，因爲他今天爲啤酒桶塗抹熱焦油，正需要解乏。大家拚命地爲勝利而碰杯。半小時之後，開始演奏蘇聯管樂，樂隊指揮在河邊削下一根柳樹枝，用小刀削去樹皮，支起一個樂譜架，輕聲地演奏華爾滋舞曲。暮色降臨，我們小城河邊的慶祝晚會正式開始了。有幾個市民喝得太多，即使扶著教父家的籬笆，也難以站住，伏特加的酒勁大得讓他們要仰面倒下。他們扯下籬笆板條，掉頭就跑，結果掉進春天的河裡。有一名倒是及時跑回家，在家裡可能突然難受得厲害，就立刻扶著洗臉槽，可因爲酒勁大得讓他也控制不住要仰面摔倒，竟然將白色的洗臉槽從牆上拽下來。他退著穿過走廊，跑出花園，又回到慶祝晚會上。他端著洗臉槽一直朝河那邊退去，白色的洗臉槽在暮色中隱隱約約顯現著，最後多虧漁夫胡里克搭救，才從這倒退著掉進河中的醉漢手裡將洗臉槽奪過來。蘇聯樂隊的指揮這時正指揮著奏起了輕快歡樂的迎賓曲。士兵們和佩平大伯坐在一起，大伯戴著那頂由製帽工希斯賴爾根據漢斯．阿貝爾斯戴的著名海軍帽樣式幫他專門做的白色海軍帽，還拚命地行軍禮。

「我們把這個可愛的人帶到莫斯科去吧！」士兵們說著，還端著裝滿芥末的大杯伏特加跟大伯碰。大伯央求他們再幫他倒一杯，說：

「我沒時間，明天我還得跟西迪酒吧的一位大美人約會，除非我們坐飛機去莫斯科。」

士兵們聽懂了，擁抱了佩平大伯，我們城裡的市民們也因爲佩平大伯是唯一能與士兵們比高下的人而感到高興。

這時，穿著一身黑色喪服的教母突然跑來，可她總在微笑、點頭，像在接受來自遠方的感謝，實際上沒有人跟她打招呼，可她卻一直在點頭，回應著人們的問候，其實根本沒有一個人向她問候致意。也許這問候來自別的什麼地方。

樂隊指揮輕輕扶著柳條棍做的樂譜架，在指揮著如同舒瑪瓦樂師們一樣輕聲的蘇聯管樂。

國家圖書館出版品預行編目（CIP）資料

河畔小城三部曲之二 : 甜甜的憂傷 / 赫拉巴爾(Bohumil Hrabal)
著 ; 劉星燦, 勞白譯. -- 初版. -- 臺北市 : 大塊文化, 2017.04
面 ;　公分. -- (to ; 94)
譯自 : Krasosmutnění
ISBN 978-986-213-781-9(平裝)

882.457　　　　　106002506

LOCUS

LOCUS